瑞蘭國際

瑞蘭國際

瑞蘭國際

瑞蘭國際

こんどうともこ 著／王愿琦 譯／元氣日語編輯小組 總策劃

史上最強！

40天搞定
新日檢
N3 單字

必考單字＋實用例句＋擬真試題

作者序

検定試験合格を目指しながら、語彙力アップにも使える実用的な一冊!

　本書は日本語能力試験N3合格を目指すとともに、初・中級語彙の復習と定着を図り、次のレベルへステップアップするための「語彙力」も養える優れた独習本です。試験対策としてはもちろんのこと、初級の学習を終了し、語彙力をさらに伸ばしたい中級レベル学習者にも役立つ内容となっています。

　学習語彙は実際の過去問を参考にし、膨大なデータを分析することで、出題率の高い語彙960語を厳選しました。また、品詞ごとに提示することで、覚えやすさにも配慮を施しました。それぞれの語彙には、分かりやすく実用的な例文をそれぞれ2つずつ用意し、なおかつN3で必要な文法をできるだけ用いることで、語彙力アップのみならず文法アップも目指せる一冊となっています。さらに、語彙によっては「似:意味が似ている語彙」、「反:意味が反対の語彙」、「延:関連語」などを提示することで、自然と語彙を増やすことができます。

　一日に学ぶ語彙数は24個と、負担なく学べる量に設定されています。毎日コツコツと語彙量を増やし、40日間でN3試験に打ち勝つことができる構成です。そして、一日分24個の語彙を身につけたあとは、自分の実力がチェックできるミニテストが用意され、学習の定着度を測ることが可能です。さらに、巻末には「附録」として解答と中国語訳も掲載されているので、現時点における弱点を一発で知ることができます。実力チェックを通して、分かったつもりでも実は分かっていなかったといったケアレスミスを回避し、確かな語彙力を身につけていきます。さらに、ネイティブスピーカーによる音声付なので、耳からも覚えることができ、聴解力のアップにもつながります。

最後に、本書があなたにとって日常生活の中であいさつを交わす友、あるい
は分からないことを解決し、助言してくれる頼りになる先生となり、試験前の不安
を取り除きながら、合格に向けて前進できることを願っています。

台北の自宅にて

こんどうともこ

本書特色（如何使用本書）

★必考單字依照「詞性」分類，最安心！

- 全書分為「名詞」、「い形容詞」、「な形容詞」、「動詞」、「副詞」、「外來語」六大類，囊括所有必考詞性。

- 在背誦單字的同時，請養成銘記該單字詞性為何的習慣。因為日文所有的文法，都是依據詞性加以變化，所以了解詞性，就是奠定日文基礎的第一步。

★每日定量學習，只要40天，「文字・語彙」考科勝券在握！

- 本書規劃讓讀者運用40天學習必考單字，是可以火力全開、每天衝刺的天數。

- 日語檢定官方規定，N3必須具備的漢字量是600個，語彙量是3000個。本書每天精選24個單字，是不多不少，每天記得住的分量。

- 有別於市面上若干亂槍打鳥、抓不到重點的單字書，全書共960個必考單字，40天搞定N3單字就用這一本。

★「例句」皆符合N3程度，助您從容應對「文法」、「讀解」考科！

- 沒有例句的單字書，不僅容易猜錯意思，也無法掌握用法。本書每個單字依照用法不同，提供2個例句。

- 所有例句，除了重點單字之外，皆採用N3程度的相關文法以及單字來造句，可說是完全掌握N3重點，不會有過難或過簡單的問題；在記住N3單字的同時，同時也熟悉N3文法了。

★「標音、中譯」是最佳的輔助學習！

- 相對於一些以「中翻日」思維造出來的偽日文句子，本書的例句優美、活潑、不死板，除了對應日語檢定綽綽有餘外，也是真正生活中必用的佳句。

- 所有單字以及例句均附上日文標音以及中文翻譯，學習零負擔。

★「延伸學習」增加字彙量，學習零疏漏，實力加倍！

- 單字視情況，輔以多元學習，要讀者融會貫通、舉一反三！
  似：意思相似的單字
  反：意思相反的單字
  延：延伸學習的單字

★搭配「音檔」，除了可以隨時記憶，更是取得「聽解」考科高分的關鍵！

- 全書單字和例句，皆由日籍作者親自錄製標準日語朗讀音檔，掃描QR Code即可下載。
- 一邊聆聽一邊記憶，連N3「聽解」考科也一併準備好了！

★模擬實際日語檢定，「40回實力測驗」好扎實！

- 每日學習24個單字後的「實力測驗」，可以馬上檢視學習情況。
- 出題形式有「選出正確的讀音」、「選出正確的漢字」、「選出正確的單字」、「選出單字用法正確的句子」四種，皆是實際考試會出現的題型。
- 運用本書最後「附錄」中的解答與中文翻譯，釐清盲點，一試成功。

如何掃描 QR Code 下載音檔

1. 以手機內建的相機或是掃描 QR Code 的 App 掃描封面的 QR Code。
2. 點選「雲端硬碟」的連結之後，進入音檔清單畫面，接著點選畫面右上角的「三個點」。
3. 點選「新增至「已加星號」專區」一欄，星星即會變成黃色或黑色，代表加入成功。
4. 開啟電腦，打開您的「雲端硬碟」網頁，點選左側欄位的「已加星號」。
5. 選擇該音檔資料夾，點滑鼠右鍵，選擇「下載」，即可將音檔存入電腦。

目次

作者序｜検定試験合格を目指しながら、

　　語彙力アップにも使える実用的な一冊！／こんどうともこ

　　.. 002

如何使用本書... 004

第01～09天　名詞

完成請打 ✔

☐ **01 天** 名詞
　　實力測驗 012

☐ **02 天** 名詞
　　實力測驗 020

☐ **03 天** 名詞
　　實力測驗 028

☐ **04 天** 名詞
　　實力測驗 036

☐ **05 天** 名詞
　　實力測驗 044

☐ **06 天** 名詞
　　實力測驗 052

☐ **07 天** 名詞
　　實力測驗 060

☐ **08 天** 名詞
　　實力測驗 068

☐ **09 天** 名詞
　　實力測驗 076

第10～12天　い形容詞

完成請打 ✔

☐　**10**　**い形容詞**
　　天　實力測驗 084

☐　**11**　**い形容詞**
　　天　實力測驗 092

☐　**12**　**い形容詞**
　　天　實力測驗 100

第13～15天　な形容詞

完成請打 ✔

☐　**13**　**な形容詞**
　　天　實力測驗 108

☐　**14**　**な形容詞**
　　天　實力測驗 116

☐　**15**　**な形容詞**
　　天　實力測驗 124

第16～33天　動詞

完成請打 ✔

☐ **16天** **動詞** 實力測驗 132

☐ **25天** **動詞** 實力測驗 204

☐ **17天** **動詞** 實力測驗 140

☐ **26天** **動詞** 實力測驗 212

☐ **18天** **動詞** 實力測驗 148

☐ **27天** **動詞** 實力測驗 220

☐ **19天** **動詞** 實力測驗 156

☐ **28天** **動詞** 實力測驗 228

☐ **20天** **動詞** 實力測驗 164

☐ **29天** **動詞** 實力測驗 236

☐ **21天** **動詞** 實力測驗 172

☐ **30天** **動詞** 實力測驗 244

☐ **22天** **動詞** 實力測驗 180

☐ **31天** **動詞** 實力測驗 252

☐ **23天** **動詞** 實力測驗 188

☐ **32天** **動詞** 實力測驗 260

☐ **24天** **動詞** 實力測驗 196

☐ **33天** **動詞** 實力測驗 268

第34～37天　副詞

完成請打 ✔

☐ **34**／**天**　**副詞**
實力測驗 276

☐ **35**／**天**　**副詞**
實力測驗 284

☐ **36**／**天**　**副詞**
實力測驗 292

☐ **37**／**天**　**副詞**
實力測驗 300

第38～40天　外來語

完成請打 ✔

☐ **38**／**天**　**外來語**
實力測驗 308

☐ **39**／**天**　**外來語**
實力測驗 316

☐ **40**／**天**　**外來語**
實力測驗 324

實力測驗解答 **333**

依詞性分類，用40天記憶N3必考單字：

第01～09天	名詞
第10～12天	い形容詞
第13～15天	な形容詞
第16～33天	動詞
第34～37天	副詞
第38～40天	外來語

□ **栄養**
えい よう

營養

例 ほうれん草はとても栄養がある。
　　そう　　　　　　　　　　えいよう
　菠菜非常有營養。

子供のために栄養のある料理を作りたい。
こ ども　　　　　えいよう　　　　りょう り　　つく
為了孩子，想做有營養的料理。

延 **栄養士** 營養師
　　えいよう し
　　カロリー 熱量、
　　　　　　　　卡路里

□ **外食**
がい しょく

外食

例 夜はほとんど外食です。
　　よる　　　　　　　がいしょく
　晚上幾乎都是外食。

外食はお金がかかるから、自分で作る。
がいしょく　　かね　　　　　　　　　じ ぶん　つく
外食很花錢，所以都自己做。

反 **手作り** 手工、親手做
　　て づく

□ **花柄**
はな がら

花紋圖案

例 娘はこの花柄のスカートが好きです。
　　むすめ　　　はながら　　　　　　　す
　女兒喜歡這個花色的裙子。

彼女は花柄の服しか着ません。
かのじょ　はながら　ふく　　き
她只穿花紋圖案的衣服。

似 **模様** 花樣、圖案
　　も よう

□ **注文**
ちゅう もん

訂單、點菜、要求

例 注文は各自でしてください。
　　ちゅうもん　かく じ
　請各自點菜。

注文に関するお問い合わせは、電話でお願いします。
ちゅうもん　かん　　と　あ　　　　　でん わ　　ねが
有關訂單的查詢，麻煩請用電話。

似 **オーダー** 訂單
延 **メニュー** 菜單

□ 乗^のり換^かえ　　　　　　轉乘、換車

^例　空港行^{くうこうゆ}きは次^{つぎ}の駅^{えき}で乗^のり換^かえです。
往機場是在下一站換車。

バスと電車^{でんしゃ}の乗^のり換^かえは難^{むずか}しいです。
公車與電車的轉乘很難。

延 切符^{きっぷ}（車）票

□ 昔^{むかし}　　　　　　　　過去、以前

^例　祖母^{そぼ}は昔^{むかし}のことをよく覚^{おぼ}えている。
祖母以前的事情記得很清楚。

昔^{むかし}、この辺^{へん}は全^{すべ}て田^たんぼだった。
以前，這附近全部都是田地。

似 過去^{かこ} 過去
反 今^{いま} 現在
　現在^{げんざい} 現在

□ 金持^{かねも}ち　　　　　　有錢（人）

^例　あの人^{ひと}は金持^{かねも}ちなのに、とてもケチだ。
那個人明明是有錢人，卻非常小氣。

爆買^{ばくが}いするのは、金持^{かねも}ちとは限^{かぎ}らない。
爆買的人，不見得是有錢人。

反 貧乏^{びんぼう} 貧窮（的人）

□ 定休日^{ていきゅうび}　　　　　公休日

^例　当店^{とうてん}は毎週水曜日^{まいしゅうすいようび}が定休日^{ていきゅうび}です。
本店每個星期三是公休日。

本日^{ほんじつ}は定休日^{ていきゅうび}のため、別^{べつ}の日^ひにご来店^{らいてん}ください。
因為今天是公休日，所以請您改天再來。

似 休^{やす}み 休息、休假
反 年中無休^{ねんじゅうむきゅう} 全年無休

□ **昼休み**（ひるやす）

午休

例 昼休み（ひるやす）は１２時（じゅうにじ）から１時（いちじ）までです。
午休是從12點到1點。

昼休み（ひるやす）を利用（りよう）して、銀行（ぎんこう）に行（い）く予定（よてい）だ。
打算利用午休去銀行。

延 昼寝（ひるね） 睡午覺

□ **申し込み**（もうしこみ）

申請、報名

例 バイトの募集（ぼしゅう）にたくさんの申（もう）し込（こ）みがあった。
招募打工收到很多申請了。

申（もう）し込（こ）みは100人（ひゃくにん）で締（し）め切（き）ります。
報名100個人就截止。

似 申請（しんせい） 申請、報名
延 募集（ぼしゅう） 招收、應徵、募集

□ **笑顔**（えがお）

笑容

例 子供（こども）の笑顔（えがお）はたまりません。
孩子的笑容教人受不了。

彼女（かのじょ）の美（うつく）しい笑顔（えがお）に騙（だま）されました。
被她美麗的笑容給騙了。

似 スマイル 笑容

□ **お釣り**（おつり）

找錢、找回的錢

例 ３００円（さんびゃくえん）のお釣（つ）りです。
找您的300日圓。

１万円（いちまんえん）でお釣（つ）りをください。
用1萬日圓，請找錢給我。

延 小銭（こぜに） 零錢

□ **相手**（あいて）　對方、對手、夥伴

例 相手（あいて）の人（ひと）はどんな人（ひと）ですか。
對方是什麼樣的人呢？
今度（こんど）の試合（しあい）の相手（あいて）は鈴木（すずき）さんです。
這次比賽的對手是鈴木先生。

延 仲間（なかま）夥伴、朋友
　パートナー 夥伴

□ **一人っ子**（ひとりっこ）　獨生子女

例 一人っ子（ひとりっこ）は寂（さび）しいと思（おも）う。
我覺得獨生子女很寂寞。
娘（むすめ）は一人っ子（ひとりっこ）なので、少（すこ）しわがままだ。
由於女兒是獨生女，所以有一點任性。

延 兄弟（きょうだい）兄弟姊妹
　姉妹（しまい）姊妹

□ **涙**（なみだ）　眼淚

例 阿部（あべ）さんは先生（せんせい）に叱（しか）られて、涙（なみだ）を流（なが）した。
阿部同學被老師罵，流下了眼淚。
玉（たま）ねぎを切（き）ったら、涙（なみだ）が出（で）た。
一切洋蔥，眼淚就流出來了。

□ **出会い**（であい）　相遇、邂逅

例 出会（であ）いをもっと大切（たいせつ）にしてください。
請更珍惜相遇。
旅行中（りょこうちゅう）に、すてきな出会（であ）いがありました。
旅行中，有很棒的邂逅。

延 偶然（ぐうぜん）偶然

015

□ 係<ruby>かか</ruby>り

負責某工作（的人）

例 掃<ruby>そう</ruby>除<ruby>じ</ruby>の係<ruby>かか</ruby>りは誰<ruby>だれ</ruby>ですか。
負責打掃的人是誰呢？

似 担<ruby>たんとうしゃ</ruby>当者　負責人、擔任的人

その件<ruby>けん</ruby>については、係<ruby>かか</ruby>りの者<ruby>もの</ruby>が説<ruby>せつめい</ruby>明します。
有關那一件事，由負責的人來説明。

□ 目<ruby>もくてき</ruby>的

目的、目標

例 来<ruby>らいにち</ruby>日の目<ruby>もくてき</ruby>的は何<ruby>なん</ruby>ですか。
來日本的目的是什麼呢？

似 目<ruby>もくひょう</ruby>標　目標

目<ruby>もくてき</ruby>的のためには手<ruby>しゅだん</ruby>段を選<ruby>えら</ruby>ばない。
為達目的，不擇手段。

□ 値<ruby>ね</ruby>上<ruby>あ</ruby>げ

提高價格、加價、加薪

例 運<ruby>うんちん</ruby>賃の値<ruby>ねあ</ruby>上げに反<ruby>はんたい</ruby>対です。
反對運費的調漲。

反 値<ruby>ねさ</ruby>下げ　降價

給<ruby>きゅうりょう</ruby>料の値<ruby>ねあ</ruby>上げを要<ruby>ようきゅう</ruby>求する。
要求薪資的調漲。

□ 具<ruby>ぐあい</ruby>合

（事物或心理、健康的）狀況、情形

例 機<ruby>きかい</ruby>械の具<ruby>ぐあい</ruby>合を調<ruby>しら</ruby>べます。
檢查機器的狀況。

似 調<ruby>ちょうし</ruby>子　狀態、狀況

祖<ruby>そふ</ruby>父は体<ruby>からだ</ruby>の具<ruby>ぐあい</ruby>合がよくないそうです。
聽説祖父身體的狀況不好。

□ 入学式
にゅうがくしき

開學典禮

例 明日は中学校の入学式です。
あした　ちゅうがっこう　にゅうがくしき
明天是國中的開學典禮。

反 卒業式 畢業典禮
そつぎょうしき

娘の入学式に参加できません。
むすめ　にゅうがくしき　さんか
無法參加女兒的開學典禮。

□ 虫
むし

蟲

例 わたしは虫が苦手だ。
むし　にがて
我怕蟲。

似 昆虫 昆蟲
こんちゅう

農薬のために虫の数が減った。
のうやく　むし　かず　へ
由於農藥，蟲的數量減少了。

□ 交通事故
こうつうじこ

交通事故、車禍

例 外国で交通事故に逢った。
がいこく　こうつうじこ　あ
在國外遇到交通事故了。

延 怪我 受傷
けが

救急車 救護車
きゅうきゅうしゃ

弟は交通事故で骨折して、入院した。
おとうと　こうつうじこ　こっせつ　にゅういん
弟弟因車禍而骨折，住院了。

□ 夢中
むちゅう

沉迷、著迷、熱衷

例 母は韓国ドラマに夢中です。
はは　かんこく　むちゅう
母親沉迷於韓劇。

似 熱中 熱衷
ねっちゅう

延 ファン 粉絲、～迷

夢中になれるものが見つからない。
むちゅう　み
找不到能夠熱衷的事情。

實力測驗！

問題 1. _____ のことばの読み方として最もよいものを 1・2・3・4か ら一つえらびなさい。

1. （　　　）将来、<u>金持ち</u>になりたいです。
　　　①きんもち　　②かねもち　　③きんじち　　④かねじち

2. （　　　）<u>栄養</u>のあるものを食べなさい。
　　　①いんよう　　②いんやん　　③えいよう　　④えいやん

3. （　　　）消費税の<u>値上げ</u>に困っている。
　　　①ちあげ　　②ちさげ　　③ねあげ　　④ねさげ

問題 2. _____ のことばを漢字で書くとき、最もよいものを 1・2・3・4 から一つえらびなさい。

1. （　　　）<u>むかし</u>はみんな貧しかった。
　　　①古　　②苦　　③昔　　④旧

2. （　　　）<u>ぐあい</u>が悪いので、帰ります。
　　　①体合　　②体相　　③具相　　④具合

3. （　　　）娘は最近、ピアノに<u>むちゅう</u>です。
　　　①夢中　　②無中　　③霧中　　④迷中

問題 3. （　　　　　）に入れるものに最もよいものを 1・2・3・4から一つ えらびなさい。

1. 息子は学校で動物を世話する（　　　　　）になりました。
　　①しかり　　②かかり　　③はかり　　④おかり

2. わたしは兄弟がいません。（　　　　　）です。

　①ひとりっこ　　　②ひとっこ　　　　③ひとりのこ　　　④ひとつのこ

3. 明日の（　　　　　）は休まず、お店を開けます。

　①こうきゅう日　　②せいきゅう日　　③ねんきゅう日　　④ていきゅうび

問題 4. つぎのことばの使い方として最もよいものを一つえらびなさい。

1. あいて

　①すばらしい演奏だったので、思わずあいてをした。

　②わたしは肉を食べないあいてです。

　③将来、すてきなあいてになりたいです。

　④人は困ったとき、相談するあいてが必要だ。

2. なみだ

　①なみだをふいてください。

　②そんなになみだをかかないで。

　③たくさん運動して、なみだが止まらない。

　④転んだために、赤いなみだがたくさん出た。

3. もくてき

　①ここのもくてきはとてもおいしいです。

　②来日のもくてきは何ですか。

　③大学では日本文化のもくてきを選んだ。

　④あと10万円あったら、フランスへもくてきをしたい。

□ 嘘 <small>うそ</small>

謊言

例 嘘はだめです。
不可以説謊。

彼は嘘をついていると思う。
我覺得他在撒謊。

反 本当 <small>ほんとう</small> 真實、真正
延 嘘つき <small>うそ</small> 説謊（的人）

□ 間違い <small>ま ちが</small>

錯誤、不準確

例 間違いを直してください。 <small>ま ちが</small> <small>なお</small>
請訂正錯誤。

彼はまた間違いを犯した。 <small>かれ</small> <small>ま ちが</small> <small>おか</small>
他又犯錯了。

似 過ち <small>あやま</small> 錯誤、過失、罪過
延 間違う、間違える <small>ま ちが</small> <small>ま ちが</small> 做錯、弄錯

□ 数 <small>かず</small>

數目、數量、數字

例 数が足りない。 <small>かず</small> <small>た</small>
數量不夠。

数が合う。 <small>かず</small> <small>あ</small>
數目吻合。

似 ナンバー 數字、號碼

□ 火傷 <small>やけど</small>

燙傷、燒傷

例 熱湯で火傷をしてしまった。 <small>ねっとう</small> <small>やけど</small>
不小心因為滾水而燙傷了。

姉はひどい火傷で入院した。 <small>あね</small> <small>やけど</small> <small>にゅういん</small>
姊姊因嚴重燙傷住院了。

延 火事 <small>か じ</small> 火災

□ **形**（かたち） 形狀、樣子、形式

例 丸い形（まるいかたち）が好きです。
喜歡圓的形狀。

あの花瓶（かびん）の形（かたち）はすばらしいです。
那個花瓶的形狀很棒。

延 丸（まる） 圓形
三角（さんかく） 三角形
四角（しかく） 四角形

□ **荷物**（にもつ） 行李

例 旅行（りょこう）の荷物（にもつ）を準備（じゅんび）する。
準備旅行的行李。

荷物（にもつ）が重（おも）すぎて持（も）てません。
行李太重，拿不動。

似 手荷物（てにもつ） 手提行李

□ **売り切れ**（うりきれ） 完售

例 本日（ほんじつ）の切符（きっぷ）は売り切れ（うりきれ）です。
今天的票已完售。

在庫（ざいこ）は全部（ぜんぶ）売り切れ（うりき）だ。
庫存全部售完。

似 完売（かんばい） 全部售完
延 売り切れる（うりきれる） 完售

□ **あくび** 哈欠

例 今日（きょう）はあくびがよく出（で）る。
今天一直打哈欠。

眠（ねむ）くて、あくびが止（と）まらない。
因為很睏，所以哈欠打個不停。

延 くしゃみ 噴嚏

□ 番組（ばんぐみ）

節目

例 おもしろい番組（ばんぐみ）を紹介（しょうかい）してください。
請介紹有趣的節目。

最近（さいきん）のテレビ番組（ばんぐみ）はつまらない。
最近的電視節目很無聊。

延 チャンネル 頻道

□ 家賃（やちん）

房租、租金

例 アパートの家賃（やちん）はいくらですか。
公寓的租金是多少錢呢？

今月（こんげつ）の家賃（やちん）を早（はや）く払（はら）ってください。
請趕快付這個月的房租。

延 大家（おおや） 房東
部屋（へや） 房間

□ 従兄弟（いとこ）（従姉妹（いとこ））

堂、表兄弟姉妹

例 大阪（おおさか）の従兄弟（いとこ）が亡（な）くなりました。
大阪的表哥過世了。

母（はは）の従姉妹（いとこ）は有名（ゆうめい）な歌手（かしゅ）です。
母親的堂妹是有名的歌手。

延 親戚（しんせき） 親戚

□ 団体（だんたい）

團體、集體

例 娘（むすめ）は団体（だんたい）で行動（こうどう）するのが苦手（にがて）です。
女兒不擅長團體行動。

団体（だんたい）で参加（さんか）する場合（ばあい）は半額（はんがく）です。
團體參加的話是半價。

反 個人（こじん） 個人

□ 中古 <ruby>中<rt>ちゅう</rt></ruby><ruby>古<rt>こ</rt></ruby>

二手、中古

例 <ruby>息子<rt>むすこ</rt></ruby>は<ruby>中古<rt>ちゅうこ</rt></ruby>のバイクを<ruby>買<rt>か</rt></ruby>った。
兒子買了二手摩托車。

<ruby>中古車<rt>ちゅうこしゃ</rt></ruby>が<ruby>安<rt>やす</rt></ruby>く<ruby>買<rt>か</rt></ruby>える<ruby>店<rt>みせ</rt></ruby>を<ruby>教<rt>おし</rt></ruby>えて。
告訴我可以便宜買中古車的店。

似 <ruby>中古品<rt>ちゅうこひん</rt></ruby> 二手貨
反 <ruby>新品<rt>しんぴん</rt></ruby> 新品
延 リサイクル 資源回收

□ 政府 <ruby>政<rt>せい</rt></ruby><ruby>府<rt>ふ</rt></ruby>

政府

例 わたしは<ruby>今<rt>いま</rt></ruby>の<ruby>政府<rt>せいふ</rt></ruby>を<ruby>支持<rt>しじ</rt></ruby>しない。
我不支持現在的政府。

この<ruby>国<rt>くに</rt></ruby>の<ruby>政府<rt>せいふ</rt></ruby>は<ruby>嘘<rt>うそ</rt></ruby>ばかりつく。
這個國家的政府老是在說謊。

延 <ruby>内閣<rt>ないかく</rt></ruby> 內閣
<ruby>政治<rt>せいじ</rt></ruby> 政治
<ruby>首相<rt>しゅしょう</rt></ruby> 首相

□ 無駄遣い <ruby>無<rt>む</rt></ruby><ruby>駄<rt>だ</rt></ruby><ruby>遣<rt>づか</rt></ruby>い

浪費、亂花錢

例 <ruby>水<rt>みず</rt></ruby>の<ruby>無駄遣<rt>むだづか</rt></ruby>いは<ruby>厳禁<rt>げんきん</rt></ruby>だ。
嚴禁浪費水。

<ruby>お金<rt>かね</rt></ruby>の<ruby>無駄遣<rt>むだづか</rt></ruby>いをやめなさい。
停止亂花錢！

□ 呼吸 <ruby>呼<rt>こ</rt></ruby><ruby>吸<rt>きゅう</rt></ruby>

呼吸、步調

例 <ruby>呼吸<rt>こきゅう</rt></ruby>を<ruby>止<rt>と</rt></ruby>めてください。
請停止呼吸。

あの<ruby>人<rt>ひと</rt></ruby>とは<ruby>呼吸<rt>こきゅう</rt></ruby>が<ruby>合<rt>あ</rt></ruby>わない。
與那個人步調不合。（和那個人合不來。）

似 <ruby>深呼吸<rt>しんこきゅう</rt></ruby> 深呼吸

□ 小包 <small>こづつみ</small>

包裹、小包

例 両親から小包が届いた。<small>りょうしん　こづつみ　とど</small>
父母親寄來的包裹送達了。

明日、小包を出す予定です。<small>あした　こづつみ　だ　よてい</small>
打算明天寄出包裹。

延 郵便局 郵局<small>ゆうびんきょく</small>
宅配便 宅配<small>たくはいびん</small>
手紙 信件<small>てがみ</small>

□ 割り勘 <small>わ　かん</small>

平均分攤、各付各的

例 割り勘でいいですか。<small>わ　かん</small>
可以各付各的嗎？

今日は割り勘にしましょう。<small>きょう　わ　かん</small>
今天就平均分攤吧！

延 会計 結賬、算賬、會計<small>かいけい</small>

レジ 收銀台

□ 母親 <small>はは　おや</small>

母親、家母

例 母親が病気なので、会社を休んだ。<small>はは　おや　びょう　き　かいしゃ　やす</small>
由於母親生病，所以跟公司請假了。

うちの母親は弟に甘い。<small>はは　おや　おとうと　あま</small>
我媽媽很寵弟弟。

反 父親 父親、家父<small>ちちおや</small>
延 両親 父母、雙親<small>りょうしん</small>

□ 通過 <small>つう　か</small>

通過、經過、不停

例 電車の通過に気をつけて。<small>でんしゃ　つう　か　き</small>
小心電車經過。

司法試験の通過は簡単ではない。<small>し　ほう　し　けん　つう　か　かんたん</small>
司法考試不容易通過。

似 パス 通過、合格

□ 神様（かみさま）　　　　　　　　　　神、上帝

例 神様（かみさま）にお祈（いの）りする。　　　　　延 宗教（しゅうきょう）宗教
向上帝祈求。
神様（かみさま）の存在（そんざい）を信（しん）じますか。
你相信神的存在嗎？

□ 見舞（みま）い　　　　　　　　　　　探病、慰問、問候
　　　　　　　　　　　　　　　　　　　的禮品或信件

例 病院（びょういん）に同僚（どうりょう）の見舞（みま）いに行（い）った。　　延 病院（びょういん）醫院
去醫院探望同事了。　　　　　　　　　　病気（びょうき）生病
先生（せんせい）に暑中見舞（しょちゅうみま）いを出（だ）すつもりです。　　怪我（けが）受傷
打算寄給老師暑期問候信函。

□ 鉄道（てつどう）　　　　　　　　　　鐵路、鐵道

例 わたしの故郷（こきょう）にやっと鉄道（てつどう）が通（とお）った。　　延 線路（せんろ）軌道
我的家鄉鐵路終於開通了。　　　　　　　電車（でんしゃ）電車
父（ちち）は鉄道（てつどう）で旅行（りょこう）するのが好（す）きだ。　　新幹線（しんかんせん）新幹線
家父喜歡搭火車旅行。

□ 引（ひ）き出（だ）し　　　　　　　　抽屜

例 娘（むすめ）は引（ひ）き出（だ）しの中（なか）に何（なん）でも入（い）れる。
女兒什麼都放到抽屜裡。
引（ひ）き出（だ）しを整理（せいり）しなさい。
整理抽屜！

025

實力測驗！

問題1. ＿＿＿＿＿のことばの読み方として最もよいものを 1・2・3・4か
ら一つえらびなさい。

1.（　　）わたしの腕には火傷の跡があります。
　　　　①ひきず　　　②かきず　　　③やけど　　　④ほけど

2.（　　）あなたの荷物はこれだけですか。
　　　　①にもつ　　　②にぶつ　　　③かもつ　　　④かぶつ

3.（　　）従兄弟が来月結婚するそうだ。
　　　　①いとこ　　　②はとこ　　　③おとこ　　　④しとこ

問題2. ＿＿＿＿＿のことばを漢字で書くとき、最もよいものを 1・2・3・4
から一つえらびなさい。

1.（　　）ひき出しが壊れてしまった。
　　　　①入　　　　　②引　　　　　③収　　　　　④開

2.（　　）ちゅう古の家を買うつもりです。
　　　　①昔　　　　　②旧　　　　　③久　　　　　④中

3.（　　）実家の両親からこづつみが届きました。
　　　　①小宅　　　　②小包　　　　③個宅　　　　④個包

問題3.（　　　　）に入れるものに最もよいものを 1・2・3・4から一つ
えらびなさい。

1. そのゲームはもう（　　　　）です。
　　　　①うりきれ　　　②うりきり　　　③かいきれ　　　④かいきり

2. 眠くて（　　　　）が何度も出る。

①せき　　　　　②しき　　　　　③あくび　　　　④おくび

3. この駅の（　　　　）時間を調べましょう。

①とおか　　　　②つうか　　　　③とおり　　　　④つうり

問題 4. つぎのことばの使い方として最もよいものを一つえらびなさい。

1. みまい

①これから友人のみまいに行く予定です。

②みまいを閉じてください。

③きのう、母のみまいを手伝った。

④わたしは一週間のみまいを取りました。

2. わりかん

①自分のわりかんを試してみたい。

②わりかんがなかなか貯まらない。

③デートの費用はいつもわりかんだ。

④たんじょうびにわりかんを買ってもらった。

3. むだづかい

①今日はむだづかいを超えました。

②むだづかいを紀念して、写真を撮りましょう。

③娘はむだづかいを抱えているようです。

④つまらない授業は時間のむだづかいだ。

□ 戸（と）

門、房門、窗戶

例 戸（と）を開（あ）けてください。
請開門。

戸（と）が壊（こわ）れたので、修理（しゅうり）を頼（たの）んだ。
由於門壞了，所以找人修理了。

似 ドア　門
延 窓（まど）　窗戶

□ 内容（ないよう）

内容

例 詳（くわ）しい内容（ないよう）を教（おし）えてください。
請告訴我詳細的內容。

内容（ないよう）のあるレポートを書（か）きなさい。
寫有內容的報告！

□ 不足（ふそく）

不足、缺少

例 料金（りょうきん）の不足（ふそく）で送（おく）れません。
因為費用不夠，無法寄送。

睡眠（すいみん）不足（ふそく）で、頭（あたま）がぼんやりしている。
因為睡眠不足，腦子昏昏沉沉的。

反 過多（かた）　過多

□ 感想（かんそう）

感想

例 その本（ほん）の感想（かんそう）を聞（き）かせてください。
請讓我聽聽那本書的感想。

彼（かれ）はいつも独特（どくとく）な感想（かんそう）を述（の）べる。
他總是陳述獨特的感想。

延 意見（いけん）　意見

□ **気分**（きぶん）

心情、身體狀況、氣氛的好壞與否

例 部長は気分がよさそうだ。
部長看起來心情很好。

彼の気分を害してしまった。
不小心破壞他的心情了。

□ **仲良し**（なかよし）

感情好（的朋友）

例 彼女はわたしの一番の仲良しだ。
她是我最要好的朋友。

仲良しの友達が亡くなった。
要好的朋友過世了。

似 **親友**（しんゆう） 閨密、好朋友

□ **本物**（ほんもの）

真貨、真品、正規

例 そのバッグは本物ですか。
那個包包是真品嗎？

このサンプルは本物みたいです。
這個樣品好像真品一樣。

反 **偽物**（にせもの） 假貨、贗品

□ **未来**（みらい）

未來、將來

例 未来のことは分かりません。
不知道未來的事。

この国の明るい未来を願う。
願這個國家充滿光明的未來。

似 **将来**（しょうらい） 將來、未來

□ **老人**（ろうじん）

老人

例 わたしの仕事は老人の介護です。
我的工作是照顧老人。

老人は転びやすいので、気をつけて。
由於老人容易跌倒，所以要小心。

似 年寄り 年長者
反 若者 年輕人
延 中年 中年人
　 青少年 青少年

□ **伝言**（でんごん）

傳話、轉告、留言

例 先生の伝言を母に伝える。
把老師的傳話傳達給母親。

彼に伝言をお願いしてもいいですか。
可以拜託你傳話給他嗎？

延 伝言板 留言板

□ **体重**（たいじゅう）

體重

例 体重を量るのが怖いです。
害怕量體重。

また体重が増えた。
體重又增加了。

延 身長 身高

□ **成績**（せいせき）

成績、績效

例 期末テストの成績はどうでしたか。
期末考的成績如何呢？

娘は成績が上がって、うれしそうです。
女兒因成績提升，看起來很高興。

延 テスト 考試、考驗
　 試験 考試、考驗

□ 湯（ゆ）

熱水、溫泉、
洗澡水、澡堂

例 やかんで湯（ゆ）を沸（わ）かす。
用水壺燒開水。

延 水（みず）水

湯加減（ゆかげん）はどうですか。
洗澡水的溫度如何呢？

□ 知（し）り合（あ）い

相識、熟人

例 彼女（かのじょ）とは韓国（かんこく）で知（し）り合（あ）いになりました。
與她在韓國相識了。

似 知人（ちじん）相識的人、熟人

知（し）り合（あ）いがテレビに出（で）た。
熟人上了電視。

□ 変更（へんこう）

變更、更改

例 内容（ないよう）の一部（いちぶ）に変更（へんこう）を加（くわ）えました。
對內容的一部分加以更改了。

延 改正（かいせい）修改
訂正（ていせい）訂正

旅行（りょこう）の日程（にってい）に変更（へんこう）はありません。
旅行的日程沒有變更。

□ 吐（は）き気（け）

噁心、想吐

例 風邪（かぜ）のせいで吐（は）き気（け）がする。
感冒的關係，覺得想吐。

延 めまい 頭暈

名前（なまえ）を聞（き）いただけで吐（は）き気（け）がする。
光聽名字就令人想吐。

□ 化粧 (けしょう)

化妝

例 きちんと化粧（けしょう）をして面接（めんせつ）に行（い）く。
好好地化妝後去面試。

彼女（かのじょ）は出（で）かけるとき、必（かなら）ず化粧（けしょう）をする。
她出門時，一定會化妝。

□ 携帯電話 (けいたいでんわ)

手機

例 古（ふる）い携帯電話（けいたいでんわ）を父（ちち）にあげた。
舊手機給父親了。

携帯電話（けいたいでんわ）がないと不便（ふべん）だ。
沒有手機的話很不方便。

似 携帯（けいたい） 手機（「携帯電話（けいたいでんわ）」的簡稱）

延 スマートフォン
智慧型手機（簡稱「スマホ」）

□ 恋人 (こいびと)

情人、男女朋友

例 昨日（きのう）、恋人（こいびと）と分（わ）かれた。
昨天，與情人分手了。

恋人（こいびと）とけんかして、後悔（こうかい）している。
與情人吵架，後悔著。

似 彼氏（かれし） 男朋友、他
彼女（かのじょ） 女朋友、她

□ 迷子 (まいご)

走失的孩子、迷路

例 デパートで子供（こども）が迷子（まいご）になった。
孩子在百貨公司走失了。

迷子（まいご）の子犬（こいぬ）を拾（ひろ）った。
撿到走失的小狗了。

延 消失（しょうしつ） 消失

□ **ため息**

嘆氣

例 ため息をつかないでください。
請不要嘆氣。

延 悩み 煩惱

彼は最近ため息が増えた。
他最近嘆氣增多了。

□ **独身**

單身

例 課長はまだ独身です。
課長還是單身。

反 妻帯 已婚、已娶妻
既婚 已婚

彼は一生独身がいいそうです。
據說他想一輩子單身。

□ **登録**

登記、註冊

例 登録はもう済みましたか。
已經完成登記了嗎？

住民登録はどこですればいいですか。
戶口登記要在哪裡處理比較好呢？

□ **床**

地板

例 床が腐って抜けてしまった。
地板因腐朽而塌陷了。

反 天井 天花板
延 畳 榻榻米

床をきれいに磨いてください。
請把地板擦乾淨。

實力測驗！

問題 1. _____ のことばの読み方として最もよいものを 1・2・3・4か ら一つえらびなさい。

1.（　　）政策の<u>変更</u>を進めています。

　　　①へんしん　　　②へんこう　　　③へんごん　　　④へんげん

2.（　　）娘に<u>恋人</u>ができました。

　　　①こいにん　　　②こいじん　　　③こいひと　　　④こいびと

3.（　　）その宝石は<u>本物</u>ですか。

　　　①ほんぶつ　　　②ほんもの　　　③ほんふつ　　　④ほんもつ

問題 2. _____ のことばを漢字で書くとき、最もよいものを 1・2・3・4 から一つえらびなさい。

1.（　　）彼女はまだ独<u>しん</u>のようです。

　　　①体　　　　　　②者　　　　　　③人　　　　　　④身

2.（　　）ここに書かれている<u>ない</u>容をよく読んでください。

　　　①中　　　　　　②内　　　　　　③入　　　　　　④真

3.（　　）お酒を飲みすぎて、吐き<u>け</u>がする。

　　　①気　　　　　　②思　　　　　　③想　　　　　　④化

問題 3. （　　　　　）に入れるものに最もよいものを 1・2・3・4 から一つ えらびなさい。

1. この会場に（　　　　　）は一人もいません。

　①しりおい　　　②しりあい　　　③しるおい　　　④しるあい

2. 本の（　　　　　）を聞かせてください。

　　①かんそう　　　　②かんしん　　　　③そうかん　　　　④しんかん

3. たくさん運動して、（　　　　　）を減らしたいです。

　　①たいしゅう　　　　②たいじゅう　　　　③ていしゅう　　　　④ていじゅう

問題 4. つぎのことばの使い方として最もよいものを一つえらびなさい。

1. ふそく

　　①やっといいふそくを見つけた。

　　②料金のふそくで買えませんでした。

　　③まいあさ、ご飯にふそくを混ぜて食べる。

　　④ふそくがいたいから、病院に行こう。

2. きぶん

　　①彼女はきぶんがいたいようです。

　　②寝る前に、きぶんを磨きます。

　　③きぶんが悪いので、帰らせてください。

　　④新しいきぶんを買うつもりだ。

3. なかよし

　　①彼女の目にはなかよしが光っています。

　　②今日もまたなかよしが外れた。

　　③わたしと姉はとてもなかよしです。

　　④かいだんを上って、なかよしへ行きます。

☐ 汗
<small>あせ</small>

汗

例 背中を汗が流れている。
<small>せ なか　　あせ　　なが</small>

汗流浹背。

運動して汗をかくと、気持ちがいい。
<small>うんどう　　　　あせ　　　　　　き も</small>

運動只要一流汗，就很舒服。

☐ 物語
<small>もの がたり</small>

故事

例 子供に物語を読んで聞かせた。
<small>こ ども　　ものがたり　よ　　　き</small>

讀故事給孩子聽。

これは勇気がもらえる物語です。
<small>ゆう き　　　　　　　　ものがたり</small>

這是可以得到勇氣的故事。

延 **小説** 小説
<small>しょうせつ</small>
　　絵本 繪本、
<small>え ほん</small>
　　　　　兒童圖畫書

☐ 広告
<small>こう こく</small>

廣告

例 特売の広告を出しましょう。
<small>とくばい　　こうこく　　だ</small>

刊登特賣的廣告吧！

新聞で求人の広告を読んで応募した。
<small>しんぶん　きゅうじん　こうこく　よ　　　おう ぼ</small>

在報紙上看到徵人的廣告而報名了。

延 コマーシャル
　商業廣告

☐ 表現
<small>ひょう げん</small>

表達、表現

例 言葉での表現はうまくできません。
<small>こと ば　　　ひょうげん</small>

無法用言語好好表達。

その表現は適切ではありません。
<small>ひょうげん　　てきせつ</small>

那種表達不妥當。

□ 神経質
しんけいしつ

神經質、敏感

例 彼女はとても神経質だ。
かのじょ　　　　　　　しんけいしつ
她非常神經質。

わたしは生まれつき神経質らしい。
　　　　　　う　　　　　　しんけいしつ
我好像天生就是神經質。

□ 年寄り
としよ

年長者、長輩

例 年寄りを大切にしてください。
としよ　　たいせつ
請愛護年長者。

反 若者 年輕人
　　わかもの

その服は年寄りみたいで嫌だ。
　　ふく　　としよ　　　　　　いや
那件衣服很像年紀大的人穿的，不喜歡。

延 シルバーシート
　　博愛座

□ 解答
かいとう

解答、答案

例 解答を教えてください。
かいとう　おし
請告訴我解答。

反 問題 問題
　　もんだい

解答を見ないで、答えなさい。
かいとう　み　　　　　　こた
不要看答案，回答問題！

□ 孫
まご

孫子、孫女、
外孫、外孫女

例 やっと孫ができた。
　　　　　まご
終於有孫子了。

延 祖父 祖父、外祖父
　　そふ

孫が結婚するので、着物を買った。
まご　けっこん　　　　　　　きもの　か
由於孫子要結婚，所以買了和服。

祖母 祖母、外祖母
そぼ

□ 月末【げつまつ】 月底

例 月末でお金がない。
因為月底，所以沒錢。

月末に引っ越す予定です。
預定月底要搬家。

反 月初め 月初【つきはじ】

□ その他【た】 其他

例 その他いろいろな物を買った。
買了其他各式各樣的東西。

その他については問題ないはずだ。
至於其他，應該沒有問題。

□ 半額【はんがく】 半價

例 子供は半額です。
小孩半價。

このシャツはセールで半額でした。
這件襯衫因特賣而半價。

反 全額 全額【ぜんがく】

□ にきび 青春痘

例 またにきびができた。
青春痘又冒出來了。

息子の顔はにきびだらけだ。
兒子的臉上滿是青春痘。

延 皮膚 肌膚【ひふ】

□ 歯〔は〕 　　　　　　　牙齒

例 赤ちゃんに歯が３本生えた。
嬰兒長了3顆牙。

麻酔をしてから、歯を抜きます。
麻醉後，拔牙。

延 口〔くち〕 嘴
　舌〔した〕 舌頭
　唇〔くちびる〕 嘴唇

□ 性格〔せいかく〕 　　　　性格、個性、性質

例 2人は性格が合わない。
2個人個性不合。

彼女は性格がとてもいい。
她的個性非常好。

□ 直接〔ちょくせつ〕 　　　　直接

例 事故の直接の原因は何ですか。
事故的直接原因是什麼呢？

直接会って話しましょう。
直接見面談吧！

反 間接〔かんせつ〕 間接

□ 合計〔ごうけい〕 　　　　合計、總共

例 合計いくらですか。
總共多少錢呢？

みんなの点数の合計を発表します。
宣布大家的合計分數。

□ 手袋

手套

例 冬が訪れる前に、手袋を買った。
在冬天來臨之前,買了手套。

今、彼氏に手袋を編んでいます。
現在,正為男友織著手套。

延 マフラー 圍巾

□ 石油

石油

例 石油の値段がまた上がった。
石油的價格又上漲了。

石油が足りないそうです。
據說石油不足。

似 資源 資源

□ 勇気

勇氣

例 勇気を出して告白した。
提起勇氣告白了。

彼はとても勇気のある人だ。
他是非常有勇氣的人。

□ 上着

上衣、外套

例 寒いので上着を着たほうがいい。
因為很冷,所以穿外套比較好。

暖かい上着を買いたいです。
想買溫暖的外套。

反 下着 內衣褲
延 コート 外套
ジャケット 夾克

□ **自信**<ruby>じ<rt></rt></ruby><ruby>しん<rt></rt></ruby>

自信、信心

例 彼<ruby><rt>かれ</rt></ruby>はいつも自信<ruby><rt>じ しん</rt></ruby>がありません。
他總是沒有自信。

ふられて、自信<ruby><rt>じ しん</rt></ruby>を失<ruby><rt>うしな</rt></ruby>った。
被甩而失去了自信。

□ **欠点**<ruby>けっ<rt></rt></ruby><ruby>てん<rt></rt></ruby>

缺點

例 欠点<ruby><rt>けっ てん</rt></ruby>がない人<ruby><rt>ひと</rt></ruby>はいない。
沒有無缺點的人。

わたしの欠点<ruby><rt>けっ てん</rt></ruby>は怒<ruby><rt>おこ</rt></ruby>りやすいところです。
我的缺點是容易生氣這一點。

似 短所<ruby><rt>たんしょ</rt></ruby> 缺點
反 長所<ruby><rt>ちょうしょ</rt></ruby> 優點

□ **領収書**<ruby>りょう<rt></rt></ruby><ruby>しゅう<rt></rt></ruby><ruby>しょ<rt></rt></ruby>

收據

例 領収書<ruby><rt>りょうしゅうしょ</rt></ruby>をください。
請給我收據。

領収書<ruby><rt>りょうしゅうしょ</rt></ruby>がないと、お金<ruby><rt>かね</rt></ruby>は戻<ruby><rt>もど</rt></ruby>らない。
沒有收據的話，錢不會歸還。

延 レシート 發票
小切手<ruby><rt>こ ぎって</rt></ruby> 支票

□ **二十歳**<ruby>はたち<rt></rt></ruby>

二十歲

例 娘<ruby><rt>むすめ</rt></ruby>はもうすぐ二十歳<ruby><rt>は たち</rt></ruby>だ。
女兒就快二十歲了。

二十歳<ruby><rt>は たち</rt></ruby>になれば、酒<ruby><rt>さけ</rt></ruby>を飲<ruby><rt>の</rt></ruby>んでもいい。
到了二十歲的話，喝酒也沒關係。

延 成人<ruby><rt>せいじん</rt></ruby> 成年人

實力測驗！

問題 1. _____ のことばの読み方として最もよいものを 1・2・3・4か
ら一つえらびなさい。

1.（　　）直接話す勇気がありません。
　　　　①なおせつ　　　②なおじつ　　　③ちょくせつ　　　④ちょくじつ

2.（　　）祖父は孫ができて、とても喜んだ。
　　　　①まこ　　　　　②まご　　　　　③そん　　　　　　④ぞん

3.（　　）石油の値段はますます上がっている。
　　　　①いしあぶら　　②せきあぶら　　③いしゆ　　　　④せきゆ

問題 2. _____ のことばを漢字で書くとき、最もよいものを 1・2・3・4
から一つえらびなさい。

1.（　　）としよりに席をお譲りください。
　　　　①年長り　　　　②年寄り　　　　③年上り　　　　④年大り

2.（　　）ひょうげんの方法は自由です。
　　　　①評説　　　　　②評言　　　　　③表達　　　　　④表現

3.（　　）はんがくだからたくさん買います。
　　　　①半額　　　　　②半価　　　　　③半値　　　　　④半費

問題 3.（　　　　）に入れるものに最もよいものを 1・2・3・4から一つ
えらびなさい。

1. 最近、顔に（　　　　）がたくさんできて困る。
　　①おしり　　　　②にきび　　　　③あくび　　　　④なみだ

2. 自分にもっと（　　　　）を持ちなさい。

　①おとな　　　　　②せなか　　　　　③じしん　　　　　④たちば

3. （　　　　）なので、お金がありません。

　①けいたい　　　　②けいかく　　　　③げんいん　　　　④げつまつ

問題 4. つぎのことばの使い方として最もよいものを一つえらびなさい。

1. せいかく

　①兄はせいかくで働いています。

　②彼女は美人でせいかくもいい。

　③もうせいかくは治りましたか。

　④そろそろせいかくがなくなるそうだ。

2. ゆうき

　①本棚にゆうきを並べてください。

　②窓からゆっきをながめます。

　③ゆうきを持って、挑戦します。

　④娘はゆうきを残して出かけました。

3. けってん

　①けってんのない人はいません。

　②弟は田舎に大きなけってんを建てました。

　③けってんがなかなか貯まらない。

　④最近、悪いけってんが続いています。

□ 割引き

打折、折扣

例 割引きの商品を探す。
找打折的商品。

割引きの計算の仕方が分からない。
不知道折扣計算的方式。

延 パーセント 百分比

□ 昼寝

午睡

例 食後は必ず昼寝をする。
飯後一定會午睡。

この国では昼寝をする習慣がある。
這個國家有午睡的習慣。

延 寝る 睡覺
睡眠 睡眠、睡覺

□ 雰囲気

氣氛

例 この店は雰囲気がとてもいい。
這家店的氣氛非常好。

雰囲気のある場所でデートしたい。
想在有氣氛的地方約會。

□ 袋

袋子

例 野菜を袋の中に入れる。
把蔬菜裝入袋子裡。

物を入れすぎて、袋が破れた。
東西裝太多，袋子破了。

延 バッグ 包包

□ 取り消し

取消

例 社長は出張の取り消しを決めた。
社長決定取消出差了。

予約の取り消しはもうできません。
已經不能取消預約。

似 キャンセル 取消

□ 賞味期限

賞味期限（最佳品
嘗時間）

例 この卵は賞味期限が切れている。
這顆蛋過了賞味期限。

賞味期限は３週間です。
賞味期限是3個星期。

□ 爪

指甲

例 爪がとても速く伸びる。
指甲長得非常快。

先生の爪はいつもピカピカだ。
老師的指甲總是亮晶晶。

延 手 手
足 腳
マニキュア 指甲油

□ 万一

萬一

例 万一に備えて保険に入る。
加入保險，以防萬一。

これは万一の災害のための準備です。
這是為了萬一有災害時的準備。

□ 転職 （てんしょく）

調職、轉行

例 今、転職を考えています。
現在，正考慮轉行。

転職先はアメリカの自動車会社です。
調職的地方為美國的汽車公司。

延 就職（しゅうしょく） 就業、就職
　 退職（たいしょく） 離職、退休
　 辞職（じしょく） 辭職

□ 理解 （りかい）

理解、了解

例 彼は相手に対して理解が足りない。
他對對方缺乏了解。

あなたの行動は理解に苦しむ。
你的行為令人難以理解。

□ 貯金 （ちょきん）

存款、儲蓄

例 貯金はいくらありますか。
存款有多少呢？

貯金を増やす方法を教えてください。
請教我增加存款的方法。

延 銀行（ぎんこう） 銀行
　 投資（とうし） 投資

□ 内科 （ないか）

內科

例 兄は内科の医者だ。
哥哥是內科醫師。

体の具合が悪いので、内科で見てもらう。
由於身體的狀況不好，所以要找內科看病。

反 外科（げか） 外科
延 診察（しんさつ） 診察、診斷
　 検査（けんさ） 檢查

名詞

□ 発売
はつばい

發售、銷售

例 発売の日程はまだ不明だ。
はつばい にってい ふめい
發售的日期還不明確。

新書の発売を楽しみにしている。
しんしょ はつばい たの
期待著新書的發售。

似 販売 販賣、銷售
はんばい
延 発行 發行
はっこう

□ 違反
いはん

違反

例 彼は契約の違反で非難された。
かれ けいやく いはん ひなん
他因違反合約而被譴責了。

ルール違反を謝罪します。
いはん しゃざい
為違反規則而道歉。

□ 話し合い
はな あ

商量、商談

例 話し合いはうまく進んでいる。
はな あ すす
商談順利進行中。

相手の弁護士と話し合いをした。
あいて べんごし はな あ
與對方的律師商量了。

似 相談 商量
そうだん

□ 連休
れんきゅう

連續休假、連續假期

例 次の連休にフランスへ行く。
つぎ れんきゅう い
下次的連續假期要去法國。

連休を利用して、引っ越しした。
れんきゅう りよう ひ こ
利用連續假期，搬家了。

延 休日 休假日、休息日
きゅうじつ

047

□ 冷蔵庫

冰箱、冷藏室

例 牛乳を冷蔵庫に入れてください。
請把牛奶放到冰箱裡。

冷蔵庫が壊れてしまった。
冰箱壞掉了。

延 冷凍庫 冷凍庫

□ 働き者

勤勞的人、努力工作的人

例 あの若者は働き者だ。
那個年輕人是勤勞的人。

息子は働き者の嫁をもらった。
兒子娶到了勤勞的媳婦。

反 怠け者 懶惰的人

□ 乾杯

乾杯

例 今夜は2人で乾杯だ。
今晚我們2個人來乾杯！

『乾杯』という歌を知っていますか。
知道一首叫做《乾杯》的歌嗎？

□ 食品

食品

例 祖母は冷凍食品は食べません。
祖母不吃冷凍食品。

食品の安全問題は深刻です。
食品的安全問題很嚴重。

似 食べ物 食物、食品

□ 好み _{この}

愛好、喜好

例 あなたの好みのタイプを教えて。
告訴我你喜好的類型。

この柄は母の好みにぴったりです。
這個花色完全符合母親的喜好。

□ 不満 _{ふ まん}

不滿意、不滿足

例 今の生活に不満はありません。
對現在的生活沒有不滿。

不満がある人は手をあげてください。
有不滿的人，請舉手。

反 満足 滿意、滿足

□ 選挙 _{せん きょ}

選舉

例 今度の選挙に立候補する。
要參加這次的選舉。

委員長は選挙で決めましょう。
委員長用選舉來決定吧！

延 投票 投票

□ 運転免許証 _{うん てん めん きょしょう}

駕駛執照

例 運転免許証を提示しなさい。
出示駕照！

運転免許証を家に忘れてしまった。
把駕照忘在家裡了。

實力測驗！

問題 1. _____ のことばの読み方として最もよいものを 1・2・3・4か らーつえらびなさい。

1.（　　）急に雰囲気が悪くなった。
　　　①ふいき　　　②ふいんき　　　③ふんいき　　　④ほいんき

2.（　　）好みの相手ではないが、がまんしよう。
　　　①すみ　　　②こみ　　　③すのみ　　　④このみ

3.（　　）長時間昼寝をしたせいで、夜、眠れなかった。
　　　①ちゅうしん　②ちゅうね　　③ひいね　　　④ひるね

問題 2. _____ のことばを漢字で書くとき、最もよいものを 1・2・3・4 からーつえらびなさい。

1.（　　）まん一、不合格でも後悔しません。
　　　①万　　　　②千　　　　③満　　　　④如

2.（　　）いはんを3回したら罰金です。
　　　①禁止　　　②謀反　　　③違反　　　④反則

3.（　　）彼に対するふまんがどんどん増える。
　　　①未満　　　②不満　　　③未服　　　④不服

問題 3.（　　） に入れるものに最もよいものを 1・2・3・4 からーつ えらびなさい。

1. アメリカの大統領（　　　）は来月だ。
　　①せんきょ　　　②せんきょう　　　③えんきょ　　　④えんきょう

2. 弟は血が苦手だから、（　　　　）の医師になった。

　①うちか　　　　　②おうか　　　　　③ないか　　　　　④すいか

3. 娘の旦那さんは（　　　　）で優しいそうだ。

　①しろうと　　　　②はたらきもの　　③しりあい　　　　④はなしあい

問題 4. つぎのことばの使い方として最もよいものを一つえらびなさい。

1. てんしょく

　①この年で<u>てんしょく</u>をするのは難しい。

　②郵便局の前に<u>てんしょく</u>をしてください。

　③協力して<u>てんしょく</u>を捕らえた。

　④妹は<u>てんしょく</u>に勤めています。

2. とりけし

　①されいな<u>とりけし</u>で包んでください。

　②彼を<u>とりけし</u>に連れて帰った。

　③予約の<u>とりけし</u>はどのようにしますか。

　④<u>とりけし</u>が実現するようにがんばります。

3. わりびき

　①ここは<u>わりびき</u>中だから、通れません。

　②正月に<u>わりびき</u>に泊まるつもりです。

　③学生しか<u>わりびき</u>のサービスはありません。

　④<u>わりびき</u>に砂糖で味をつけましょう。

□ 白髪（しらが）

白頭髮

例 最近（さいきん）、だいぶ白髪（しらが）が増（ふ）えた。
最近，白髮增加了不少。
白髪（しらが）を紫色（むらさきいろ）に染（そ）めた。
把白髮染成紫色了。

□ 晴（は）れ

放晴、晴天

例 今日（きょう）は晴（は）れでよかった。
今天放晴，太好了。
晴（は）れの日（ひ）は洗濯物（せんたくもの）がよく乾（かわ）く。
天晴的日子，洗的衣服比較會乾。

反 曇（くも）り 陰天
雨（あめ） 雨天

□ 日程（にってい）

日程

例 旅行（りょこう）の日程（にってい）を決（き）めましょう。
決定旅行的日程吧！
電車（でんしゃ）の事故（じこ）で日程（にってい）が狂（くる）った。
由於電車事故，日程亂成一團了。

□ 油（あぶら）

油

例 油（あぶら）で揚（あ）げたものは食（た）べません。
不吃用油炸的東西。
バイクに油（あぶら）をさしたほうがいい。
幫摩托車加油比較好。

延 天（てん）ぷら 天婦羅
（油炸食物）

□ 葉 <ruby>葉<rt>は</rt></ruby>　　葉子

例 <ruby>葉<rt>は</rt></ruby>がたくさん<ruby>落<rt>お</rt></ruby>ちた。
葉子掉落了許多。

<ruby>新<rt>あたら</rt></ruby>しい<ruby>葉<rt>は</rt></ruby>が<ruby>生<rt>は</rt></ruby>えた。
新葉長出來了。

延 <ruby>落<rt>お</rt></ruby>ち<ruby>葉<rt>ば</rt></ruby> 落葉

□ <ruby>運賃<rt>うんちん</rt></ruby>　　運費、車資

例 <ruby>運賃<rt>うんちん</rt></ruby>がまた<ruby>高<rt>たか</rt></ruby>くなった。
運費又變貴了。

<ruby>子供<rt>こども</rt></ruby>の<ruby>運賃<rt>うんちん</rt></ruby>は<ruby>半額<rt>はんがく</rt></ruby>です。
小孩的車資是半價。

延 <ruby>費用<rt>ひよう</rt></ruby> 費用
<ruby>乗<rt>の</rt></ruby>り<ruby>物<rt>もの</rt></ruby> 交通工具

□ <ruby>過去<rt>かこ</rt></ruby>　　過去

例 <ruby>過去<rt>かこ</rt></ruby>のことは<ruby>忘<rt>わす</rt></ruby>れた。
忘記過去的事情了。

<ruby>彼<rt>かれ</rt></ruby>は<ruby>過去<rt>かこ</rt></ruby>に<ruby>離婚<rt>りこん</rt></ruby>の<ruby>経験<rt>けいけん</rt></ruby>がある。
他過去有離婚的經驗。

似 <ruby>昔<rt>むかし</rt></ruby> 以前
反 <ruby>今<rt>いま</rt></ruby> 現在
<ruby>現在<rt>げんざい</rt></ruby> 現在

□ <ruby>頭痛<rt>ずつう</rt></ruby>　　頭痛

例 <ruby>朝<rt>あさ</rt></ruby>から<ruby>頭痛<rt>ずつう</rt></ruby>がします。
從早上開始就頭痛。

<ruby>頭痛<rt>ずつう</rt></ruby>で<ruby>学校<rt>がっこう</rt></ruby>を<ruby>休<rt>やす</rt></ruby>んだ。
因為頭痛，跟學校請假了。

延 <ruby>腹痛<rt>ふくつう</rt></ruby> 肚子痛
<ruby>腰痛<rt>ようつう</rt></ruby> 腰痛
<ruby>痛<rt>いた</rt></ruby>み 疼痛

名詞

□ 努力
どりょく

努力

例 まだ努力が足りない。
努力還不夠。

わたしの東大合格は努力の結果だ。
とうだいごうかく　　どりょく　けっか

我考上東大是努力的結果。

延 実力 實力
じつりょく

□ 眉毛
まゆげ

眉毛

例 眉毛をうまく描きたいです。
まゆげ　　　　か

想把眉毛畫得很好。

最近、眉毛が抜けて困る。
さいきん　まゆげ　ぬ　こま

最近，眉毛一直掉很困擾。

延 まつげ 睫毛

ひげ 鬍鬚

□ 関心
かんしん

關心、感興趣

例 政治に関心がありますか。
せいじ　かんしん

關心政治嗎？

心理学に関心を持っている。
しんりがく　かんしん　も

對心理學抱持著興趣。

□ 意欲
いよく

熱情、意願

例 若いのにぜんぜん意欲がない。
わか　　　　　　いよく

明明很年輕，卻完全沒有熱情。

意欲を高める方法が見つからない。
いよく　たか　ほうほう　み

找不到提升熱情的方法。

延 やる気 幹勁
き

名詞

□ 発見
はっけん

發現

例 何か新しい発見がありましたか。
なに　あたら　はっけん
有什麼新的發現了嗎？

早い発見で命が助かった。
はや　はっけん　いのち　たす
因提早發現而撿回了一條命。

□ おなら

（放）屁

例 父のおならは臭い。
ちち　くさ
父親的屁很臭。

会議中なので、おならをがまんした。
かいぎちゅう
由於在開會中，所以忍住放屁了。

□ 渋滞
じゅうたい

阻塞、塞車

例 雪による道の渋滞で、遅刻した。
ゆき　みち　じゅうたい　ちこく
因為下雪，道路阻塞，遲到了。

この時間はほとんどいつも渋滞だ。
じかん　じゅうたい
這個時間幾乎總是塞車。

□ 応援
おうえん

支援、援助、聲援

例 引っ越しの応援に行く。
ひ　こ　おうえん　い
要去支援搬家。

応援の声が聞こえませんか。
おうえん　こえ　き
沒聽到聲援的聲音嗎？

延 運動会 運動會
うんどうかい
試合 比賽
しあい

055

□ **忘れ物**

忘記的東西、
遺失物

例 忘れ物はありませんか。
有沒有忘記東西呢？

娘はよく忘れ物をする。
女兒常常忘記東西。

延 落し物 掉的東西

□ **波**

波浪

例 今日は波がとても高い。
今天浪非常高。

波が怖くて、海で泳げません。
因為海浪很可怕，所以無法在海裡游泳。

延 サーフィン 衝浪
　　ヨット 遊艇、帆船

□ **横断歩道**

斑馬線

例 横断歩道を渡りなさい。
走斑馬線！

この大通りには横断歩道がない。
這條大馬路上沒有斑馬線。

延 安全 安全

□ **満員**

滿座、客滿

例 週末、映画館は満員です。
週末，電影院客滿。

バスは満員で乗れなかった。
公車因客滿而搭不上去。

□ 寝坊（ねぼう）

睡懶覺、睡過頭

例 今朝（けさ）、寝坊（ねぼう）で遅刻（ちこく）した。
今天早上，因睡過頭而遲到了。

夏休（なつやす）み中（ちゅう）、寝坊（ねぼう）の習慣（しゅうかん）がついた。
暑假中，養成了睡懶覺的習慣。

□ 交差点（こうさてん）

十字路口、交叉口

例 交差点（こうさてん）で交通事故（こうつうじこ）があったそうだ。
據說在十字路口有交通事故。

2（ふた）つ目（め）の交差点（こうさてん）を右（みぎ）に曲（ま）がります。
在第2個十字路口右轉。

□ 港（みなと）

港口

例 港（みなと）は海（うみ）のにおいがする。
港口有海的味道。

近（ちか）くの港（みなと）で釣（つ）りをしませんか。
要不要在附近的港口釣魚呢？

□ 尻尾（しっぽ）

尾巴

例 犬（いぬ）が尻尾（しっぽ）を振（ふ）っている。
狗搖著尾巴。

とかげの尻尾（しっぽ）が切（き）れた。
蜥蝪的尾巴斷了。

延 動物（どうぶつ）動物

057

實力測驗！

問題 1. _____ のことばの読み方として最もよいものを 1・2・3・4か
ら一つえらびなさい。

1. （　　　）祖母の<u>白髪</u>を抜いてあげた。
  ①しろかみ ②しろがみ ③しろが ④しらが

2. （　　　）週末は野球の<u>応援</u>に行くつもりだ。
  ①おうえん ②いんえん ③じんえん ④せいえん

3. （　　　）風邪のせいで<u>頭痛</u>と吐き気がする。
  ①とういた ②あたいた ③ずつう ④ずとう

問題 2. _____ のことばを漢字で書くとき、最もよいものを 1・2・3・4
から一つえらびなさい。

1. （　　　）猫の<u>しっぽ</u>をふんでしまった。
  ①尻尾 ②尾巴 ③尾尻 ④巴尾

2. （　　　）講演の会場は<u>まんいん</u>だった。
  ①万員 ②満員 ③万人 ④満人

3. （　　　）一月の<u>にってい</u>はまだ分かりません。
  ①行程 ②年程 ③月程 ④日程

問題 3. （　　　）に入れるものに最もよいものを 1・2・3・4から一つ
えらびなさい。

1. 父の（　　　）はとてもくさい。
 ①おなら ②ふへい ③なまえ ④すきま

2. きょうも（　　　　）で遅刻してしまった。

　　①ねだん　　　　　②ねぼう　　　　　③ぐあい　　　　　④こども

3. 冬になって、（　　　　　）は全部落ちた。

　　①は　　　　　　　②め　　　　　　　③か　　　　　　　④ち

問題4. つぎのことばの使い方として最もよいものを一つえらびなさい。

1. じゅうたい

　　①じゅうたいは順調に進んでいます。

　　②ここにじゅうたいを捨てるな。

　　③新しいじゅうたいの内容を知っていますか。

　　④連休のせいで、ひどいじゅうたいだ。

2. わすれもの

　　①先生にわすれものを相談するつもりだ。

　　②わすれものを取りに帰ります。

　　③台風でわすれものが倒れてしまった。

　　④冷蔵庫でわすれものを冷やします。

3. まゆげ

　　①朝食を食べなかったから、まゆげが空いている。

　　②親切なまゆげでお客さんに接してください。

　　③まゆげが部屋の半分を占める。

　　④わたしは太くて濃いまゆげが好きです。

□ **成長**（せいちょう）

成長、成熟

例 子供の成長はとても早い。
孩子的成長非常快。

精神的な成長を望みます。
期盼精神上的成長。

延 **発育**（はついく） 發育

□ **消費者**（しょうひしゃ）

消費者

例 消費者の権利を守るべきです。
應該保護消費者的權利。

最近の消費者はネットで買物をする。
最近的消費者都用網路購物。

延 **消費税**（しょうひぜい） 消費稅

□ **調整**（ちょうせい）

調整

例 エンジンの調整をしてください。
請調整引擎。

スケジュールの調整をする。
調整行程。

□ **活動**（かつどう）

活動

例 祖父は活動の領域が広い。
祖父活動的領域很廣泛。

ボランティア活動を楽しんでいる。
享受著義工活動。

似 **イベント** 活動

名詞

□ **専門家**
せんもんか

専家

例 彼は経営の専門家です。
かれ けいえい せんもんか
他是經營上的專家。

法律の専門家に相談しましょう。
ほうりつ せんもんか そうだん
跟法律的專家商量吧！

似 プロ 専家

□ **痛み**
いた

疼痛

例 痛みがありますか。
いた
會痛嗎？

肩と腰に痛みを感じます。
かた こし いた かん
肩膀和腰部感覺到疼痛。

延 怪我 受傷
けが
病気 生病
びょうき
薬 藥
くすり

□ **定価**
ていか

定價

例 この商品は定価の３割引きです。
しょうひん ていか さんわりび
這件商品是定價打7折。

定価の半分なら、買います。
ていか はんぶん か
如果是定價的一半的話，會買。

延 値段 價錢
ねだん
価格 價格
かかく
買物 購物
かいもの

□ **日常**
にちじょう

日常

例 日常会話くらいなら、話せます。
にちじょうかいわ はな
如果是日常會話之類的話，會說。

これは日常使う道具です。
にちじょうつか どうぐ
這是日常使用的工具。

延 日常茶飯事 家常便飯
にちじょうさはんじ

061

□ 餌 (えさ)　　　飼料、誘餌

例 金魚に餌をやるのを忘れた。
忘記餵金魚飼料了。

猫の餌はいつもネットで買います。
貓的飼料通常都是用網路購物。

□ 部分 (ぶぶん)　　　一部分

例 この人形は目の部分が宝石です。
這個娃娃的眼睛部分是寶石。

その部分はまだ読んでいません。
那一部分還沒閱讀。

反 全部 (ぜんぶ) 全部
全体 (ぜんたい) 全體

□ 虫歯 (むしば)　　　蛀牙

例 昨日、虫歯を抜きました。
昨天，拔了蛀牙。

甘いものを食べすぎると虫歯になる。
甜食一旦吃多了，就會蛀牙。

延 歯医者 (はいしゃ) 牙醫

□ 増加 (ぞうか)　　　增加

例 社員は給料の増加を要求した。
員工要求增加薪水了。

出生率の増加は難しいです。
出生率的增加很困難。

反 減少 (げんしょう) 減少
延 追加 (ついか) 追加

□ **借金** しゃっきん

借款、債務、欠款

例 兄は借金がたくさんあります。
あに　しゃっきん
哥哥有很多債務。

借金を返すのは当然のことです。
しゃっきん　かえ　　　とうぜん
欠債還錢是理所當然的事情。

□ **繰り返し** く　かえ

反覆、重複

例 繰り返し何度も練習しなさい。
く　かえ　なん　ど　れんしゅう
要一而再、再而三地反覆練習！

このダンスは繰り返しの動作が多い。
く　かえ　　どう さ　おお
這個舞蹈重複的動作很多。

□ **暗証番号** あん しょう ばん ごう

密碼

例 ここに暗証番号を入力してください。
あんしょうばんごう　にゅうりょく
請在這裡輸入密碼。

また暗証番号が思い出せない。
あんしょうばんごう　おも　だ
密碼又想不起來了。

□ **日帰り** ひ　がえ

當天往返

例 日帰りバスツアーに参加しませんか。
ひ　がえ　　　　　　　さん か
要不要參加當天往返的巴士旅行呢？

先週、日帰りで温泉に行ってきた。
せんしゅう　ひ　がえ　　おんせん　い
上個星期，當天往返去了溫泉。

反 宿泊 住宿
しゅくはく

□ 振り込み

匯款、轉帳

例 振り込みに必要な情報は何ですか。
匯款需要的資料是什麼呢？
振り込みには手数料がかかります。
匯款需要手續費。

□ 回復

恢復

例 疲労の回復には寝るのが一番です。
疲勞的恢復，最好的方法就是睡覺。
祖父の健康の回復は難しいそうだ。
據說祖父很難恢復健康。

延 治る 治癒

□ 予想

預想、預料、預計

例 結果は父の予想どおりだった。
結果如父親所預料。
わたしの予想ではAチームが勝つはずだ。
依我的預料，A組應該會獲勝。

□ 翻訳

翻譯

例 将来は翻訳の仕事がしたいです。
將來想從事翻譯的工作。
ビジネス文書の翻訳はけっこう難しい。
商業文書的翻譯相當困難。

延 通訳 口譯

□ 駐車場
ちゅうしゃじょう

停車場

例 このビルの駐車場は地下2階にある。
這棟大樓的停車場是在地下2樓。

駐車場までは歩いて5分くらいの距離だ。
到停車場是走路5分鐘左右的距離。

□ 屋上
おくじょう

屋頂

例 週末、友達と屋上でバーベキューを楽しむ予定だ。
預定週末和朋友在屋頂開心烤肉。

うちのマンションの屋上から見る花火は最高だ。
從我家華廈的屋頂看煙火最棒了。

□ 看護師
かんごし

護理人員、護士

例 将来は学校の先生か看護師になりたい。
將來想要成為學校的老師或是護理人員。

看護師の資格を取るために、一生懸命勉強している。
為了取得護理人員的資格，拚命讀著書。

延 医者 醫生
病院 醫院

□ 節約
せつやく

節省、節約

例 時間の節約は大事なことだ。
節省時間是重要的事情。

電気の節約のために、電源を切った。
為了省電，把電源關掉了。

延 エネルギー 能源

實力測驗！

問題 1. ＿＿＿＿ のことばの読み方として最もよいものを 1・2・3・4 から一つえらびなさい。

1. （　　） 彼はいつまでたっても<u>成長</u>がない。
　　　①せいなが　　②せいちょう　　③じょうなが　　④じょうちょう

2. （　　） <u>日常</u>の運動は自分のためになる。
　　　①ひつね　　②ひじょう　　③にちつね　　④にちじょう

3. （　　） スケジュールの<u>調整</u>をしなければならない。
　　　①しらせい　　②しらせつ　　③ちょうせい　　④ちょうせつ

問題 2. ＿＿＿＿ のことばを漢字で書くとき、最もよいものを 1・2・3・4 から一つえらびなさい。

1. （　　） 今回の出張は<u>ひがえり</u>です。
　　　①帰　　②戻　　③回　　④退

2. （　　） 妻は<u>せつやく</u>がとても上手です。
　　　①省役　　②省金　　③節約　　④節省

3. （　　） <u>むし</u>歯のせいで頬がはれている。
　　　①虫　　②隙　　③空　　④葉

問題 3. （　　　　） に入れるものに最もよいものを 1・2・3・4 から一つえらびなさい。

1. 昨日から肩の （　　　　） がひどくて、つらい。
　　　①いたみ　　②ながめ　　③ちから　　④たたみ

2. ペットの猫に（　　　　　）をやるのを忘れた。

　　①ぬし　　　　　　②くも　　　　　　③えさ　　　　　　④せき

3. （　　　　　）を返すために、一生懸命働いている。

　　①まちがい　　　　②しゃっきん　　　③よのなか　　　　④ひきだし

問題 4. つぎのことばの使い方として最もよいものを一つえらびなさい。

1. あいて

　　①父はびょうきであいてを辞めました。

　　②新しいあいてを使ってやってみましょう。

　　③あいての立場に立って考えなさい。

　　④あいての音を小さくしてください。

2. ほんやく

　　①コンビニに行ったついでに、ほんやくに寄りました。

　　②近くで大きいほんやくがはっせいしたそうです。

　　③彼のほんやくは間違いが多くて、とても困る。

　　④スーパーで牛乳をほんやくと卵をかいましょう。

3. よそう

　　①今回の結果はよそうとはまったく逆のものだった。

　　②明日のよそうのテーマは悪化する失業問題についてだそうだ。

　　③こんな場所でよそうに出会うとは思ってもいなかった。

　　④簡単なよそうくらいできなければ、一人暮らしは難しいだろう。

□ 世界 (せかい)

世界、全球

例 彼女の笑顔は世界で一番魅力的だ。
(かのじょ の え がお は せ かい で いち ばん み りょくてき)
她的笑容是世界上最有魅力的。

相撲の世界はとても厳しいです。
(すもう の せ かい)(きび)
相撲的世界非常嚴格。

延 国 (くに) 國家
　地図 (ち ず) 地圖

□ 住まい (す)

住處、居住

例 彼の住まいはここから遠くない。
(かれ の す)(とお)
他的住處離這裡不遠。

あの白いマンションがわたしの住まいです。
(しろ)(す)
那棟白色華廈是我的住處。

延 家 (いえ) 家、房子
　建物 (たてもの) 建築物

□ 彼女 (かのじょ)

她、女朋友

例 彼女のおかげで元気になることができた。
(かのじょ)(げん き)
託她的福,得以恢復了精神。

彼女から言わないでくれと頼まれた。
(かのじょ)(い)(たの)
被她拜託不要説出去。

反 彼 (かれ) 他、男朋友

□ 氷 (こおり)

冰塊

例 氷が解けないうちに飲んだほうがいい。
(こおり)(と)(の)
趁冰塊還沒有溶化之前喝比較好。

ビールに氷を入れないでほしい。
(こおり)(い)
希望啤酒不要加冰塊。

延 水 (みず) 水

□ やり取（と）り　　　交換、交談、往來

例　彼（かれ）とメールのやり取（と）りをしている。
和他用電子郵件往來中。

最近（さいきん）の若者（わかもの）は手紙（てがみ）のやり取（と）りなどしない。
最近的年輕人不用信件等往來。

□ 子育（こそだ）て　　　育兒

例　毎日（まいにち）、子育（こそだ）てでとても忙（いそが）しい。
每天，因為照顧小孩非常忙碌。

子育（こそだ）てはもちろんお金（かね）がかかる。
養小孩當然花錢。

延　子供（こども）　小孩
　　成長（せいちょう）　成長

□ 次（つぎ）　　　其次、下一個

例　次（つぎ）はわたしの番（ばん）です。
下一個輪到我。

食事（しょくじ）はこの次（つぎ）にしましょう。
吃飯就下一次吧！

□ 表面（ひょうめん）　　　表面

例　表面（ひょうめん）の泥（どろ）を落（お）とすように言（い）われた。
被說要把表面的泥土弄掉。

テーブルの表面（ひょうめん）に傷（きず）がある。
桌子的表面有傷痕。

似　表（おもて）　正面、表面

□ **身分**（みぶん）　　身分

例　身分（みぶん）を証明（しょうめい）するものを見（み）せなさい。
給我看證明身分的東西！
あなたの身分（みぶん）を確認（かくにん）させてください。
請讓我確認你的身分。

□ **斜め**（なな）　　歪斜、傾斜

例　帽子（ぼうし）を斜め（なな）にかぶるべきではない。
帽子不應該戴得歪歪斜斜的。
郵便局（ゆうびんきょく）はあなたの斜め（なな）前（まえ）にあります。
郵局就在你的斜前方。

□ **曇り**（くも）　　陰天

例　わたしは曇り（くも）の日（ひ）が好（す）きです。
我喜歡陰天的日子。
九州（きゅうしゅう）の今日（きょう）の天気（てんき）は曇り（くも）です。
九州今天的天氣是陰天。

延　晴れ（は）　晴天
　　雨（あめ）　雨（天）

□ **血**（ち）　　血

例　傷口（きずぐち）の血（ち）が止（と）まらない。
傷口血流不止。
このステーキは血（ち）の匂い（にお）がする。
這個牛排有血的味道。

□ **天井**
<ruby>天井<rt>てんじょう</rt></ruby>

天花板

例 <ruby>天井<rt>てんじょう</rt></ruby>から<ruby>水<rt>みず</rt></ruby>がもれている。
天花板漏著水。

<ruby>反<rt></rt></ruby> <ruby>床<rt>ゆか</rt></ruby> 地板

この<ruby>部屋<rt>へや</rt></ruby>は<ruby>天井<rt>てんじょう</rt></ruby>がとても<ruby>高<rt>たか</rt></ruby>い。
這個房間的天花板非常高。

□ **選手**
<ruby>選手<rt>せんしゅ</rt></ruby>

選手、運動員

例 <ruby>彼<rt>かれ</rt></ruby>はドイツのサッカー<ruby>選手<rt>せんしゅ</rt></ruby>です。
他是德國的足球選手。

<ruby>将来<rt>しょうらい</rt></ruby>はプロの<ruby>野球選手<rt>やきゅうせんしゅ</rt></ruby>になりたいです。
將來想成為職業棒球選手。

□ **計算**
<ruby>計算<rt>けいさん</rt></ruby>

計算

例 また<ruby>計算<rt>けいさん</rt></ruby>をまちがってしまった。
又計算錯誤了。

<ruby>娘<rt>むすめ</rt></ruby>は<ruby>計算<rt>けいさん</rt></ruby>がまるでできない。
女兒完全不會計算。

□ **割合**
<ruby>割合<rt>わりあい</rt></ruby>

比例、比率、占比

例 <ruby>男女<rt>だんじょ</rt></ruby>の<ruby>割合<rt>わりあい</rt></ruby>は<ruby>1対3<rt>いったいさん</rt></ruby>です。
男女的比例是1比3。

<ruby>高齢者<rt>こうれいしゃ</rt></ruby>の<ruby>割合<rt>わりあい</rt></ruby>は<ruby>全体<rt>ぜんたい</rt></ruby>の<ruby>20<rt>にじゅっ</rt></ruby>パーセントを<ruby>占<rt>し</rt></ruby>める。
高齡者的比率占全體的百分之二十。

□ 付き合い

交往、交際、應酬

例 彼とはもう７年の付き合いだ。
和他的交往已經7年了。

彼との付き合いを両親に反対された。
和他的交往，遭到了父母親的反對。

□ 居眠り

（打）瞌睡

例 授業中に居眠りをしてはいけない。
上課中不可以打瞌睡。

居眠りが原因で事故に遭った。
打瞌睡是造成了事故的原因。

□ 世話

照顧、照料

例 犬の世話をしなければならない。
非照料狗不可。

先日はたいへんお世話になりました。
前些日子，承蒙您的照顧了。

□ 窓口

櫃臺、窗口

例 窓口はすでに終了しました。
櫃臺已經停止受理了。

切符はあの窓口で買えます。
票可以在那個窗口買。

□ 津波 （つなみ）　　　　　　海嘯

例 祖父（そふ）の家（いえ）は津波（つなみ）で流（なが）されてしまった。
祖父的家因海嘯被沖走了。

あの村（むら）は津波（つなみ）の被害（ひがい）にあった。
那個村莊遭受海嘯的侵害了。

延 災害（さいがい）　災害
　　地震（じしん）　地震

□ 登山 （とざん）　　　　　　登山、爬山

例 わたしの趣味（しゅみ）は登山（とざん）です。
我的興趣是爬山。

登山（とざん）をする人（ひと）の数（かず）が増（ふ）えているということだ。
據説登山的人數正在增加中。

似 山登（やまのぼ）り　登山、爬山

□ 支払い （しはらい）　　　　支付、付款

例 支払（しはら）いは別々（べつべつ）でお願（ねが）いします。
結帳麻煩請分開。

支払（しはら）いはもう済（す）みましたか。
已經付完錢了嗎？

延 お金（かね）　錢
　　現金（げんきん）　現金
　　カード　（信用）卡

□ 眉 （まゆ）　　　　　　　　眉、眉毛

例 彼（かれ）の眉（まゆ）は濃（こ）くて太（ふと）いです。
他的眉毛又濃又粗。

赤（あか）ちゃんは眉（まゆ）がほとんどない。
嬰兒幾乎沒有眉毛。

似 眉毛（まゆげ）　眉毛

實力測驗！

問題 1. _____ のことばの読み方として最もよいものを 1・2・3・4から一つえらびなさい。

1. (　　) コンビニは銀行の斜め前にあります。
　　　①さんめ　　　②ろくめ　　　③ななめ　　　④はちめ

2. (　　) 天井に大きな傷がある。
　　　①てんい　　　②てんじょう　　③あまい　　　④あまじょう

3. (　　) きっぷは駅の窓口でも買えます。
　　　①まとくち　　②まとぐち　　③まどくち　　④まどぐち

問題 2. _____ のことばを漢字で書くとき、最もよいものを 1・2・3・4から一つえらびなさい。

1. (　　) 砂糖とこおりは入れないでください。
　　　①氷　　　　②水　　　　③塩　　　　④湯

2. (　　) うっかりいねむりしてしまった。
　　　①居寝り　　②睡眠り　　③居眠り　　④睡寝り

3. (　　) 夫はこそだてを手伝ってくれます。
　　　①子教て　　②子育て　　③児教て　　④児育て

問題 3. (　　　) に入れるものに最もよいものを 1・2・3・4から一つえらびなさい。

1. 息子は水泳の (　　　) に選ばれた。
　①せんしゅ　　②ことり　　③みなと　　④ゆしゅつ

2. 彼とは長い （　　　　）だ。

①やくそく　　　　②つきあい　　　　③なかよし　　　　④のりかえ

3. 大きな地震のせいで （　　　　）が発生した。

①しらが　　　　②せなか　　　　③とこや　　　　④つなみ

問題 4. つぎのことばの使い方として最もよいものを一つえらびなさい。

1. すまい

①おすまいはどちらですか。

②すまいによって、大きな被害が生じた。

③妹はアメリカのすまいで働いています。

④学生はすまいの話に従わなければならない。

2. やりとり

①タオルでやりとりを拭きました。

②昨日の夜、やりとりを洗いました。

③そのやりとりはズボンによく合います。

④外国人とメールのやりとりはつかれます。

3. しはらい

①両親のしはらいを得て、結婚が決まった。

②彼はせっかくのしはらいを失ってしまった。

③新しいしはらいを祝って飲みましょう。

④家賃のしはらいは済みましたか。

□ 美容院
びよういん

美容院、美髪院

例 これから美容院へ行きます。
びょういん い
等一下要去美容院。

娘は美容院で働いています。
むすめ びょういん はたら
女兒在美容院上班。

反 床屋 理髮廳
とこや
延 美容師 美髮設計師、
びようし 美容師

□ 指定席
し てい せき

對號座

例 指定席を一枚ください。
し てい せき いちまい
請給我一張對號座。

この電車はすべて指定席です。
でんしゃ し てい せき
這輛電車全部都是對號座。

反 自由席 自由座
じ ゆうせき

□ 旅館
りょ かん

旅館

例 この辺りには旅館がたくさんある。
あた りょ かん
這附近有很多旅館。

外国人は和風の旅館に泊まりたがる。
がいこくじん わ ふう りょ かん と
外國人想投宿和風的旅館。

延 ホテル 飯店
民宿 民宿
みんしゅく

□ 方向
ほう こう

方向

例 方向を転換したほうがいい。
ほう こう てんかん
變換方向比較好。

東京駅はどちらの方向ですか。
とうきょうえき ほう こう
東京車站是在哪一個方向呢？

□ **新型**（しんがた）

新型

例 トヨタは来月（らいげつ）、新型（しんがた）の車（くるま）を発売（はつばい）するらしい。
豐田下個月，好像要開始銷售新型的車子。

新型（しんがた）コロナウイルスに感染（かんせん）してしまった。
不小心被新型冠狀病毒感染了。

□ **代表**（だいひょう）

代表

例 あの方（かた）が会社（かいしゃ）の代表（だいひょう）みたいです。
那位好像是公司的代表。

両国（りょうこく）の代表（だいひょう）が北京（ペキン）で協議（きょうぎ）することになった。
兩國的代表決定在北京協議了。

□ **下着**（したぎ）

內衣褲

例 白（しろ）い下着（したぎ）が好（す）きです。
喜歡白色的內衣褲。

新（あたら）しい下着（したぎ）を買（か）いましょう。
買新的內衣褲吧！

□ **大型**（おおがた）

大型、強烈

例 この機械（きかい）はかなり大型（おおがた）です。
這台機器相當大型。

反 小型（こがた） 小型

大型（おおがた）の台風（たいふう）が近（ちか）づいているそうだ。
據說強烈的颱風正接近中。

□ **突き当たり**
つ　あ

盡頭

例 **会議室は廊下の突き当たりです。**
かい ぎ しつ　　ろう か　　つ　あ

會議室是在走廊的盡頭。

突き当たりにある階段を上ってください。
つ　あ　　　　　　かいだん　　のぼ

請爬上在盡頭處的樓梯。

□ **両側**
りょう がわ

兩側、兩邊

例 **大通りの両側に店がたくさんある。**
おおどお　　　りょうがわ　　みせ

大馬路的兩側有很多商店。

反 **片側** 一側、一邊
かたがわ

道の両側に花を植えませんか。
みち　りょうがわ　　はな　　う

要不要在道路的兩側種花呢？

□ **遠回り**
とお まわ

繞遠路、繞道

例 **香港経由だと遠回りになる。**
ホンコンけい ゆ　　　とおまわ

如果經由香港，就會變成繞遠路。

ずいぶん遠回りをしてしまった。
とおまわ

結果繞了好大一圈。

□ **時間割**
じ　かん わり

時間表、課程表

例 **先生は今、授業の時間割を作っている。**
せんせい　いま　じゅぎょう　じ かんわり　つく

老師現在正在做上課的課程表。

これは息子の時間割です。
むす こ　　じ かんわり

這是兒子的課程表。

□ 従業員
じゅうぎょういん

従業人員、工作人員、員工

例 従業員はまだ来ていない。
じゅうぎょういん　　　　き
従業人員還沒有來。

ここの従業員はすべて女性だ。
じゅうぎょういん　　　　　じょせい
這裡的從業人員全部都是女性。

似 社員 員工
しゃいん
反 社長 社長
しゃちょう

□ 新婚旅行
しん こん りょ こう

蜜月旅行

例 新婚旅行はぜったいハワイに行きたい。
しん こん りょ こう　　　　　　　　　　い
蜜月旅行想一定要去夏威夷。

新婚旅行はどこに行きたいですか。
しん こん りょ こう　　　　　い
蜜月旅行想去哪裡呢？

□ 通勤
つう きん

通勤、上下班

例 夫は通勤の途中で事故に遭った。
おっと　つう きん　と ちゅう　じ こ　あ
丈夫在通勤的途中遭遇了事故。

通勤時間はいつも音楽を聴いている。
つう きん じ かん　　　　　おん がく　き
通勤時間總是聽著音樂。

延 会社員 公司的職員
かいしゃいん
　サラリーマン 上班族

□ 禁煙席
きん えん せき

禁菸的座位

例 禁煙席にしてください。
きん えん せき
請給我禁菸的座位。

この時間はすべて禁煙席となっています。
じ かん　　　　　きん えん せき
這個時間全部都是禁菸的座位。

反 喫煙席 抽菸的座位
きつえんせき
延 タバコ 香菸
　灰皿 菸灰缸
はいざら

079

□ 両替（りょうがえ）

（貨幣之間的）兌換、換錢

例 ここで両替（りょうがえ）はできないみたいです。
這裡好像不能兌換。

両替（りょうがえ）には手数料（てすうりょう）がかかります。
兌換需要手續費。

□ 情報（じょうほう）

情報、消息、資訊

例 彼（かれ）の情報（じょうほう）は信用（しんよう）できない。
他的情報靠不住。

お互（たが）いに情報（じょうほう）を交換（こうかん）しましょう。
互相交換情報吧！

□ 予防（よぼう）

預防

例 これは感染予防（かんせんよぼう）のための薬（くすり）です。
這是為了預防感染的藥。

ピーマンは癌（がん）の予防（よぼう）に効果（こうか）がある。
青椒有預防癌症的功效。

□ 模様（もよう）

花樣、圖案、情形、情況、樣子

例 犬（いぬ）の模様（もよう）のあるシャツがほしいです。
想要有狗的圖案的襯衫。

似 柄（がら） 花紋、花樣

犯人（はんにん）の腕（うで）には蝶（ちょう）の模様（もよう）が描（えが）かれていた。
犯人的手臂上刺有蝴蝶的圖案。

□ 花見 <ruby>花<rt>はな</rt></ruby><ruby>見<rt>み</rt></ruby>

賞花（尤其指賞櫻花）

例 <ruby>退社後<rt>たいしゃご</rt></ruby>、<ruby>同僚<rt>どうりょう</rt></ruby>と<ruby>花見<rt>はなみ</rt></ruby>をすることになっている。

決定下班後，和同事去賞花。

<ruby>今年<rt>ことし</rt></ruby>は<ruby>桜<rt>さくら</rt></ruby>の<ruby>開花<rt>かいか</rt></ruby>が<ruby>遅<rt>おそ</rt></ruby>く、<ruby>花見<rt>はなみ</rt></ruby>はまだ<ruby>先<rt>さき</rt></ruby>になりそうだ。

今年櫻花開得晚，看來賞花還有得等。

□ 報告 <ruby>報<rt>ほう</rt></ruby><ruby>告<rt>こく</rt></ruby>

報告

例 <ruby>部下<rt>ぶか</rt></ruby>の<ruby>報告<rt>ほうこく</rt></ruby>によればイベントは<ruby>成功<rt>せいこう</rt></ruby>したそうだ。

根據屬下的報告，據説活動很成功。

<ruby>先<rt>さき</rt></ruby>に<ruby>悪<rt>わる</rt></ruby>いほうの<ruby>報告<rt>ほうこく</rt></ruby>をします。

先報告不好的。

□ 税金 <ruby>税<rt>ぜい</rt></ruby><ruby>金<rt>きん</rt></ruby>

税金

例 <ruby>税金<rt>ぜいきん</rt></ruby>を<ruby>納<rt>おさ</rt></ruby>めるのは<ruby>国民<rt>こくみん</rt></ruby>の<ruby>義務<rt>ぎむ</rt></ruby>だ。

繳納税金是國民的義務。

この<ruby>国<rt>くに</rt></ruby>の<ruby>税金<rt>ぜいきん</rt></ruby>は<ruby>高<rt>たか</rt></ruby>すぎると<ruby>思<rt>おも</rt></ruby>う。

我覺得這個國家的税金過高。

□ 遅刻 <ruby>遅<rt>ち</rt></ruby><ruby>刻<rt>こく</rt></ruby>

遲到

例 あの<ruby>生徒<rt>せいと</rt></ruby>は<ruby>遅刻<rt>ちこく</rt></ruby>や<ruby>早退<rt>そうたい</rt></ruby>が<ruby>多<rt>おお</rt></ruby>すぎる。

那個學生遲到或早退過多。

<ruby>遅刻<rt>ちこく</rt></ruby>ばかりで<ruby>注意<rt>ちゅうい</rt></ruby>されました。

因為一直遲到被警告了。

實力測驗！

問題 1. _____ のことばの読み方として最もよいものを 1・2・3・4から一つえらびなさい。

1. (　　) 田中君は遅刻が多くて、先生に叱られました。

　　①おこく　　　②ちこく　　　③たこく　　　④かこく

2. (　　) 女性の従業員が足りません。

　　①しゅうきょういん　　　　②じゅうきょういん

　　③しゅうぎょういん　　　　④じゅうぎょういん

3. (　　) 新型だからといって、旧型よりいいとは限らない。

　　①あらかた　　②あらがた　　③しんかた　　④しんがた

問題 2. _____ のことばを漢字で書くとき、最もよいものを 1・2・3・4から一つえらびなさい。

1. (　　) 着物の時、したぎはつけません。

　　①下衣　　　　②下着　　　　③内衣　　　　④内着

2. (　　) 花もようのドレスが着たいです。

　　①模様　　　　②模用　　　　③紋容　　　　④紋楊

3. (　　) 政府はぜいきんをもっと高くしたい。

　　①国税　　　　②消税　　　　③税金　　　　④贅金

問題 3. (　　　　) に入れるものに最もよいものを 1・2・3・4 から一つ えらびなさい。

1. そのコースは (　　　　) だと思います。
　　①といあわせ　　　②とおまわり　　　③すききらい　　　④おとしもの

2. わたしは (　　　　) に3時間もかかります。
　　①つうきん　　　②あしあと　　　③おもいで　　　④わるくち

3. 娘は学校の (　　　　) として、コンクールに出席した。
　　①りょうがわ　　　②だいひょう　　　③りょうがえ　　　④たいしょう

問題 4. つぎのことばの使い方として最もよいものを一つえらびなさい。

1. ほうこう
　　①健康のためにほうこうをやめました。
　　②自分のほうこうに戻りなさい。
　　③ほうこうは一つだけではありません。
　　④課長にこのほうこうを渡してください。

2. おおがた
　　①おおがたのれいぞうこがほしいです。
　　②ガスの火をおおがたにしてください。
　　③あかちゃんにおおがたが生えてきた。
　　④風邪のせいで、おおがたが痛いです。

3. つきあたり
　　①こいびととつきあたりになった。
　　②とこやはこの道のつきあたりにあります。
　　③じぶんのつきあたりを試してみたい。
　　④来月のつきあたりについて、話し合いましょう。

□ 濃い

> 濃的、稠的、深的、密的

例 このスープの味はかなり濃いです。
這道湯的味道相當濃。

濃いコーヒーを飲んだから、眠れない。
因為喝了濃的咖啡，所以睡不著。

> 反 薄い 淡的、薄的

□ 賢い

> 聰明的、伶俐的、賢明的

例 彼はハンサムではないが、とても賢い。
他雖然不英俊，但是非常聰明。

ぜひ賢い選択をしてください。
請務必做明智的選擇。

> 延 頭がいい 頭腦好
> 天才 天才

□ 親しい

> 親密的、親近的

例 わたしたちは親しい関係ではありません。
我們並非親密的關係。

クラスの中に親しい人は一人もいない。
在班上親近的朋友一個也沒有。

> 似 仲よし 感情好（的朋友）
> 延 友達 朋友
> 友人 友人、朋友

□ 眩しい

> 刺眼的、耀眼的

例 太陽の光がとても眩しいです。
太陽的光非常刺眼。

彼の笑顔はとても眩しい。
他的笑容非常耀眼。

□ **羨ましい**
_{うらや}

令人羨慕的

例 わたしは金持ちが羨ましいです。
_{かね も}_{うらや}
我羨慕有錢人。

あなたのような美人と結婚できる人が羨ましい。
_{び じん}_{けっこん}_{ひと}_{うらや}
羨慕可以和像妳這樣的美女結婚的人。

□ **美しい**
_{うつく}

美麗的、嬌豔的、優美的

例 着物を着た女性は美しいです。
_{き もの}_き_{じょせい}_{うつく}
穿了和服的女性很美麗。

彼女の声はとても美しいです。
_{かのじょ}_{こえ}_{うつく}
她的聲音非常優美。

似 綺麗 漂亮
_{きれい}
延 美人 美女
_{び じん}

□ **かっこいい**

帥氣的

例 兄はかっこいい車を買った。
_{あに}_{くるま}_か
哥哥買了帥氣的車子。

夫は昔、とてもかっこよかった。
_{おっと}_{むかし}
我先生以前非常帥氣。

似 ハンサム 英俊

□ **かっこ悪い**
_{わる}

不帥氣的、難看的

例 うちの学校の制服はかっこ悪い。
_{がっこう}_{せいふく}_{わる}
我們學校的制服很難看。

後輩に負けて、かっこ悪かった。
_{こうはい}_ま_{わる}
輸給學弟妹，真難看。

似 醜い 醜陋的、難看的
_{みにく}

□ 難しい
むずか

難的、困難的

例 小学生にしたら、その問題は難しいはずだ。
しょうがくせい　　　　　　もんだい　むずか

對小學生來説，那個問題應該很難。

今度のテストは難しかったそうです。
こんど　　　　　　　　むずか

聽説這次的考試很難。

似 困難 困難
こんなん

□ 恥ずかしい
は

可恥的、害羞的、
慚愧的

例 失敗して、とても恥ずかしい。
しっぱい　　　　　　　は

失敗了，非常丟臉。

彼の部下として恥ずかしかった。
かれ　ぶか　　　　　　は

以身為他的屬下感到可恥。

□ 酸っぱい
す

酸的

例 このレモンはとても酸っぱい。
す

這個檸檬非常酸。

酸っぱくて、食べられません。
す　　　　　　　た

很酸，沒辦法吃。

延 酢 醋
す

梅干し 酸梅
うめぼ

□ 温い
ぬる

微溫的、
半涼不熱的

例 温いから、熱くしてください。
ぬる　　　　あつ

因為不熱了，所以請加熱。

温泉のお湯は少し温かった。
おんせん　　ゆ　すこ　ぬる

溫泉的熱水有一點不熱。

□ ひどい

殘酷的、無情的、厲害的、嚴重的

例 風邪のせいで、声がひどい。
因為感冒，聲音很嚴重。

今回のテストの点はひどかった。
這次的考試分數很慘。

□ 偉い

偉大的、厲害的、不得了的

例 彼はたいへん偉い政治家です。
他是非常偉大的政治家。

最後までがんばって、偉かったと思う。
我覺得努力到最後，很了不起。

延 敬意 敬意

□ おかしい

可笑的、奇怪的、可疑的、不恰當的

例 この文章はどこかおかしいですか。
這篇文章有哪裡不恰當嗎？

彼の態度はさっきおかしかった。
他剛才的態度很奇怪。

似 変 奇怪

□ 厚い

厚的

例 このピザの皮は厚いから、好きではない。
這個披薩的皮很厚，所以不喜歡。

あまり厚くない辞書がほしいです。
想要不要太厚的字典。

反 薄い 薄的、淡的

087

□ 厳しい（きびしい）

嚴格的、嚴酷的、殘酷的

似 きつい 嚴厲的、吃力的

延 トレーニング 訓練

例 鈴木先生（すずきせんせい）の訓練（くんれん）はとても厳（きび）しい。
鈴木老師的訓練非常嚴格。

北海道（ほっかいどう）の寒（さむ）さはかなり厳（きび）しかった。
北海道的寒冷相當嚴酷。

□ 怪しい（あやしい）

可疑的、奇怪的、靠不住的

延 奇妙（きみょう） 奇妙

例 警察（けいさつ）はあの男（おとこ）が怪（あや）しいと思（おも）っている。
警察覺得那個男的很可疑。

彼女（かのじょ）の占（うらな）いはどこか怪（あや）しい気（き）がする。
覺得她的占卜哪裡怪怪的。

□ 面倒くさい（めんどうくさい）

麻煩的、繁雜的

延 手続き（てつづき） 手續
複雑（ふくざつ） 複雜

例 その作業（さぎょう）は面倒（めんどう）くさいから、やりたくない。
那個作業很繁雜，所以不想做。

上司（じょうし）は面倒（めんどう）くさいことばかり言（い）う。
主管光會講煩人的事情。

□ 柔らかい（やわらかい）

柔和的、柔軟的、柔嫩的、靈活的

反 硬い（かたい） 堅硬的

例 赤（あか）ちゃんの手（て）は小（ちい）さくて柔（やわ）らかいです。
嬰兒的手又小又柔軟。

祖父（そふ）は柔（やわ）らかい肉（にく）しか食（た）べられません。
祖父只能吃軟的肉。

□ 温かい

溫暖的、和睦的

例 今日は寒いから、温かい物が食べたい。
今天很冷，所以想吃溫暖的東西。

反 冷たい 冰冷的

彼女は温かい家庭で育った。
她在和睦的家庭中成長。

□ 暖かい

暖和的

例 今年の冬はいつもより暖かいと思います。
我覺得今年的冬天比往年暖和。

反 涼しい 涼爽的

昨日はだいぶ暖かかったです。
昨天相當暖和。

□ 忙しい

忙碌的

例 最近はとても忙しいです。
最近非常忙碌。

反 暇 空閒

忙しいところ、どうもすみません。
在您百忙之中打擾，非常抱歉。

□ 浅い

淺的、淡的、不親密的

例 この川はとても浅いから、安全だ。
這條河川非常淺，所以很安全。

反 深い 深的

彼は教師として、経験が浅いようだ。
他擔任教師，經驗好像還很淺。

實力測驗！

問題1. ＿＿＿＿のことばの読み方として最もよいものを1・2・3・4から一つえらびなさい。

1. (　　) お父さんの背中は<u>温かい</u>です。
  ①あたたかい　②ありたかい　③あなたかい　④あかたかい

2. (　　) こんどの問題はあまり<u>難しく</u>なかった。
  ①むずましく　②なずましく　③むずかしく　④なんましく

3. (　　) 健康のために、味が<u>濃い</u>ものは食べません。
  ①のい　　　②こい　　　③うい　　　④かい

問題2. ＿＿＿＿のことばを漢字で書くとき、最もよいものを1・2・3・4から一つえらびなさい。

1. (　　) 光が<u>まぶしくて</u>、目を閉じた。
  ①熱しくて　　②眩しくて　　③射しくて　　④明しくて

2. (　　) 姉は成績がよくて<u>うらやましい</u>です。
  ①親ましい　　②羨ましい　　③望ましい　　④憧ましい

3. (　　) お風呂の湯が<u>ぬるい</u>ので、熱くしてください。
  ①鈍い　　　②暖い　　　③温い　　　④低い

問題3. (　　　　)に入れるものに最もよいものを1・2・3・4から一つえらびなさい。

1. 恋人の態度が少し (　　　　) と感じた。
  ①くやしい　　　②おさない　　　③おかしい　　　④まずしい

2. 昨日から（　　　　）くて、あまり休んでいない。

　　①いそ　　　　　②いそが　　　　③いそがし　　　④いそがしい

3. わたしと彼は（　　　　）関係です。

　　①けわしい　　　②したしい　　　③みにくい　　　④くやしい

問題4. つぎのことばの使い方として最もよいものを一つえらびなさい。

1. あやしい

　　①わたしは部屋の掃除があやしくて、嫌いだ。

　　②父はふだんはやさしいが、ときどきあやしい。

　　③最近、夫の行動があやしい。

　　④このレモンはあまりあやしくない。

2. かしこい

　　①今度のテストはいつもよりかしこかった。

　　②波がかしこいので、気をつけてください。

　　③ロボットは人間よりかしこいと思います。

　　④少し太ったから、ズボンがかしこいです。

3. めんどうくさい

　　①毎朝、弁当を作るのはめんどうくさい。

　　②あの若さで亡くなるなんて、めんどうくさい。

　　③最近、体の調子がちょっとめんどうくさい。

　　④弟は両親に反対されて、めんどうくさいようだ。

□ ほしい

想要的

例 新しいスマホがほしいです。
想要新的智慧型手機。

ほしいだけ取りなさい。
想拿什麼就拿什麼！

延 願い 願望、請求
欲求 欲望、希求

□ 恋しい

愛慕的、懷念的、
想念的

例 アメリカに留学中の娘が恋しい。
想念在美國留學中的女兒。

母の手料理が恋しいです。
懷念媽媽親手做的菜。

延 恋人 戀人、情人、
男女朋友

□ しつこい

執拗的、
糾纏不休的

例 しつこい男は嫌われますよ。
固執的男人會惹人厭喔！

今度の風邪はしつこくて、なかなか治らない。
這次的感冒很纏人，一直好不了。

□ 危ない

危險的

例 危ないところに行ってはいけません。
不可以去危險的地方。

火は危ないから、気をつけてください。
火很危險，所以請小心。

似 危険 危險

□ ずるい

狡猾的、滑頭的

例 彼<ruby>彼<rt>かれ</rt></ruby>はずるいから、つき<ruby>合<rt>あ</rt></ruby>わないほうがいい。
他很滑頭，不要交往比較好。

<ruby>自分<rt>じぶん</rt></ruby>の<ruby>都合<rt>つごう</rt></ruby>を<ruby>優先<rt>ゆうせん</rt></ruby>するなんて、ずるいと<ruby>思<rt>おも</rt></ruby>う。
我覺得以自己的方便為優先什麼的，很狡猾。

延 <ruby>悪<rt>わる</rt></ruby>い　壞的
<ruby>悪人<rt>あくにん</rt></ruby>　壞人

□ <ruby>細<rt>ほそ</rt></ruby>い

細的、瘦的、窄的、微弱的

例 その<ruby>大根<rt>だいこん</rt></ruby>はかなり<ruby>細<rt>ほそ</rt></ruby>いです。
那根蘿蔔相當細。

<ruby>彼女<rt>かのじょ</rt></ruby>は<ruby>細<rt>ほそ</rt></ruby>くて、<ruby>羨<rt>うらや</rt></ruby>ましいです。
她很瘦，令人羨慕。

似 スマート　瘦的、纖細的
反 <ruby>太<rt>ふと</rt></ruby>い　粗的、胖的
延 <ruby>小<rt>ちい</rt></ruby>さい　小的

□ <ruby>緩<rt>ゆる</rt></ruby>い

寬鬆的、鬆的、不陡的、緩慢的

例 うちの<ruby>高校<rt>こうこう</rt></ruby>の<ruby>校則<rt>こうそく</rt></ruby>は<ruby>緩<rt>ゆる</rt></ruby>いです。
我們高中的校規很寬鬆。

このワンピースはちょっと<ruby>緩<rt>ゆる</rt></ruby>いようだ。
這件洋裝好像有點鬆。

反 きつい　辛苦的、緊的
延 <ruby>厳<rt>きび</rt></ruby>しい　嚴格的
<ruby>甘<rt>あま</rt></ruby>い　溺愛的

□ <ruby>辛<rt>から</rt></ruby>い

辣的、辛苦的、鹹的

例 わさびは<ruby>辛<rt>から</rt></ruby>いから<ruby>入<rt>い</rt></ruby>れないで。
芥末很辣，所以不要放。

<ruby>彼女<rt>かのじょ</rt></ruby>は<ruby>辛<rt>から</rt></ruby>いものが<ruby>大好<rt>だいす</rt></ruby>きだそうだ。
聽說她非常喜歡辣的東西。

延 <ruby>唐辛子<rt>とうがらし</rt></ruby>　辣椒
ラー<ruby>油<rt>ゆ</rt></ruby>　辣油

□ 辛い

難過的、痛苦的

例 飼っていた犬が死んで、とても辛いです。
飼養的狗死了，非常難過。

辛いときは、いつでも連絡してください。
難過的時候，請隨時連絡我。

延 悲しい 悲傷的
涙 眼淚

□ 若い

年輕的、未成熟的

例 まだ若いから、できなくても仕方がない。
因為還很年輕，所以即使做不到也只能接受。

若いときは、いっぱい失敗したほうがいい。
年輕的時候，最好有很多失敗。

反 年寄り 年長者、老人
年配 中年以上的年紀
延 青春 青春

□ きつい

緊的、吃力的

例 ちょっときついから、大きめのをください。
因為有點緊，所以請給我大一點的。

今の仕事はきついから、辞めたい。
因為現在的工作很吃力，所以想辭掉。

延 サイズ 尺寸

□ 正しい

正確的、正直的

例 正しいと思うほうに丸をつけなさい。
在認為正確的地方打圈。

その選択は正しかったと思う。
我覺得那個選擇是正確的。

似 正確 正確
反 間違い 錯誤、過失

□ **眠い** <ruby>眠<rt>ねむ</rt></ruby>い

想睡的

例 <ruby>寝不足<rt>ね ぶ そく</rt></ruby>のせいで、とても<ruby>眠<rt>ねむ</rt></ruby>い。
由於睡眠不足，所以非常想睡。

<ruby>授業中<rt>じゅぎょうちゅう</rt></ruby>、すごく<ruby>眠<rt>ねむ</rt></ruby>かった。
上課時，非常睏。

延 <ruby>睡眠<rt>すいみん</rt></ruby> 睡眠
<ruby>昼寝<rt>ひる ね</rt></ruby> 睡午覺

□ **汚い** <ruby>汚<rt>きたな</rt></ruby>い

骯髒的、卑鄙的、
下流的

例 <ruby>息子<rt>むす こ</rt></ruby>の<ruby>部屋<rt>へ や</rt></ruby>はとても<ruby>汚<rt>きたな</rt></ruby>い。
兒子的房間非常骯髒。

<ruby>彼<rt>かれ</rt></ruby>の<ruby>やり方<rt>かた</rt></ruby>は<ruby>汚<rt>きたな</rt></ruby>いと<ruby>思<rt>おも</rt></ruby>う。
我認為他的做法很卑鄙。

反 きれい 乾淨的
延 <ruby>汚染<rt>お せん</rt></ruby> 汙染
<ruby>汚<rt>よご</rt></ruby>れ 髒、汙垢

□ **貧しい** <ruby>貧<rt>まず</rt></ruby>しい

貧窮的、貧困的、
貧乏的

例 うちが<ruby>貧<rt>まず</rt></ruby>しいせいで、ほしいものが<ruby>買<rt>か</rt></ruby>えない。
我們家因為貧窮，所以想要的東西不能買。

<ruby>子供<rt>こ ども</rt></ruby>のころ、<ruby>我が家<rt>わ や</rt></ruby>はとても<ruby>貧<rt>まず</rt></ruby>しかった。
孩提的時候，我們家非常貧困。

似 <ruby>貧乏<rt>びんぼう</rt></ruby> 貧窮

□ **固い** <ruby>固<rt>かた</rt></ruby>い

硬的、堅固的、堅
強的

例 このチームは<ruby>団結<rt>だんけつ</rt></ruby>が<ruby>固<rt>かた</rt></ruby>いです。
這個團隊很團結。

<ruby>地盤<rt>じ ばん</rt></ruby>が<ruby>固<rt>かた</rt></ruby>くないから、<ruby>地震<rt>じ しん</rt></ruby>には<ruby>弱<rt>よわ</rt></ruby>いと<ruby>思<rt>おも</rt></ruby>う。
因為地基不堅固，所以我覺得經不起地震。

□ 大人しい

成熟的、穩重的、溫馴的、安靜的

例 ぼくは大人しい女の子が好きだ。
我喜歡穩重的女孩。

うさぎは大人しくて可愛い。
兔子溫馴可愛。

反 うるさい 吵雜的
喧しい 喧鬧的
賑やか 鬧哄哄、熱鬧
延 静か 安靜

□ 珍しい

新奇的、珍奇的、罕見的

例 散歩のとき、珍しい花を見つけた。
散步的時候，發現了罕見的花。

この生き物はたいへん珍しいそうだ。
據說這種生物非常罕見。

延 貴重 貴重、寶貴

□ 喧しい

喧鬧的、轟動一時的、囉嗦的、嚴格的

例 外で工事しているから、喧しいです。
外面在施工，所以很吵。

居酒屋は喧しいから、好きではない。
居酒屋很吵，所以不喜歡。

似 うるさい 吵雜的
賑やか 鬧哄哄、熱鬧

□ だらしない

邋遢的、散漫的、沒出息的

例 服装がだらしない人は嫌いです。
討厭衣著邋遢的人。

だらしない生活を改善するべきだ。
應該改善散漫的生活。

□ みっともない

不像樣的、丟臉的、醜陋的

例 人前で酔っぱらうのはみっともない。
在人前喝醉不像話。

負けを認めないのは、みっともないと思う。
我覺得不認輸很丟臉。

似 見苦しい　不體面的、丟臉的

延 恥ずかしい　丟臉的、害羞的

□ 苦しい

痛苦的、困難的

例 月末は生活が苦しいです。
月底生活很困苦。

急に呼吸が苦しくなって、救急車を呼んだ。
突然呼吸變得困難,叫了救護車。

□ 細かい

細小的、詳細的、瑣碎的

例 細かい作業はとても苦手です。
非常不擅長瑣碎的工作。

あなたの字は細かくて、読めません。
你的字很小,看不到。

□ 苦い

苦的、痛苦的、不愉快的

例 このコーヒーは苦いが、香りがいい。
這杯咖啡雖然苦,但是很香。

仕事で苦い経験をしたことがありますか。
在工作上曾有過不愉快的經驗嗎?

反 甘い　甜的、天真的

097

實力測驗！

問題 1. ＿＿＿＿＿ のことばの読み方として最もよいものを 1・2・3・4から一つえらびなさい。

1. （　　　）夜は<u>危ない</u>ですから、一人で歩かないで。

　　　①あきない　　　②あぶない　　　③きかない　　　④きらない

2. （　　　）まだ夕方ですが、とても<u>眠い</u>です。

　　　①かゆい　　　②さむい　　　③おそい　　　④ねむい

3. （　　　）母は最近痩せたから、スカートが<u>緩い</u>そうだ。

　　　①からい　　　②ゆるい　　　③きつい　　　④えらい

問題 2. ＿＿＿＿＿ のことばを漢字で書くとき、最もよいものを 1・2・3・4から一つえらびなさい。

1. （　　　）父は<u>わかい</u>とき、パイロットになりたかったそうだ。

　　　①深い　　　②旨い　　　③若い　　　④遠い

2. （　　　）医者から<u>からい</u>ものを食べるなと言われた。

　　　①強い　　　②辛い　　　③鋭い　　　④具合い

3. （　　　）この馬は<u>おとなしい</u>から、安心してください。

　　　①悔しい　　　②大人しい　　　③険しい　　　④素晴しい

問題 3. （　　　　）に入れるものに最もよいものを 1・2・3・4から一つえらびなさい。

1. 別れた彼氏のことがとても（　　　　）です。

　　　①あつかましい　　②いさましい　　　③こいしい　　　④かなしい

2. 苦瓜は（　　　　　）といっても、体にいいです。

　①えらい　　　　　②にがい　　　　　③あつい　　　　　④ほそい

3. 卒業式に（　　　　　）服を着てこないで。

　①もったいない　　②みっともない　　③ずうずうしい　　④たのもしい

問題 4. つぎのことばの使い方として最もよいものを一つえらびなさい。

1. やかましい

　①高校最後の試合に負けて、すごくやかましい。

　②母は礼儀作法にたいへんやかましい。

　③蚊に足をさされて、とてもやかましいです。

　④わたしはやかましい頃から、ピアノが好きでした。

2. だらしない

　①さっきスーパーで買った魚はだらしなかった。

　②彼女は服装も歩き方もだらしない。

　③彼は今、だらしない現実に直面している。

　④わたしにとってこんなだらしくないことはない。

3. しつこい

　①今年の冬は寒さがしつこいそうだ。

　②しつこい情報をおしえてください。

　③酢を入れすぎたため、味がしつこくなった。

　④しつこい汚れには、これがよく効きます。

□ **速い**
はや

迅速的、急遽的

例 彼はわたしより足が速いです。
かれ　　　　　　　あし　はや

他跑得比我快。

川の流れが速いから、気をつけて。
かわ　なが　　　はや　　　　　き

河流湍急，所以請小心。

反 **鈍い** 遲鈍的、緩慢的
のろ

遅い 慢的、晚的
おそ

□ **かゆい**

癢的

例 背中がかゆいから、掻いてください。
せ なか　　　　　　　か

背很癢，所以請抓一下。

痛いですか、かゆいですか。
いた

是痛，還是癢呢？

延 **蚊** 蚊子
か

皮膚 皮膚
ひ ふ

□ **礼儀正しい**
れい ぎ ただ

有禮貌的、彬彬有
禮的

例 あの子は誰にでも礼儀正しい。
こ　だれ　　　　れい ぎ ただ

那個孩子不管對誰都很有禮貌。

ほとんどの生徒は礼儀正しいです。
せい と　　れい ぎ ただ

幾乎所有的學生都很有禮貌。

延 **マナー** 禮貌、禮節

礼儀作法 禮節規矩
れい ぎ さ ほう

□ **騒がしい**
さわ

吵鬧的、
議論紛紛的

例 水の音が騒がしいから、止めてほしい。
みず　おと　さわ　　　　　　と

水的聲音很吵，所以希望關起來。

最近、観光客が増えて騒がしくなった。
さいきん　かんこうきゃく　ふ　　さわ

最近，因為觀光客增加，所以變吵了。

似 **喧しい** 喧鬧的、
やま　　　　轟動一時的

うるさい 吵雜的

賑やか 鬧哄哄、熱鬧
にぎ

□ 鈍い【のろい】

遅鈍的、笨拙的、緩慢的

例 この列車はひどく鈍いです。

這台列車非常慢。

息子は本を読むスピードが鈍い。

兒子看書速度很慢。

反 速い【はやい】 快的

□ 鈍い【にぶい】

鈍的、遅鈍的

例 あの子は頭の回転が鈍いです。

那個孩子頭腦反應遲鈍。

ナイフの切れが鈍かったから、磨いてもらった。

因為刀刃鈍了，所以請人磨了。

反 鋭い【するどい】 鋭利的、敏鋭的

□ 詳しい【くわしい】

詳細的、熟悉的

例 詳しいことはまだ分からない。

詳細的情況還不清楚。

彼は相撲に詳しいそうです。

據說他對相撲很熟悉。

似 詳細【しょうさい】 詳細

□ 鋭い【するどい】

鋭利的、敏鋭的

例 刃の鋭いはさみで手を切ってしまった。

被刀刃鋭利的剪刀剪到手了。

あのアナウンサーのコメントはじつに鋭かった。

那個播報員的評論實在很犀利。

反 鈍い【にぶい】 鈍的、遅鈍的

101

□ **可愛らしい** _{かわい}

可愛的、
小巧玲瓏的

例 赤ちゃんの寝顔はとても可愛らしい。
嬰兒睡覺的臉龐非常可愛。

娘は子供の頃、じつに可愛らしかった。
女兒孩提的時候，實在很可愛。

似 可愛い _{かわい} 可愛的

□ **騒々しい** _{そう ぞう}

吵雜的、喧囂的

例 ラジオの音が騒々しいから消した。
因為收音機的聲音很吵，所以關掉了。

パーティーは騒々しいので、好きではない。
由於派對很吵鬧，所以不喜歡。

似 喧しい _{やかま} 喧鬧的、轟動
一時的

うるさい 吵雜的
賑やか _{にぎ} 鬧哄哄、熱鬧

□ **蒸し暑い** _{む　あつ}

悶熱的

例 日本の夏はたいへん蒸し暑い。
日本的夏天非常悶熱。

今年は例年より蒸し暑くなるそうだ。
據說今年會變得比往年悶熱。

延 暑い _{あつ} 炎熱的
湿気 _{しっけ} 濕氣

□ **くだらない**

無意義的、無聊
的、沒有價值的

例 最近のお笑い番組はくだらないと思う。
我覺得最近的搞笑節目很無聊。

彼の冗談はとてもくだらなかった。
他的玩笑非常無聊。

似 つまらない 無聊的、
沒有價值的

□ 冷たい

冰涼的、冷淡的

例 冷たいビールで乾杯しませんか。
要不要用冰啤酒來乾杯啊？

彼女の態度はとても冷たかった。
她的態度非常冷淡。

反 温かい 暖和的、
　　　　 溫暖的

延 氷 冰

□ 険しい

險峻的、陡峭的、
艱險的

例 この山は高くて険しいです。
這座山既高又險峻。

若者たちにはまだまだ険しい道のりが待っている。
年輕人們還有艱險的路途正等待著（你們）。

□ 汗臭い

汗臭的

例 息子のシャツは真っ黒で汗臭いです。
兒子的襯衫烏漆墨黑又有汗臭味。

洗濯したのに、どうも汗臭い気がする。
衣服明明都洗過了，總覺得還是有汗臭。

□ ばからしい

愚蠢的、無聊的

例 その質問はばからしいと思う。
我覺得那個提問很蠢。

サラリーマンなんて、ばからしくてやってられない。
上班族什麼的，很無聊，做不來。

似 くだらない
　　無意義的、無聊的

103

□ つまらない

微不足道的、沒有用的、無聊的、沒有價值的

例 うちの上司の話はじつにつまらない。
我的上司講的話實在很無聊。

あの映画はほんとうにつまらなかった。
那部電影真的很無聊。

反 おもしろい　有趣的、可笑的

□ 懐かしい

令人懷念的

例 この写真、懐かしいですね。
這張照片，好懷念啊！

ドイツでの生活が懐かしいです。
懷念在德國的生活。

□ もったいない

可惜的、過分的

例 捨てるのはもったいないです。
丟掉很可惜。

せっかく資格があるのに、もったいないです。
難得都有資格，很可惜。

延 浪費　浪費
無駄遣い　浪費、亂花錢

□ ずうずうしい

厚顏無恥的

例 彼は欲張りでずうずうしいから嫌いだ。
他貪心又厚臉皮，所以很討厭。

そんなことを言うなんて、ずうずうしいですね。
說那樣的話什麼的，還真不要臉啊！

似 厚かましい　厚臉皮的

□ **悔しい**

遺憾的、悔恨的、懊悔的

例 試合で負けて、すごく悔しいです。
比賽輸了，非常懊悔。

サークルの仲間に笑われて、悔しかった。
被社團的夥伴嘲笑，真不甘願。

反 満足 満足、滿意

□ **厚かましい**

厚臉皮的

例 厚かましいお願いで、すみません。
厚著臉皮的請求，還請見諒。

彼はずいぶん厚かましいですね。
他還真厚臉皮啊！

似 ずうずうしい
厚顔無恥的

□ **ありがたい**

值得感謝的、值得慶幸的、寶貴的、難得的

例 親ほどありがたいものはない。
沒有比父母親更值得感謝的人了。

そうしていただけると、ありがたいです。
若能那樣處理，真是太感謝了。

延 感謝 感謝

□ **すばらしい**

了不起的、極優秀的、盛大的、驚人的

例 この店のサービスはすばらしいです。
這家店的服務太棒了。

あの女優さんの演技はすばらしかった。
那位女演員的演技太優秀了。

延 優秀 優秀
最高 最高、太棒了

實力測驗！

問題 1. _____ のことばの読み方として最もよいものを 1・2・3・4か
ら一つえらびなさい。

1. （　　　） デパートは<u>騒々しくて</u>、好きではありません。
   - ①そうそうしくて
   - ②そうぞうしくて
   - ③さわさわしくて
   - ④さわざわしくて

2. （　　　） ここ数日はかなり<u>蒸し暑く</u>なります。
   - ①むしあつく　②くしあつく　③むしぬるく　④くしぬるく

3. （　　　） あの新人は仕事が<u>速くて</u>いいです。
   - ①くらくて　　②からくて　　③かたくて　　④はやくて

問題 2. _____ のことばを漢字で書くとき、最もよいものを 1・2・3・4
から一つえらびなさい。

1. （　　　） 息子は足が<u>のろくて</u>、いじめられた。
   - ①鋭くて　　②鈍くて　　③細くて　　④汚くて

2. （　　　） 次はもっと<u>けわしい</u>山に挑戦したい。
   - ①険しい　　②厳しい　　③難しい　　④危しい

3. （　　　） もう少し<u>くわしく</u>聞かせてください。
   - ①細しく　　②優しく　　③詳しく　　④膨しく

問題 3. (　　　) に入れるものに最もよいものを 1・2・3・4 から一つ えらびなさい。

1. そんなに (　　　) と嫌われますよ。
　①まぶしい　　　②ずうずうしい　　③たのもしい　　④もったいない

2. 上司から (　　　) 助言をいただきました。
　①さわがしい　　②ありがたい　　　③だらしない　　④みにくい

3. 目が (　　　) から、目薬を買ってきます。
　①ほそい　　　　②かゆい　　　　　③ゆるい　　　　④ふかい

問題 4. つぎのことばの使い方として最もよいものを一つえらびなさい。

1. くだらない
　①年をとるにつれて、くだらなくなってきた。
　②台風で野菜の値段がくだらなくなった。
　③この学校の規則はじつにくだらないと思う。
　④この家はくだらないばかりでなく、駅から近い。

2. さわがしい
　①選挙のとき、この国はとてもさわがしくなる。
　②新しいパソコンは機能がさわがしくて、かなりべんりだ。
　③不景気に加えて物価もさわがしくなるだろう。
　④今月は業績がさわがしくなって、上司にほめられた。

3. するどい
　①祖母がするどいうちに、旅行に行きましょう。
　②昨日は南部でするどい地震がおこった。
　③彼女は優しい両親のもとで、するどく育てられた。
　④猫は聴覚がとてもするどいそうです。

□ 嫌い（きらい）

討厭

例 うちの子はにんじんが嫌いです。
我家的小孩討厭紅蘿蔔。

子供（こども）の頃（ころ）、運動（うんどう）がとても嫌（きら）いでした。
孩提的時候，非常討厭運動。

似 苦手（にがて） 不擅長
反 好（す）き 喜歡

□ 贅沢（ぜいたく）

奢侈

例 彼女は贅沢な生活をしている。
她過著奢侈的生活。

今（いま）のわたしには、そんな贅沢（ぜいたく）はできません。
對現在的我來說，已經不能那麼奢侈了。

延 金持（かねも）ち 有錢（人）
　　ブランド品（ひん） 名牌

□ 素直（すなお）

直率、順從、聽話、老實、誠摯

例 あの子（こ）は優（やさ）しくて素直（すなお）です。
那個孩子既體貼又聽話。

新入社員（しんにゅうしゃいん）はまじめで素直（すなお）な子（こ）がいい。
新進員工最好是既認真又順從的人。

似 正直（しょうじき） 正直、老實
反 嘘（うそ）つき 説謊（的人）

□ 快適（かいてき）

舒適、舒服

例 田舎（いなか）での生活（せいかつ）はほんとうに快適（かいてき）です。
在鄉下的生活真的很舒適。

彼（かれ）は海外（かいがい）で快適（かいてき）な暮（く）らしをしているようだ。
他在國外好像過著舒適的生活。

似 心地（ここち）よい 愉快、舒適
反 不快（ふかい） 不愉快

□ 謙^{けん}虚^{きょ}　　　　　　　　　　謙虛

例 わたしは謙^{けんきょ}虚な女^{じょせい}性が好^すきだ。
我喜歡謙虛的女性。

謙^{けんきょ}虚な態^{たいど}度を身^みにつけてほしい。
希望養成謙虛的態度。

□ いい加^{かげん}減　　　　　　　　適當、馬馬虎虎、
　　　　　　　　　　　　　　　敷衍

例 彼^{かれ}はいい加^{かげん}減で、みんな困^{こま}っている。
他很隨便，所以大家都很困擾。

いい加^{かげん}減な教^{おし}え方^{かた}だから、ぜんぜん分^わからない。
因為是隨隨便便的教法，所以完全不懂。

似 適^{てきとう}当　適當
大^{おお}ざっぱ　草率、粗枝
大葉、約略

□ 無^{むだ}駄　　　　　　　　　　徒勞、白費、浪費

例 時^{じかん}間を無^{むだ}駄にしないでください。
請不要浪費時間。

無^{むだ}駄な努^{どりょく}力はしたくない。
不想做無謂的努力。

延 浪^{ろうひ}費　浪費

□ けち　　　　　　　　　　　吝嗇、小氣

例 一^{いっぱん}般に、けちな人^{にんげん}間は嫌^{きら}われる。
一般來說，吝嗇的人讓人討厭。

彼^{かれ}は貧^{びんぼう}乏だが、けちではない。
他雖然窮，但是不小氣。

□ 賑やか

熱鬧、鬧哄哄

例 週末の映画館は賑やかだ。
週末的電影院很熱鬧。

賑やかな場所は好きではありません。
不喜歡鬧哄哄的場所。

延 うるさい 吵鬧的
　　喧しい 喧鬧的

□ 派手

華麗、鮮艷、浮華

例 そのドレスは派手すぎる。
那件禮服太華麗了。

派手な女性は苦手だ。
不喜歡浮華的女性。

反 地味 樸素、樸實
　　素朴 樸素、單純
延 立派 漂亮、華麗、
　　　　高尚、優秀、
　　　　充分、名正言順

□ 曖昧

曖昧、含糊、可疑

例 記憶がどうも曖昧だ。
總覺得記憶有點模糊。

曖昧な態度はやめてほしい。
希望停止曖昧的態度。

反 はっきり 清楚、明確
延 ぼんやり 模糊、
　　　　　　隱約、發呆

□ 可哀想

可憐

例 可哀想な人を助ける仕事がしたい。
想從事幫助可憐的人的工作。

わたしのことを可哀想だと思わないで。
不要覺得我很可憐。

延 同情 同情

□ 嫌（いや）

討厭、不喜歡

例 彼（かれ）はなんて嫌（いや）な奴（やつ）だ。

他是個多麼討厭的傢伙啊！

最近（さいきん）、嫌（いや）な天気（てんき）が続（つづ）いている。

最近，討厭的天氣持續著。

□ 気（き）の毒（どく）

可憐、悲慘、遺憾、過意不去

例 彼（かれ）のことを気（き）の毒（どく）だと思（おも）いませんか。

不覺得他很可憐嗎？

気（き）の毒（どく）だけど、お金（かね）は貸（か）せません。

雖然很可憐，但是錢不能借。

□ 偉大（いだい）

偉大

例 彼女（かのじょ）の父親（ちちおや）は偉大（いだい）な音楽家（おんがくか）だそうです。

據說她的父親是偉大的音樂家。

祖先（そせん）は偉大（いだい）な功績（こうせき）を残（のこ）した。

祖先留下偉大的功績。

延 偉（えら）い 偉大的
　　すばらしい 了不起的

□ 穏（おだ）やか

平穩、溫和、妥當

例 台風（たいふう）が去（さ）って、今日（きょう）は穏（おだ）やかな一日（いちにち）だった。

颱風走了，今天是風平浪靜的一天。

老後（ろうご）は田舎（いなか）で穏（おだ）やかな生活（せいかつ）がしたい。

晚年想在鄉下過安穩的生活。

延 温和（おんわ） 穩健、溫和

□ 爽やか

爽快、爽朗、清爽

例 娘の彼は爽やかな好青年だ。
女兒的男朋友是爽朗的好青年。

今日は爽やかな風が吹いています。
今天清爽的風吹送著。

□ 幸せ

幸福、幸運、幸虧

例 幸せな家庭を築いてください。
請建立幸福的家庭。

健康な体があれば、十分幸せです。
只要有健康的身體，就十分幸福。

似 幸福 幸福
ハッピー 開心、幸福
反 不幸せ 不幸
不幸 不幸

□ 平凡

平凡、普通、平庸

例 平凡ですが、穏やかな毎日です。
雖然平凡，但是安穩的每一天。

彼は平凡な男性ですが、わたしに優しいです。
他雖然是平凡的男性，但是對我很溫柔。

反 特別 特別
スペシャル 特別

□ 有名

有名、聞名

例 彼のお父さんは有名な画家です。
他的父親是有名的畫家。

ここは昔、有名な観光地でした。
這裡以前，是有名的觀光景點。

□ **冷静**（れいせい）

冷靜、沉著、鎮靜

例 **冷静**（れいせい）な態度（たいど）で対応（たいおう）しなさい。
要用冷靜的態度應對！

彼（かれ）はどんなことがあっても、つねに**冷静**（れいせい）だ。
他不管發生什麼樣的事情，總是很冷靜。

延 **興奮**（こうふん）興奮、激動

□ **見事**（みごと）

漂亮、好看、精彩、出色

例 巨匠（きょしょう）の作品（さくひん）はじつに**見事**（みごと）でした。
巨匠的作品真是太厲害了。

さすが**見事**（みごと）な演技（えんぎ）でした。
果然是精彩的演技。

似 すばらしい 了不起的
最高（さいこう）最高、太棒了

□ **貧乏**（びんぼう）

貧窮

例 **貧乏**（びんぼう）な生活（せいかつ）から抜（ぬ）け出（だ）したい。
想從貧窮的生活中脫離。

戦後（せんご）はみんな**貧乏**（びんぼう）だったそうです。
據說戰後大家都很貧窮。

似 **貧困**（ひんこん）貧困、貧窮
反 **裕福**（ゆうふく）富裕
金持（かねも）ち 有錢

□ **複雑**（ふくざつ）

複雜

例 彼（かれ）らは**複雑**（ふくざつ）な関係（かんけい）らしいです。
他們好像是複雜的關係。

複雑（ふくざつ）すぎて、うまく説明（せつめい）できません。
太複雜了，無法好好說明。

反 **簡単**（かんたん）簡單

シンプル 單純、簡單、樸素

113

實力測驗！

問題 1. ＿＿＿＿ のことばの読み方として最もよいものを 1・2・3・4か
ら一つえらびなさい。

1. （　　　） もっと<u>謙虚</u>になりなさい。

    ①きんちょ　　　②きんしょ　　　③けんきょ　　　④けんしょ

2. （　　　） 猫が捨てられていて、<u>可哀想</u>だった。

    ①かわいい　　　②かわいそ　　　③かわいそう　　　④かわいいそう

3. （　　　） 海の風は<u>爽</u>やかだった。

    ①さわやか　　　②そうやか　　　③きもやか　　　④かわやか

問題 2. ＿＿＿＿ のことばを漢字で書くとき、最もよいものを 1・2・3・4
から一つえらびなさい。

1. （　　　） <u>い</u>大な両親を持った子供はたいへんだ。

    ①優　　　　②偉　　　　③有　　　　④奇

2. （　　　） <u>だ</u>無だな抵抗はやめなさい。

    ①堕　　　　②打　　　　③駄　　　　④妥

3. （　　　） いい<u>か</u>減な作文なら、書かないほうがいい。

    ①加　　　　②増　　　　③可　　　　④上

問題 3. （　　　　） に入れるものに最もよいものを 1・2・3・4から一つ
えらびなさい。

1. いつまでも （　　　　） な関係はいやです。

  ①そうめい　　　②あいまい　　　③ぜいたく　　　④にぎやか

2. わたしの生活は（　　　　）だが、安定していると思う。

　　①きのどく　　　　②へいぼん　　　　③れいせい　　　　④みごと

3. 新しい家は静かで（　　　　）です。

　　①ふくざつ　　　　②かいてき　　　　③にぎやか　　　　④びんぼう

問題4. つぎのことばの使い方として最もよいものを一つえらびなさい。

1. いや

　　①母の料理はいやなので、たくさん食べてしまう。

　　②若いときは、週末はよく映画をいやがったものだ。

　　③どこの国にもいい人といやな人がいるものだ。

　　④父はいつもいやなので、土日さえ休めない。

2. しあわせ

　　①コンテストの結果がしあわせだったので、うれしいです。

　　②娘は受験のために努力したので、しあわせに成功した。

　　③炊飯器でご飯がしあわせに炊けました。

　　④やりたい仕事が見つかって、ほんとうにしあわせだ。

3. けち

　　①彼はけちで、友人をよく食事に招く。

　　②プレゼントにもらった時計はとてもけちだった。

　　③すみませんが、音楽の音をけちにしてください。

　　④うちの社長はけちで、むだが大嫌いだ。

□ 呑気
<ruby>呑気<rt>のんき</rt></ruby>

無憂無慮、漫不經心

例 もうすぐ<ruby>試験<rt>しけん</rt></ruby>なのに<ruby>旅行<rt>りょこう</rt></ruby>なんて、<ruby>呑気<rt>のんき</rt></ruby>なものだ。
明明快要考試了卻旅行什麼的，還真悠哉啊！
<ruby>息子<rt>むすこ</rt></ruby>は<ruby>呑気<rt>のんき</rt></ruby>だが、<ruby>不真面目<rt>ふまじめ</rt></ruby>なわけではない。
兒子雖然無憂無慮，但並非不認真。

延 のんびり 舒適地、悠閒地

□ 意地悪
<ruby>意地悪<rt>いじわる</rt></ruby>

壞心眼

例 あの<ruby>子<rt>こ</rt></ruby>は<ruby>意地悪<rt>いじわる</rt></ruby>だから、みんなに<ruby>嫌<rt>きら</rt></ruby>われている。
那個孩子心地不好，所以被大家討厭。
<ruby>彼<rt>かれ</rt></ruby>はわたしにだけ<ruby>意地悪<rt>いじわる</rt></ruby>だと<ruby>思<rt>おも</rt></ruby>いませんか。
不覺得他只對我使壞嗎？

延 いじめ 欺負

□ 盛ん
<ruby>盛<rt>さか</rt></ruby>ん

旺盛、繁榮、興盛、盛行

例 この<ruby>町<rt>まち</rt></ruby>は<ruby>工業<rt>こうぎょう</rt></ruby>が<ruby>盛<rt>さか</rt></ruby>んだ。
這個城鎮工業興盛。
<ruby>最近<rt>さいきん</rt></ruby>は<ruby>外食産業<rt>がいしょくさんぎょう</rt></ruby>が<ruby>盛<rt>さか</rt></ruby>んだそうです。
聽說最近外食產業很盛行。

延 <ruby>栄<rt>さか</rt></ruby>える 興盛、繁榮

□ 空っぽ
<ruby>空<rt>から</rt></ruby>っぽ

空、空虛

例 <ruby>彼<rt>かれ</rt></ruby>の<ruby>財布<rt>さいふ</rt></ruby>の<ruby>中<rt>なか</rt></ruby>はいつも<ruby>空<rt>から</rt></ruby>っぽだ。
他的錢包裡總是空空如也。
<ruby>緊張<rt>きんちょう</rt></ruby>しすぎて、<ruby>頭<rt>あたま</rt></ruby>の<ruby>中<rt>なか</rt></ruby>が<ruby>空<rt>から</rt></ruby>っぽになってしまった。
因為太過緊張，腦中變得一片空白。

似 <ruby>空<rt>から</rt></ruby> 空、虛

□ 真剣（しんけん）

認真、一絲不苟、正經

（例）もっと真剣（しんけん）にやりなさい。
要更認真做！

彼（かれ）の真剣（しんけん）なまなざしが好（す）きです。
喜歡他認真的眼神。

（似）真面目（まじめ）　認真、一板一眼

（延）一生懸命（いっしょうけんめい）　拚命、努力

□ 愉快（ゆかい）

愉快

（例）仲間（なかま）といっしょの時間（じかん）はいつも愉快（ゆかい）だ。
和夥伴一起的時間總是很愉快。

週末（しゅうまつ）のパーティーはじつに愉快（ゆかい）だった。
週末的派對實在很愉快。

（似）楽（たの）しい　快樂的、愉快的

（反）不愉快（ふゆかい）　不愉快

□ 満足（まんぞく）

滿足、滿意

（例）わたしは今（いま）の生活（せいかつ）に満足（まんぞく）だ。
我對現在的生活感到滿足。

今回（こんかい）のコンクールは満足（まんぞく）な結果（けっか）ではなかった。
這次的比賽不是滿意的結果。

（反）不満（ふまん）　不滿、不滿足

□ 真面目（まじめ）

認真、一板一眼

（例）生徒（せいと）はみんな真面目（まじめ）で可愛（かわい）いです。
學生大家都既認真又可愛。

真面目（まじめ）すぎる男性（だんせい）はちょっと苦手（にがて）です。
我對太過一板一眼的男性有點沒辦法。

（反）不真面目（ふまじめ）　不認真

□ 暇（ひま）

閒暇

（例）暇（ひま）な時間（じかん）はいつも何（なに）をしますか。
閒暇的時間都在做什麼呢？
暇（ひま）なとき、ぜひまた遊（あそ）びに来（き）てください。
空閒時，請一定要再來玩。

（反）忙（いそが）しい　忙碌的

□ 静（しず）か

安靜

（例）病院（びょういん）では静（しず）かな声（こえ）で話（はな）しましょう。
在醫院小聲點說話吧！
赤（あか）ちゃんが寝（ね）ているから、静（しず）かにしてください。
嬰兒正在睡覺，所以請安靜。

（反）うるさい　吵鬧的
喧（やかま）しい　喧鬧的
賑（にぎ）やか　鬧哄哄、熱鬧

□ 率直（そっちょく）

坦率、直爽

（例）率直（そっちょく）な謝罪（しゃざい）は好感（こうかん）がもてる。
坦率的道歉給人好感。
率直（そっちょく）に言（い）えば、自分（じぶん）から辞（や）めてほしい。
坦白說的話，我希望你自己辭職。

□ 新鮮（しんせん）

新鮮

（例）農家（のうか）の友人（ゆうじん）から新鮮（しんせん）なトマトをいただいた。
從務農的朋友那裡拿到了新鮮的番茄。
早朝（そうちょう）は空気（くうき）が新鮮（しんせん）な感（かん）じがしませんか。
清晨，有沒有感覺到空氣很新鮮呢？

118

□ 妥当
だ とう

妥當、適切、穩當

例 その判断は妥当ではないと思う。
はんだん　だ とう　　　　　　　　おも

我覺得那個判斷不妥當。

パソコンの値段は妥当だと思えません。
ね だん　　だ とう　　おも

無法認為電腦的價格是適切的。

□ 透明
とう めい

透明、清澈

例 この川の水は透明できれいです。
かわ みず　とうめい

這條河川的水既透明又乾淨。

延 濁る 混濁
にご

政治は透明であるべきです。
せい じ　　とうめい

政治應該要透明。

□ 不便
ふ べん

不方便

例 外国で不便な生活をさせられた。
がいこく　ふ べん　せいかつ

被迫在國外過著不方便的生活。

反 便利 方便
べん り

この土地は通学にも通勤にも不便だ。
と ち　つうがく　　つうきん　ふ べん

這塊地不管通學或是通勤都不方便。

□ 豊か
ゆた

豐富、富裕、充裕

例 子供は想像力がとても豊かだ。
こ ども　そうぞうりょく　　　　ゆた

小孩的想像力非常豐富。

似 豊富 豐富
ほう ふ

彼女は表情が豊かで、分かりやすい。
かのじょ　ひょうじょう　ゆた　　　　わ

她的表情豐富，很容易懂。

□ 楽（らく）

舒服、輕鬆、簡單、富裕

例 もっと楽（らく）な方法（ほうほう）はありませんか。
有沒有更輕鬆的方法呢？
あの会社（かいしゃ）の面接（めんせつ）はとても楽（らく）だった。
那家公司的面試非常輕鬆。

似 簡単（かんたん） 簡單
反 厳（きび）しい 嚴格的
　 難（むずか）しい 困難的

□ 立派（りっぱ）

華麗、高尚、卓越、豪華、宏偉、優秀、充分

例 ずいぶん立派（りっぱ）な青年（せいねん）になりました。
成為了相當優秀的青年。
息子（むすこ）が立派（りっぱ）な賞（しょう）をいただいたそうです。
據説兒子獲得卓越的獎項。

似 偉大（いだい） 偉大
　 すばらしい 了不起的

□ でたらめ

毫無根據、隨隨便便、胡說八道、荒唐、胡來

例 彼（かれ）の話（はなし）はでたらめだから、信（しん）じないほうがいい。
他的話是信口開河，所以不要當真比較好。
この記事（きじ）はすべてでたらめです。
這篇報導全都是胡説八道。

延 嘘（うそ） 謊言

□ 苦手（にがて）

不擅長、棘手

例 わたしは数学（すうがく）が苦手（にがて）です。
我拿數學沒辦法。
娘（むすめ）は子供（こども）の頃（ころ）、運動（うんどう）が苦手（にがて）だった。
女兒孩提時候，對運動不擅長。

似 不得意（ふとくい） 不擅長
延 嫌（きら）い 討厭

□ 欲張り（よくばり）

貪婪（的人）、貪
得無厭（的人）

例 部長（ぶちょう）はけちなうえに、欲張り（よくばり）だ。
部長不僅小氣，而且還貪心。

わたしは恋愛（れんあい）に関（かん）しては欲張り（よくばり）です。
有關戀愛，我是貪得無厭的。

□ 上手（じょうず）

高明、厲害、擅長

例 英語（えいご）が上手（じょうず）になりたいです。
想要英語變得厲害。

妻（つま）は料理（りょうり）が上手（じょうず）だが、掃除（そうじ）は苦手（にがて）だ。
我太太做菜很厲害，但是不擅長打掃。

似 得意（とくい） 擅長
反 苦手（にがて） 不擅長
　下手（へた） 拙劣、不擅長

□ 大切（たいせつ）

重要、寶貴、珍重

例 大切（たいせつ）な自転車（じてんしゃ）が誰（だれ）かに壊（こわ）された。
寶貴的腳踏車被誰弄壞了。

家族（かぞく）や友達（ともだち）は大切（たいせつ）にするべきです。
應該要珍惜家人和朋友。

似 大事（だいじ） 重要
　重要（じゅうよう） 重要

□ 様々（さまざま）

各式各樣

例 イヤホンは様々（さまざま）な品種（ひんしゅ）があります。
耳機有各式各樣的種類。

社内（しゃない）でも様々（さまざま）な意見（いけん）が出（で）たらしい。
公司內部好像也出現了各式各樣的意見。

似 いろいろ 各式各樣

實力測驗!

問題 1. ＿＿＿＿のことばの読み方として最もよいものを 1・2・3・4か
ら一つえらびなさい。

1. (　　) 将来は<u>立派</u>な大人になってほしい。
    ①たちは　　　②たっぱ　　　③りちは　　　④りっぱ

2. (　　) いつまでも<u>呑気</u>に遊んでいると、合格しませんよ。
    ①とんき　　　②のんき　　　③どんき　　　④ほんき

3. (　　) 旅行に行くから、冷蔵庫のなかを<u>空っぽ</u>にした。
    ①そらっぽ　　②からっぽ　　③くうっぽ　　④こうっぽ

問題 2. ＿＿＿＿のことばを漢字で書くとき、最もよいものを 1・2・3・4
から一つえらびなさい。

1. (　　) 勉強は<u>にが</u>手だから、コックになろうと思う。
    ①得　　　　　②苦　　　　　③下　　　　　④嫌

2. (　　) 山田くんは意<u>じ</u>悪だから、大嫌いです。
    ①時　　　　　②人　　　　　③地　　　　　④性

3. (　　) <u>ひま</u>なとき、お電話ください。
    ①急　　　　　②忙　　　　　③暇　　　　　④閑

問題 3. (　　　　) に入れるものに最もよいものを 1・2・3・4から一つ
えらびなさい。

1. 彼とお酒を飲むのは (　　　　) で最高だ。
    ①ずるい　　　　②ゆかい　　　　③さかん　　　　④みごと

122

2. 残念だが、（　　　　）な結果は得られなかった。

　　①いじわる　　　②しんせん　　　③しんけん　　　④まんぞく

3. 今度の引っ越し先は駅から遠くて（　　　　）だ。

　　①へいぼん　　　②けんきょ　　　③ふべん　　　　④じょうず

問題4. つぎのことばの使い方として最もよいものを一つえらびなさい。

な形容詞

1. だとう

　　①その理論がだとうかどうか、調べてみましょう。

　　②あまりにだとうな話で、涙が出ました。

　　③一週間がんばって、ついにだとうな絵が書けました。

　　④老後は静かでだとうな生活がしたいです。

2. よくばり

　　①子供たちにはよくばりをかけたくありません。

　　②今日は朝からとてもよくばりで、トイレにも行けない。

　　③彼は何でもほしがるよくばりな人間です。

　　④よくばりに言うと、あなたのことを愛しています。

3. でたらめ

　　①昨日から徹夜で働いていて、もうでたらめだ。

　　②近くで工事中だから、すごくでたらめです。

　　③あの政治家の言うことはでたらめばかりだ。

　　④彼女は誠実ですが、でたらめな女性です。

□ <ruby>当<rt>あ</rt></ruby>たり<ruby>前<rt>まえ</rt></ruby>　　　理所當然、自然、應該

例 <ruby>彼<rt>かれ</rt></ruby>が<ruby>怒<rt>おこ</rt></ruby>るのは<ruby>当<rt>あ</rt></ruby>たり<ruby>前<rt>まえ</rt></ruby>です。
他會生氣是理所當然的。

似 <ruby>当然<rt>とうぜん</rt></ruby> 當然、應該

<ruby>親<rt>おや</rt></ruby>が<ruby>子供<rt>こども</rt></ruby>の<ruby>心配<rt>しんぱい</rt></ruby>をするのは<ruby>当<rt>あ</rt></ruby>たり<ruby>前<rt>まえ</rt></ruby>だ。
父母親會擔心小孩是理所當然的。

□ <ruby>生意気<rt>なまいき</rt></ruby>　　　傲慢、自大、狂妄

例 そんなことを<ruby>言<rt>い</rt></ruby>うなんて、<ruby>生意気<rt>なまいき</rt></ruby>だ。
說那樣的話什麼的，還真狂妄。

<ruby>生意気<rt>なまいき</rt></ruby>なことばかり<ruby>言<rt>い</rt></ruby>って、<ruby>親<rt>おや</rt></ruby>に<ruby>叱<rt>しか</rt></ruby>られた。
光說些狂妄的話，被父母親罵了。

□ <ruby>不快<rt>ふかい</rt></ruby>　　　不愉快、不舒服

例 <ruby>不快<rt>ふかい</rt></ruby>な<ruby>言動<rt>げんどう</rt></ruby>に<ruby>注意<rt>ちゅうい</rt></ruby>しなさい。
注意不要做出讓人不愉快的言行！

反 <ruby>快適<rt>かいてき</rt></ruby> 舒適、舒服
　<ruby>心地<rt>ここち</rt></ruby>よい 愉快、舒適

<ruby>他人<rt>たにん</rt></ruby>が<ruby>不快<rt>ふかい</rt></ruby>に<ruby>感<rt>かん</rt></ruby>じることはするな。
不要做讓他人感到不愉快的事！

□ <ruby>平気<rt>へいき</rt></ruby>　　　不在乎、沉著、冷靜

例 <ruby>辛<rt>から</rt></ruby>い<ruby>食<rt>た</rt></ruby>べ<ruby>物<rt>もの</rt></ruby>は<ruby>平気<rt>へいき</rt></ruby>ですか。
辣的食物沒關係嗎？

あの<ruby>子<rt>こ</rt></ruby>は<ruby>平気<rt>へいき</rt></ruby>な<ruby>顔<rt>かお</rt></ruby>で<ruby>嘘<rt>うそ</rt></ruby>をつく。
那個孩子面不改色地說謊。

□ 無事（ぶじ）

平安無事、安全

例 荷物は無事に届きました。
行李安全送達了。

延 大丈夫（だいじょうぶ） 不要緊
　 安全（あんぜん） 安全

みなさん無事（ぶじ）かどうか、お知（し）らせください。
大家是否平安無事，請讓我知道。

□ 朗（ほが）らか

舒暢、爽朗、開朗

例 妹（いもうと）は姉（あね）ほど朗（ほが）らかではない。
妹妹沒有像姊姊那樣開朗。

彼女（かのじょ）はいつも朗（ほが）らかに笑（わら）います。
她總是爽朗地笑。

□ 地味（じみ）

樸素、素淨、不顯眼、普通

例 面接（めんせつ）には地味（じみ）なスーツがいいです。
面試時最好穿樸素的套裝。

延 派手（はで） 華麗

彼（かれ）の両親（りょうしん）と会（あ）うから、地味（じみ）な服（ふく）を選（えら）んだ。
因為要和他的父母親見面，所以選擇了樸素的衣服。

□ 重大（じゅうだい）

重大、重要、嚴重

例 三時（さんじ）ごろ首相（しゅしょう）から重大（じゅうだい）な発表（はっぴょう）があるそうです。
據說三點左右，首相有重要的聲明。

重大（じゅうだい）な任務（にんむ）を任（まか）せられました。
被委託重大的任務了。

□ 誠実（せいじつ）　誠實、老實

例 彼（かれ）は優（やさ）しくて誠実（せいじつ）な青年（せいねん）です。
他是既溫柔又老實的青年。

鈴木（すずき）さんくらい誠実（せいじつ）にやりなさい。
要像鈴木先生那樣誠實做事。

□ 親切（しんせつ）　親切、好意

例 電車（でんしゃ）の中（なか）で親切（しんせつ）な紳士（しんし）に助（たす）けてもらった。
在電車裡，得到親切的紳士的幫忙了。

ご親切（しんせつ）にありがとうございました。
謝謝您的好意。

似 優（やさ）しい　溫柔的、溫和的、親切的

□ 慎重（しんちょう）　慎重、小心、穩重

例 政治家（せいじか）はもっと慎重（しんちょう）に行動（こうどう）するべきだ。
政治家應該更慎重行事。

祖父（そふ）は運転（うんてん）する時（とき）、とても慎重（しんちょう）だ。
祖父開車時，非常小心。

延 気（き）をつける　小心

□ 正確（せいかく）　正確

例 リビングの時計（とけい）が一番（いちばん）正確（せいかく）です。
客廳的時鐘最正確。

今（いま）はまだ正確（せいかく）な情報（じょうほう）が届（とど）いていない。
現在正確的資訊還沒有送達。

似 正（ただ）しい　正確的、正直的

□ 退屈 (たいくつ)

無聊、厭倦、悶

例 あの先生の授業は退屈です。
那位老師的上課很無聊。

社長のスピーチは長くて退屈だった。
社長的演講既冗長又無趣。

似 つまらない 無聊的

□ 適切 (てきせつ)

恰當、適當、妥當

例 適切な意見は説得力がある。
適當的意見具有説服力。

おじいさんが飲んだ薬の量は適切でしたか。
爺爺吃的藥量，是恰當的嗎？

反 不適切 不適宜

□ 得意 (とくい)

擅長、自滿

例 得意な料理は何ですか。
擅長的料理是什麼呢？

妹は小さい頃から水泳が得意でした。
妹妹從小就擅長游泳。

反 不得意 不擅長
苦手 不擅長
延 上手 高明、厲害、擅長

□ 危険 (きけん)

危険

例 祖母は今、危険な状態だそうです。
據説祖母現在處於危險的狀態。

消防士はたいへん危険な仕事です。
消防員是非常危險的工作。

似 危ない 危険的

□ 気楽

軽鬆愉快、無憂無慮	

例 独身生活は気楽でいい。
單身生活輕鬆愉快，是我喜歡的。

両親は田舎で気楽に暮らしています。
雙親在鄉下無憂無慮地生活著。

延 のんびり 舒適地、悠閒地

ゆったり 寬敞舒適地、悠閒地

□ おしゃべり

喋喋不休（的人）、多嘴（的人）

例 タクシーの運転手がおしゃべりで疲れた。
因為計程車駕駛喋喋不休而累了。

秘密が守れないおしゃべりな人は嫌われます。
大家都討厭不能保守祕密的多嘴的人。

反 無口 沉默寡言

□ 明らか

明亮、顯然、清楚

例 ついに事実が明らかになった。
事實終於變得明朗了。

今のは明らかな交通違反です。
現在的狀況就是明顯的違反交通規則。

似 明確 明確

延 はっきり 清楚、明確

□ 巨大

巨大

例 八百屋で巨大なかぼちゃを買った。
在蔬果店買了巨大的南瓜。

巨大なダイヤをプレゼントされた。
禮物收到巨大的鑽石。

□ 器用（きよう）　手很靈巧、聰明機靈、精明

例 母はとても器用で、何でも自分で作る。
母親手非常靈巧，什麼都自己做。

器用な夫の趣味はプラモデル作りです。
手很靈巧的丈夫的興趣，是組裝塑膠模型。

反 不器用（ぶきよう）　不靈巧、不聰明機靈

□ 強引（ごういん）　強行、蠻幹

例 彼のやり方は強引すぎる。
他的作法過於蠻幹。

あの強引なセールスマンにいつも困っている。
一直對那個強迫推銷的銷售員感到困擾。

□ 確実（かくじつ）　確實、可靠

例 逮捕には確実な証拠が必要だ。
逮捕需要有確實的證據。

彼の無実は確実です。
他無罪是確定的。

似 確か（たしか）　確實、可靠、正確
反 不確実（ふかくじつ）　不確實、不可靠

□ 貴重（きちょう）　貴重、寶貴、珍貴

例 健康ほど貴重なものはない。
沒有比健康更重要的東西了。

あなたはわが社にとって貴重な存在です。
你對我們公司而言是重要的存在。

似 大切（たいせつ）　重要、寶貴
大事（だいじ）　重要、寶貴
重要（じゅうよう）　重要

129

實力測驗！

問題 1. _____ のことばの読み方として最もよいものを 1・2・3・4か ら一つえらびなさい。

1. (　　) 休みの日は退屈で仕方がない。
   　　①とうくつ　　②おうくつ　　③たいくつ　　④すいくつ

2. (　　) 誠実な対応に感謝します。
   　　①せいしつ　　②せいじつ　　③こうしつ　　④こうじつ

3. (　　) 娘は器用だから、将来デザイナーになるかもしれない。
   　　①きよう　　②ちよう　　③きもち　　④ちもち

問題 2. _____ のことばを漢字で書くとき、最もよいものを 1・2・3・4 から一つえらびなさい。

1. (　　) 彼女は最近、ほがらかに笑うようになった。
   　　①朗らか　　②明らか　　③楽らか　　④開らか

2. (　　) どこからか不かいな匂いがします。
   　　①快　　　②開　　　③幸　　　④楽

3. (　　) とくいなスポーツは何ですか。
   　　①解意　　②特意　　③徳意　　④得意

問題 3. (　　　) に入れるものに最もよいものを 1・2・3・4から一つ えらびなさい。

1. 努力家の彼が成功するのは（　　　　）だ。
   ①おしゃべり　　②しんせつ　　③あたりまえ　　④よくばり

2. 家を買うのだから、（　　　　　）には決められない。

　①きちょう　　　　②きらく　　　　　③きよう　　　　　④きけん

3. 上司のアドバイスはいつも（　　　　　）で信用できる。

　①たいくつ　　　　②きょだい　　　　③てきせつ　　　　④ごういん

問題 4. つぎのことばの使い方として最もよいものを一つえらびなさい。

1. なまいき

　①明日の夜にはなまいきな台風が来るそうです。

　②最近、父は仕事がなまいきで、ほとんど休んでいない。

　③あんななまいきな新人には教えたくない。

　④お酒は体になまいきだから、飲まないほうがいい。

2. あきらか

　①それはあきらかにわたしのミスです。

　②自分の部屋くらい自分であきらかにしなさい。

　③インターネットのおかげで、調べものがあきらかになった。

　④姉は有名な先生のもとで、あきらかな研究をしている。

3. ごういん

　①台風の影響によって、果物の値段がごういんになった。

　②売り場の女性からごういんに買わされたそうだ。

　③近くにコンビニができて、生活がごういんになりました。

　④大学に入るために、毎日ごういんに勉強しています。

□ 守_{まも}る

守護、保守、遵守、保護

（例）秘密_{ひみつ}はぜったい守_{まも}ってください。
請務必保守祕密。

どんなに急_{いそ}いでいても、交通_{こうつう}ルールは守_{まも}るべきだ。
不管有多急，也應該遵守交通規則。

□ 信_{しん}じる

相信、信任、信仰

（例）あなたは幽霊_{ゆうれい}の存在_{そんざい}を信_{しん}じますか。
你相信幽靈的存在嗎？

あの男_{おとこ}の話_{はなし}はどうも信_{しん}じがたい。
那個男人的話，總覺得難以相信。

（延）宗教_{しゅうきょう} 宗教
信仰_{しんこう} 信仰

□ 苦_{くる}しむ

感到痛苦、苦惱、難以、苦於

（例）彼_{かれ}の価値観_{かちかん}は理解_{りかい}に苦_{くる}しむ。
他的價值觀難以理解。

アフリカの子供_{こども}は飢餓_{きが}に苦_{くる}しんでいるそうだ。
據説非洲的孩子正苦於飢餓。

（延）苦_{くる}しい 痛苦的
〜がたい 難以〜

□ 払_{はら}う

支付、拂去

（例）明日_{あした}までに家賃_{やちん}を払_{はら}わなければならない。
明天之前非付房租不可。

参加者_{さんかしゃ}はまず受付_{うけつけ}で会費_{かいひ}を払_{はら}ってください。
請參加者先到櫃臺支付會費。

（似）支払_{しはら}う 支付

□ 好む <small>この</small>

愛好、喜歡

例 子供は甘いものを好むものだ。
<small>こども あま この</small>
小孩子都喜歡甜的東西。

反 嫌う <small>きら</small> 討厭
延 好き <small>す</small> 喜歡

わたしは議論を好みません。
<small>ぎ ろん この</small>
我不喜歡爭辯。

□ 選ぶ <small>えら</small>

挑選、選擇

例 仕事は慎重に選ぶべきです。
<small>し ごと しんちょう えら</small>
工作應該慎重選擇。

延 選択 <small>せんたく</small> 選擇

あなたはどちらを選びますか。
<small>えら</small>
你要選擇哪一個呢？

□ 伝える <small>つた</small>

傳給、傳達、轉告、告訴、傳授、傳播

例 今から大事なことを伝えます。
<small>いま だい じ つた</small>
現在要傳達重要的事情。

延 伝言 <small>でんごん</small> 留言

メッセージ 留言

家族への感謝を言葉で伝えるのは難しい。
<small>か ぞく かんしゃ こと ば つた むずか</small>
對家人的感謝，很難用言語傳達。

□ 調べる <small>しら</small>

調查、查詢、檢查

例 分からない単語の意味を調べます。
<small>わ たん ご い み しら</small>
查詢不知道的單字的意思。

延 問い合わせ <small>と あ</small> 詢問、查詢

すぐ調べるから、ちょっと待ってもらえますか。
<small>しら ま</small>
馬上查詢，所以可以稍微等一下嗎？

動詞

□ 手伝う

幫助、幫忙

例 同僚の仕事を手伝うのは当然です。
協助同事的工作，是理所當然的。

親に宿題を手伝ってもらうなんてずるい。
讓父母親幫忙作業什麼的，太狡猾了。

□ 役立つ

有幫助、有益處、有用

例 父の助言はさすが役立った。
父親的建言果然幫上了忙。

その資格は仕事に役立ちますか。
那個資格對工作有益處嗎？

似 役に立つ　有幫助、有益處、有用

延 助かる　得救、脫險、得到幫助

□ 助ける

救助、幫助

例 困っている人を助けるのは当然だ。
幫助有困難的人是理所當然的。

ワインは消化を助けるそうです。
據說紅酒幫助消化。

□ 助かる

得救、脫險、得到幫助

例 助かるか助からないか、まだ分からない。
脫險還是沒有脫險，還不知道。

忙しい時に来てくれて、助かったよ。
正忙的時候過來幫我，得救了啊！

□ 間違える

搞錯、弄錯

例 最近、人の名前をよく間違える。
最近，常把人家的名字搞錯。

約束の時間を間違えないように。
不要弄錯約會的時間。

□ 間違う

錯、錯誤、弄錯

例 母はいつも作り方を間違う。
媽媽總是把作法弄錯。

わたしは進む道を間違ったようだ。
我好像弄錯該走的路了。

□ 決める

決定、下定決心

例 リーダーは投票で決めることになった。
領導者決定用投票來決定了。

会議の時、イベントの日程を決めましょう。
會議的時候，決定活動的日程吧！

似 決定 決定

□ 飼う

飼養、餵養

例 何かペットを飼っていますか。
有養什麼寵物嗎？

このアパートはペットが飼えない。
這個公寓不能飼養寵物。

似 飼育 飼育
延 育てる 養育
　 世話する 照顧

□ 学ぶ (まな)

學習

例 弟はオートバイの修理を学んでいる。
弟弟正在學習修理機車。

祖母から茶道を学ぶことにした。
決定跟祖母學習茶道了。

似 学習 學習 (がくしゅう)
　勉強する 學習 (べんきょう)
　習う 學習 (なら)

□ 勝つ (か)

勝、戰勝、勝過

例 サッカーでブラジルに勝った。
足球戰勝巴西了。

大事なのは自分に勝つことだ。
重要的是戰勝自己。

似 勝利 勝利 (しょうり)
延 優勝 優勝、冠軍 (ゆうしょう)
　賞 獎、獎勵 (しょう)

□ 握る (にぎ)

握、抓、捏、掌握

例 あの大物が今の政権を握っているようだ。
那個大人物好像掌握著現在的政權。

手を強く握らないでください。
請不要用力握手。

□ 増える (ふ)

增加、增多

例 最近、体重が急に増えたようだ。
最近，體重好像急速增加了。

家族が一人増えることになった。
家庭要增加一個成員了。

似 増加 増加 (ぞうか)
反 減る 減少 (へ)

136

□ **覚える** <ruby>覚<rt>おぼ</rt></ruby>える

學會、掌握、記住、覺得

例 新しい<ruby>単語<rt>たんご</rt></ruby>を<ruby>覚<rt>おぼ</rt></ruby>えます。
記住新的單字。

毎日<ruby>聴<rt>き</rt></ruby>いているうちに<ruby>覚<rt>おぼ</rt></ruby>えてしまった。
每天聽著聽著，不由得就記住了。

反 <ruby>忘<rt>わす</rt></ruby>れる 忘記
延 <ruby>記憶<rt>きおく</rt></ruby> 記憶

□ **与える** <ruby>与<rt>あた</rt></ruby>える

給予、提供

例 <ruby>部下<rt>ぶか</rt></ruby>に<ruby>次<rt>つぎ</rt></ruby>の<ruby>指示<rt>しじ</rt></ruby>を<ruby>与<rt>あた</rt></ruby>えた。
給予屬下下一個指示了。

<ruby>彼<rt>かれ</rt></ruby>に<ruby>許可<rt>きょか</rt></ruby>を<ruby>与<rt>あた</rt></ruby>えることはできない。
無法給予他許可。

動詞

□ **温める** <ruby>温<rt>あたた</rt></ruby>める

加熱、加溫

例 <ruby>昨夜<rt>さくや</rt></ruby>の<ruby>味噌汁<rt>みそしる</rt></ruby>を<ruby>温<rt>あたた</rt></ruby>めて<ruby>飲<rt>の</rt></ruby>もう。
把昨晚的味噌湯加熱來喝吧！

<ruby>電子<rt>でんし</rt></ruby>レンジで2<ruby>分<rt>ふん</rt></ruby><ruby>温<rt>あたた</rt></ruby>めてください。
請用微波爐加熱2分鐘。

反 <ruby>冷<rt>ひ</rt></ruby>やす 冰一冰、冰鎮
<ruby>冷<rt>さ</rt></ruby>ます 弄涼、冷卻

□ **暖める** <ruby>暖<rt>あたた</rt></ruby>める

弄暖和

例 <ruby>今日<rt>きょう</rt></ruby>は<ruby>寒<rt>さむ</rt></ruby>いので<ruby>暖房<rt>だんぼう</rt></ruby>で<ruby>部屋<rt>へや</rt></ruby>を<ruby>暖<rt>あたた</rt></ruby>めた。
由於今天很冷，所以用暖氣把房間弄暖和了。

<ruby>建物<rt>たてもの</rt></ruby>を<ruby>暖<rt>あたた</rt></ruby>める<ruby>装置<rt>そうち</rt></ruby>がついているそうだ。
據說有附把建築物弄暖和的裝置。

反 <ruby>冷<rt>ひ</rt></ruby>やす 冰一冰、冰鎮
<ruby>冷<rt>さ</rt></ruby>ます 弄涼、冷卻

實力測驗！

問題 1. ＿＿＿＿＿のことばの読み方として最もよいものを 1・2・3・4か
ら一つえらびなさい。

1. （　　） わたしのことをもっと信じてください。

    ①あんじて　　　②しんじて　　　③かんじて　　　④ちんじて

2. （　　） スポーツは筋肉の発達に役立つ。

    ①えきたつ　　　②えきだつ　　　③やくたつ　　　④やくだつ

3. （　　） 現金じゃなく、クレジットカードで払います。

    ①はらいます　　②もらいます　　③たるいます　　④くるいます

問題 2. ＿＿＿＿＿のことばを漢字で書くとき、最もよいものを 1・2・3・4
から一つえらびなさい。

1. （　　） この秘密はかならずまもってくださいね。

    ①保　　　　　②守　　　　　③護　　　　　④閉

2. （　　） バッグを盗まれないようにしっかりにぎった。

    ①選　　　　　②握　　　　　③助　　　　　④持

3. （　　） 今、行き方をしらべている最中です。

    ①覚　　　　　②査　　　　　③調　　　　　④伝

問題 3. （　　　　　）に入れるものに最もよいものを 1・2・3・4から一つ
えらびなさい。

1. 今から練習したとしても、あの強いチームには（　　　　　）だろう。

  ①かてない　　　　②まけない　　　③うてない　　　④ふえない

2. 小学生の時から（　　　　）いた犬が死んでしまった。

　　①まって　　　　　②もって　　　　　③かって　　　　　④たって

3. スープが冷めてしまったので、（　　　　）ください。

　　①まちがえて　　　②あたためて　　　③くるしんで　　　④とりだして

問題 4. つぎのことばの使い方として最もよいものを一つえらびなさい。

1. このむ

　　①遅刻しないよう、早めにこのむようにします。

　　②健康のために階段をこのむことにしました。

　　③これは小さい子がこのむ味だと思います。

　　④わたしたちは来年、教会でこのみます。

2. たすかる

　　①このパソコンは古いですが、まだたすかります。

　　②週末ですが、忙しいので会社にたすかります。

　　③手伝ってもらって、ほんとうにたすかりました。

　　④彼は授業中だから、たすかるはずがない。

3. てつだう

　　①交通ルールはてつだうべきです。

　　②宿題を友達にてつだってもらいました。

　　③父は家族のために、毎日てつだっています。

　　④年をとるにつれて、体がてつだってきた。

☐ 比べる 比較、比試

例 祖母は半年前と比べると、痩せたようだ。
祖母和半年前比起來的話，好像瘦了。

優秀な兄と比べないでほしい。
希望不要和優秀的哥哥比較。

似 比較 比較

☐ 落ちつく 安心、穩定、平息、沉著

例 家族といっしょいると落ちつく。
和家人一起就會心安。

アメリカの暴動はまだ落ちつかないようだ。
美國的暴動好像尚未平息。

延 安心 安心

☐ 得る 得到、領會

例 彼女の作品は海外でも好評を得ているそうだ。
據說她的作品在國外也得到好評。

部下たちの信頼を得ることは簡単ではない。
要得到屬下們的信賴不簡單。

似 獲得 獲得

☐ 話し合う 對話、商量

例 今後の方針について話し合った。
就今後的方針商量了。

子供と話し合う時間がほとんどない。
幾乎沒有和孩子對話的時間。

延 相談 商量
会議 會議
テーマ 主題

□ **似合<ruby>似<rt>に</rt></ruby><ruby>合<rt>あ</rt></ruby>う**

合適、相稱

例 <ruby>息子<rt>むすこ</rt></ruby>はスーツがとてもよく<ruby>似合<rt>にあ</rt></ruby>う。
兒子非常適合穿西裝。

あの<ruby>赤<rt>あか</rt></ruby>いコートは<ruby>母<rt>はは</rt></ruby>に<ruby>似合<rt>にあ</rt></ruby>いそうです。
那件紅色大衣看起來很適合母親。

延 ぴったり 恰好、合適、相稱

□ **<ruby>目立<rt>めだ</rt></ruby>つ**

顯眼、引人注目

例 わたしは<ruby>目立<rt>めだ</rt></ruby>つのが<ruby>苦手<rt>にがて</rt></ruby>です。
我不喜歡受到矚目。

<ruby>妊娠中<rt>にんしんちゅう</rt></ruby>の<ruby>妻<rt>つま</rt></ruby>のおなかが<ruby>目立<rt>めだ</rt></ruby>つようになった。
懷孕中的太太肚子變得很醒目了。

延 <ruby>注目<rt>ちゅうもく</rt></ruby> 注目

□ **<ruby>気<rt>き</rt></ruby>をつける**

注意、留神、小心

例 <ruby>風邪<rt>かぜ</rt></ruby>をひかないように、<ruby>気<rt>き</rt></ruby>をつけて。
小心不要感冒。

もっと<ruby>細<rt>こま</rt></ruby>かいところまで<ruby>気<rt>き</rt></ruby>をつけなさい。
要連更細微的地方都注意！

似 <ruby>注意<rt>ちゅうい</rt></ruby> 注意、留神

□ **<ruby>参<rt>まい</rt></ruby>る**

來、去（「<ruby>来<rt>く</rt></ruby>る」（來）、「<ruby>行<rt>い</rt></ruby>く」（去）的謙讓語）、拜訪

例 たった<ruby>一人<rt>ひとり</rt></ruby>でこちらに<ruby>参<rt>まい</rt></ruby>りました。
就只有（我）一個人來這裡了。

<ruby>社長<rt>しゃちょう</rt></ruby>の<ruby>代<rt>か</rt></ruby>わりにわたしが<ruby>参<rt>まい</rt></ruby>りました。
我代替社長來了。

似 <ruby>伺<rt>うかが</rt></ruby>う 拜訪、訪問

動詞

□ 預かる

保管、擔任、保留

例 この資料は部長から預かったものです。
這個資料是部長要我保管的東西。

うちの保育園は2才以下の子供は預かれません。
我們托兒所不收2歲以下的小孩。

□ 預ける

寄存、寄放、托付

例 荷物をホテルに預けましょう。
把行李寄放在飯店吧!

子供を実家に預けてから、会社へ行きます。
把孩子寄放在娘家之後,去公司。

□ 奢る

奢侈、請客

例 今夜は課長が奢ってくれるそうだ。
聽説今晚課長會請客。

今度はわたしが奢ります。
這次我來請客。

□ 教わる

受教、跟~學習

例 弟は日本の友人から日本語を教わっている。
弟弟正跟日本的朋友學習日文。

もっといろいろな料理を教わりたいです。
想學習更多各式各樣的料理。

反 教える 教、告訴
延 教育 教育

142

□ 配る

分配、分送

例 次はあなたがトランプを配ってください。
接下來請你發撲克牌。

コピーした資料を同僚に配った。
把影印的資料發給同事了。

□ 微笑む

微笑

例 彼女が微笑むと、どきどきします。
只要她一微笑，心就撲通撲通地跳。

あなたはもっと微笑んだほうがいいですよ。
你要更常微笑比較好喔！

延 スマイル 微笑
笑顔 笑臉、笑容

□ 済む

完了、終結、可以解決

例 あやまれば済むという簡単な問題ではない。
不是道歉就能了結這樣簡單的問題。

用事が済んだので、今から帰るつもりです。
由於事情辦完了，現在正打算回去。

似 終わる 終了、結束
完了 完了

□ サボる

怠工、偷懶、曠工、翹課

例 仕事をサボってどこに行ってたんですか。
翹班跑去哪裡啦？

彼はときどき授業をサボるので、先生に呼ばれた。
由於他偶爾會翹課，所以被老師點名了。

似 怠ける 怠惰、懶惰

動詞

□ 断る <ruby>断<rt>ことわ</rt></ruby>る

拒絕

例 <ruby>上司<rt>じょうし</rt></ruby>の<ruby>誘<rt>さそ</rt></ruby>いを<ruby>断<rt>ことわ</rt></ruby>るのは<ruby>難<rt>むずか</rt></ruby>しいです。
要拒絕主管的邀約很困難。

<ruby>彼女<rt>かのじょ</rt></ruby>は<ruby>彼<rt>かれ</rt></ruby>のプロポーズを<ruby>断<rt>ことわ</rt></ruby>ったそうです。
據說她拒絕了他的求婚。

似 <ruby>拒否<rt>きょひ</rt></ruby> 拒絕

□ 足りる <ruby>足<rt>た</rt></ruby>りる

足夠

例 ビールは2<ruby>本<rt>ほん</rt></ruby>じゃ<ruby>足<rt>た</rt></ruby>りないと<ruby>思<rt>おも</rt></ruby>う。
啤酒2瓶的話我覺得不夠。

<ruby>旅行<rt>りょこう</rt></ruby>の<ruby>費用<rt>ひよう</rt></ruby>はこれだけで<ruby>足<rt>た</rt></ruby>りますか。
旅行的費用只有這樣足夠嗎？

似 <ruby>十分<rt>じゅうぶん</rt></ruby> 十足、充分

□ 伸びる <ruby>伸<rt>の</rt></ruby>びる

伸長、變長、舒展、增加、不能動彈、失去彈性

例 スカートのゴムが<ruby>伸<rt>の</rt></ruby>びてしまった。
裙子的鬆緊帶鬆了。

<ruby>最近<rt>さいきん</rt></ruby>、<ruby>身長<rt>しんちょう</rt></ruby>がどんどん<ruby>伸<rt>の</rt></ruby>びているようだ。
最近，身高好像不斷地成長。

□ 感じる <ruby>感<rt>かん</rt></ruby>じる

感覺到

例 <ruby>三月<rt>さんがつ</rt></ruby>に<ruby>入<rt>はい</rt></ruby>って、<ruby>春<rt>はる</rt></ruby>を<ruby>感<rt>かん</rt></ruby>じるようになってきた。
一到三月，便能感覺到春天的氣息。

<ruby>病院<rt>びょういん</rt></ruby>での<ruby>待<rt>ま</rt></ruby>ち<ruby>時間<rt>じかん</rt></ruby>は<ruby>長<rt>なが</rt></ruby>く<ruby>感<rt>かん</rt></ruby>じる。
在醫院等待的時間感到漫長。

延 <ruby>思<rt>おも</rt></ruby>う 覺得
<ruby>心<rt>こころ</rt></ruby> 心
<ruby>気持<rt>きも</rt></ruby>ち 心情

□ **数える** 数、計算、列舉

（例） 1から100まで数えてください。
請從1數到100。

おつりはきちんと数えたほうがいいですよ。
找的錢還是好好地算一下比較好喔！

延 **数字** 数字
数 数量

□ **消える** 消失、融化、熄滅

（例） ろうそくの火が消えてしまった。
蠟燭的火熄滅了。

あなたに話したら、悲しみが消えたようです。
跟你說說話，悲痛好像消失了。

□ **変える** 變更、更改

（例） 部長は営業方針を変えるそうです。
據説部長要更改營業方針。

話題を変えないでください。
請不要轉變話題。

延 **変化** 變化

□ **換える** 換

（例） 彼女はブランドのバッグをお金に換えた。
她把名牌包包換成錢了。

日本円をドルに換えてください。
請把日圓換成美金。

似 **交換** 交換

動詞

145

實力測驗！

問題 1. ＿＿＿＿＿＿ のことばの読み方として最もよいものを１・２・３・４から一つえらびなさい。

1. （　　　） 彼は考え方を変えるべきだ。
　　　①かえる　　　②きえる　　　③さえる　　　④たえる

2. （　　　） 娘はアメリカ人に英語を教わっている。
　　　①かきわって　②かしわって　③おそわって　④おしわって

3. （　　　） こちらの用事が終わったら、すぐ参ります。
　　　①はいります　②まいります　③かえります　④おいります

問題 2. ＿＿＿＿＿＿ のことばを漢字で書くとき、最もよいものを１・２・３・４から一つえらびなさい。

1. （　　　） 上司に初めておごってもらった。
　　　①褒　　　　②買　　　　③奢　　　　④助

2. （　　　） アルバイトで新聞をくばっています。
　　　①布　　　　②配　　　　③送　　　　④届

3. （　　　） その眼鏡、すごくにあっていますよ。
　　　①看会　　　②似会　　　③看合　　　④似合

問題 3. （　　　　） に入れるものに最もよいものを１・２・３・４から一つえらびなさい。

1. 旅館に荷物を（　　　　）から、食事に行きましょう。
　　①かぞえて　　　②あずけて　　　③ことわって　　　④おそわって

2. 優秀な兄と（　　　　）のは、やめてほしい。

　　①あたえる　　　　②くらべる　　　　③おぼえる　　　　④ことわる

3. しょっちゅう授業を（　　　　）ので、先生に叱られた。

　　①サボる　　　　②はらう　　　　③くばる　　　　④まなぶ

問題 4. つぎのことばの使い方として最もよいものを一つえらびなさい。

1. かんじる

　　①傷口の痛みはかんじなくなりましたか。

　　②妹の趣味はかんじることです。

　　③信じていた人にかんじられて、とてもかなしい。

　　④弟は母に叱られて、なみだをかんじている。

2. たりる

　　①時間がたりれば、悲しみはきえるでしょう。

　　②両親のために、駅の近くに家をたりました。

　　③ビールがたりないから、追加してください。

　　④引っ越しのとき、友人が荷物をたりてくれた。

3. える

　　①天気予報は最近よくえますね。

　　②コンサートは10時からえるそうですよ。

　　③父は厳しいが、いろいろえることは多い。

　　④忘れないように、ノートにえておきます。

動詞

□ 越える
越過、超過

例 あの山を越えると、長野県です。
一越過那座山，就是長野縣了。

規定の範囲を越えないようにしてください。
請勿超出規定的範圍。

□ 改める
改變、修改、改正

例 話し合いの結果、契約を改めることにした。
商量的結果，決定更改合約了。

悪い習慣は改めたほうがいいですよ。
壞習慣改掉比較好喔！

似 直す 訂正、修改、改正

□ もてる
有人緣、受歡迎

例 弟は女性にもてるそうです。
據說弟弟很受女性的歡迎。

男でも女でも、もてるのはうれしいことだ。
不管男生還是女生，受到歡迎都是很開心的事情。

延 人気 人緣、受歡迎

□ 捨てる
拋棄、扔掉

例 着ない服はどんどん捨てたほうがいい。
不穿的衣服不斷丟掉比較好。

家のごみを捨てるのは、わたしの仕事です。
丟家裡的垃圾，是我的工作。

反 拾う 拾、撿

□ 憧れる

渴望、憧憬、嚮往

例 娘はテニス部の先輩に憧れているそうだ。
據説女兒很欣賞網球社的學長。

都会の生活に憧れています。
嚮往都會的生活。

□ 間に合う

趕得上、來得及

例 試験の時間に間に合うよう、早めに出かけた。
為了趕得上考試的時間，提前出門了。

いつもの電車に間に合わなくて、遅刻してしまった。
沒有趕上平常的電車，遲到了。

□ 現れる

出現、表現、顯出

例 昨夜、大好きな彼が夢に現れた。
昨晚，最喜歡的他出現在夢中了。

いつまで待っても、彼女は現れなかった。
不管怎麼等，她還是沒有出現。

□ 認める

看到、承認、認定、重視

例 そろそろ自分の負けを認めるべきです。
差不多該承認自己的失敗了。

夫はやっと小説家として認められた。
丈夫終於以小説家的身分被重視了。

動詞

□ 求める
もと

徴求、求得、要求

例 いろいろな人から意見を求めている。
ひと　　　　い けん　　もと
正從各式各樣的人那邊徵求意見。

有名人にサインを求めたが、断られた。
ゆうめいじん　　　　　　　　もと　　　　　ことわ
跟名人請求簽名，但是被拒絕了。

延 お願い 願望、請求
ねが
要求 要求
ようきゅう

□ 確かめる
たし

弄清楚、查明

例 まずは事実かどうか確かめるべきだ。
じ じつ　　　　　たし
首先，應該要查明是不是事實。

火が消えているか確かめてください。
き　　　　　　　　たし
請查明火熄滅了嗎。

似 確認 確認
かくにん
チェック 確認

□ 辞める
や

辭職、退學

例 来月、今の会社を辞めることになった。
らいげつ　いま　かいしゃ　や
決定下個月，辭掉現在公司的工作。

ミスが多くて、バイトを辞めさせられた。
おお
過失很多，打工的工作被迫辭掉了。

似 辞職 辭職
じ しょく

□ 受け取る
う　と

收、接、領

例 同級生から絵はがきを受け取った。
どうきゅうせい　　え　　　　　う　と
收到來自同班同學的繪圖明信片了。

荷物はどこで受け取ることができますか。
に もつ　　　　　　う　と
行李可以在哪裡領取呢？

似 もらう 領受
いただく 敬領（「もらう」的尊敬用法）

□ 打つ ^う

打、敲、拍

例 ホームランが打てて、うれしかった。
能擊出全壘打，很高興。

友人の結婚式に祝電を打った。
給朋友的結婚典禮打了賀電。

□ つき合う ^あ

來往、交際、陪

例 あの2人はつきあっているそうです。
據說那2個人正在交往。

誰とでも公平につき合うことはできない。
不管和誰，都無法公平往來。

似 交際 交際、交往

□ 出会う ^{で あ}

遇見、碰見、交鋒

例 この町では外国人に出会うことはほとんどない。
在這個城鎮，幾乎不會碰到外國人。

人と人が出会うのは必然だと思います。
我覺得人和人相識是必然的。

似 会う 見面、遇見
延 出会い 相遇、會合、邂逅

□ 取り消す ^{と け}

取消、作廢

例 急いで予約を取り消した。
急忙取消預約了。

注文を取り消すなら、早めにお願いします。
如果要取消訂購的話，麻煩盡早。

延 キャンセル 取消

□ 繰り返す

反覆、重複

例 先生と同じ動作を5回繰り返しなさい。
和老師一起重複相同的動作5次！

「歴史は繰り返す」という言葉があるそうです。
有此一説：「歷史是會重演的」。

□ まとめる

匯集、收集、整理、歸納、統一

例 会議の意見をまとめておいてください。
請事先彙整會議的意見。

延 集める 集中、收集

問題についての考えをまとめましょう。
彙整有關問題的想法吧！

□ 続ける

連續、繼續

例 語学の勉強は続けることが大事です。
語言的學習重要的是持續。

似 継続 繼續
反 止める 停止、作罷

彼は努力を続けたから、成功したのだ。
因為他持續努力，所以成功了。

□ 譲る

讓給、轉讓、謙讓、讓步、出讓、延期

例 お年寄りに席を譲るのは当然のことだ。
禮讓座位給年長者是理所當然的。

財産は子供に譲らず、すべて寄付することにした。
財產決定不傳給小孩，全部捐贈。

□ 表す

出現、表示

例 図に表すと、分かりやすいです。
用圖表示的話，會比較容易懂。
今こそ両親に敬意を表すべきです。
現在才更應該要向雙親表達敬意。

□ 動かす

移動、搖動、打動、活動、開動

例 機内では、なるべく手足を動かしましょう。
在飛機裡面，盡量動動手腳吧！
人の心を動かす文章が書きたい。
想寫動人心弦的文章。

□ 省く

省略、節省、精簡、除去

例 無駄な経費を省きましょう。
節省無謂的開支吧！
時間がないので、余計なあいさつは省きます。
由於沒有時間，所以多餘的致意就從簡。

□ 褒める

稱讚、表揚

例 あの先生は生徒を褒めるのがうまい。
那位老師很會稱讚學生。
わたしは誰にも褒められたことがない。
我不曾被誰稱讚過。

實力測驗！

問題 1. ＿＿＿＿＿ のことばの読み方として最もよいものを１・２・３・４から一つえらびなさい。

1. （　　） ここにごみを<u>捨てないで</u>ください。

　　　①すてないで　　②かてないで　　③きてないで　　④とてないで

2. （　　） 彼は突然、わたしたちの前に<u>現れた</u>。

　　　①あられた　　　②あらわれた　　③からられた　　④からわれた

3. （　　） 誰かがわたしの自転車を<u>動かした</u>ようだ。

　　　①うごかした　　②どうかした　　③まごかした　　④ごうかした

問題 2. ＿＿＿＿＿ のことばを漢字で書くとき、最もよいものを１・２・３・４から一つえらびなさい。

1. （　　） 若い頃、俳優の仕事に<u>あこがれて</u>いました。

　　　①夢　　　　　②欲　　　　　③求　　　　　④憧

2. （　　） この台詞を<u>くりかえし</u>読んで、覚えなさい。

　　　①繰　　　　　②来　　　　　③連　　　　　④続

3. （　　） 高校生が席を<u>ゆずって</u>くれました。

　　　①借　　　　　②渡　　　　　③譲　　　　　④座

問題 3. （　　　　） に入れるものに最もよいものを１・２・３・４から一つえらびなさい。

1. 会社を（　　　　）、留学することにしました。

　　①やめて　　　　　②あけて　　　　　③かいて　　　　　④つけて

2. どんなことでも、長く（　　　　　）ことが大事だと思います。

　①とりけす　　　　②まとめる　　　　③つづける　　　　④うけとる

3. 今までのやり方を（　　　　　）ほうがいいですよ。

　①まにあった　　　②あらためた　　　③たすけた　　　　④つたえた

問題 4. つぎのことばの使い方として最もよいものを一つえらびなさい。

1. たしかめる

　①娘は半年かかって、やっといい仕事をたしかめた。

　②あの交差点をたしかめると、郵便局があります。

　③もう一度内容をたしかめてから、見せてください。

　④今朝はご飯にしょうゆとたまごをたしかめて、たべました。

2. こえる

　①あの山をこえるのは、簡単なことではないですよ。

　②アメリカの大学で心理学をこえるつもりです。

　③来週の日曜日、友人から食事にこえられている。

　④テストの結果がよかったので、先生と母にこえられた。

3. まにあう

　①仕事は順調にまにあっていますか。

　②寝坊して、いつもの電車にまにあわなかった。

　③先週の台風によって、大きなひがいがまにあった。

　④老後は、静かないなかにまにあいたいです。

□ 申し込む

提議、提出、申請

例 英語の中級クラスに申し込むつもりだ。
打算申請英文的中級班。

似 申請 申請
延 キャンセル 取消

突然、彼から結婚を申し込まれて、驚いた。
突然，被男朋友求婚，嚇了一跳。

□ 似る

像、似

例 娘は主人にとてもよく似ている。
女兒和老公非常像。

延 そっくり 一模一樣
双子 雙胞胎

子供は自然と親に似るものだ。
小孩自然而然會和父母親相像。

□ 振り込む

存入、匯入

例 今月中に家賃を振り込んでください。
請在這個月之內匯房租。

反 引き出す 提領

息子の口座に生活費を振り込んだ。
把生活費匯到兒子的戶頭了。

□ 育つ

發育、成長、生長

例 マンゴーは寒い場所では育たないでしょう。
芒果在寒冷的地方無法生長吧！

似 成長 成長
延 植物 植物
生物 生物
動物 動物

去年、植えたバラがどんどん育っている。
去年，種植的玫瑰不斷生長著。

□ 知り合う

相識、結交

例 あの人とどこで知り合いましたか。
和那個人在哪裡認識的呢？

あなたと知り合えて、とてもうれしかった。
能和你相識，非常開心。

延 知り合い　相識、熟人

□ 祝う

祝賀、慶祝、祝福

例 クラスのみんなでクリスマスを祝った。
班上大家一起慶祝聖誕節了。

今夜、娘の大学合格を祝って、パーティーをします。
今天晚上，慶祝女兒考上大學，要舉辦派對。

似 祝福　祝福

□ 当たる

照射、取暖、擔任、抵抗、對待、試探、對照、相當於、位於、命中、猜對、中毒、接觸、碰撞、適值

例 あの占い師の占いはよく当たるそうです。
據說那個占卜師的占卜很準。

悪いことをすると、罰が当たる。
做壞事的話，會遭到報應。

延 ぶつかる　撞、碰

□ 増やす

增加

例 語彙を増やすために、小説をたくさん読もう。
為了增加語彙，多多閱讀小說吧！

もっと勉強時間を増やしたほうがいいですよ。
增加更多讀書時間比較好喔！

反 減らす　減少
延 増える　增加、增多

動詞

□ 外す _{はず}

取下、摘下、解開、避開、錯過、離座

（例）家の中に入るとすぐに、腕時計を外した。
一進家裡，就立刻取下手錶了。

彼の名前をリストから外しましょう。
把他的名字從名單中去除吧！

□ 落ちる _お

落、降落、脱落、漏掉、落選、淪落

（例）近くに雷が落ちたそうだ。
據說雷落在附近了。

靴の汚れがぜんぜん落ちない。
鞋子的髒污完全無法掉落。

延 落下 落下 _{らっか}

□ 植える _う

種植

（例）自宅の庭に柿の木を植えたいです。
想在自家庭園種植柿子樹。

ボランティアの人が公園に花を植えている。
志工在公園栽種著花。

延 植物 植物 _{しょくぶつ}
木 樹木 _き
草 草 _{くさ}

□ 曲がる _ま

彎曲、轉彎、歪、乖僻

（例）あの人は性格が曲がっている。
那個人性格乖僻。

あの信号を右に曲がると、銀行があります。
那個紅綠燈一右轉，就有銀行。

延 曲げる 弄彎、歪曲 _ま

158

□ 仕上げる　　　做完、收尾

例 明日までに作品を仕上げなければならない。
明天之前，非把作品收尾不可。
たった一週間では仕上げられません。
只有一個星期，無法做完。

似 完成 完成
延 仕上がる 做完、完成

□ 負ける　　　輸、敗、屈服、經
　　　　　　　不住、減價

例 鈴木くんにはぜったい負けません。
鈴木同學一定不會輸。
あのチームにはいつも負けてばかりだ。
（我們）總是一直輸給那個隊伍。

反 勝つ 贏
延 勝負 輸贏

□ 届ける　　　送到

例 この資料を急いで届けてほしい。
希望緊急把這份資料送到。
完成品は今週中に届ける予定です。
完成品預定這個星期裡會送到。

延 届く 到達、送到
　 荷物 行李
　 手紙 信

□ 届く　　　達、及、到達、
　　　　　　送到

例 同級生から祝いの花が届いた。
來自同班同學祝賀的花送到了。
送った荷物は今日中に届くそうです。
據說寄送了的行李今天之內會送到。

延 届ける 送到

動詞

159

□ 欠ける
<ruby>欠<rt>か</rt></ruby>ける

有缺口、缺少、不足

例 <ruby>大事<rt>だいじ</rt></ruby>な<ruby>茶碗<rt>ちゃわん</rt></ruby>が<ruby>欠<rt>か</rt></ruby>けてしまった。
珍惜的碗缺一塊了。

<ruby>一人<rt>ひとり</rt></ruby>でも<ruby>欠<rt>か</rt></ruby>ければ、<ruby>試合<rt>しあい</rt></ruby>ができない。
就算只缺一個人，也沒辦法比賽。

延 <ruby>欠席<rt>けっせき</rt></ruby> 缺席
<ruby>欠損<rt>けっそん</rt></ruby> 破損、虧損

□ 見上げる
<ruby>見上<rt>みあ</rt></ruby>げる

抬頭看、仰望

例 <ruby>辛<rt>つら</rt></ruby>い<ruby>時<rt>とき</rt></ruby>は<ruby>空<rt>そら</rt></ruby>を<ruby>見上<rt>みあ</rt></ruby>げなさい。
難過的時候，就抬頭看天空！

ビルの<ruby>下<rt>した</rt></ruby>から<ruby>上<rt>うえ</rt></ruby>を<ruby>見上<rt>みあ</rt></ruby>げた。
從大樓的下面仰望上面了。

反 <ruby>見下<rt>みお</rt></ruby>ろす 俯視、往下看

□ 見下ろす
<ruby>見下<rt>みお</rt></ruby>ろす

俯視、往下看

例 <ruby>高<rt>たか</rt></ruby>い<ruby>所<rt>ところ</rt></ruby>から<ruby>見下<rt>みお</rt></ruby>ろすのは、<ruby>気分<rt>きぶん</rt></ruby>がいい。
從高的地方往下看，心曠神怡。

<ruby>山<rt>やま</rt></ruby>の<ruby>上<rt>うえ</rt></ruby>から<ruby>盆地<rt>ぼんち</rt></ruby>を<ruby>見下<rt>みお</rt></ruby>ろした。
從山上俯視盆地了。

反 <ruby>見上<rt>みあ</rt></ruby>げる 抬頭看、仰望

□ 出迎える
<ruby>出迎<rt>でむか</rt></ruby>える

迎接

例 <ruby>今朝<rt>けさ</rt></ruby>、<ruby>新入社員<rt>しんにゅうしゃいん</rt></ruby>を３<ruby>人<rt>さんにん</rt></ruby><ruby>出迎<rt>でむか</rt></ruby>えることになっている。
今天早上，會迎來3位新進員工。

<ruby>友人<rt>ゆうじん</rt></ruby>を<ruby>出迎<rt>でむか</rt></ruby>えるため、<ruby>空港<rt>くうこう</rt></ruby>へ<ruby>行<rt>い</rt></ruby>かなければならない。
為了迎接朋友，非去機場不可。

□ 儲ける

賺錢、得利

例 彼は株でかなり儲けているようだ。
他在股票上好像賺了不少錢。

お金を儲けるのは、簡単なことではない。
賺錢，不是簡單的事情。

延 商売 買賣、生意

ビジネス 事務、
工作、商業

儲かる 賺錢、得利

□ 儲かる

賺錢、得利

例 兄の店はまったく儲かっていないそうだ。
據説哥哥的店完全都沒賺錢。

この仕事はけっこう儲かる。
這個工作相當賺錢。

延 儲ける 賺錢、得利

□ 稼ぐ

賺錢、掙錢

例 誰にも頼らず、自分の力で稼ぎたい。
想不靠任何人，用自己的力量掙錢。

外国人労働者がこの国で稼ぐのは大変です。
外國的工人在這個國家要掙錢是很辛苦的。

□ 貯める

積、蓄、集、存

例 うちの子は小さい頃からお金を貯めている。
我們家的小孩從小時候就開始存錢。

バケツの中に水を貯めましょう。
把水蓄在水桶中吧！

延 貯金 存錢
貯蓄 儲蓄

實力測驗！

問題 1. ＿＿＿＿ のことばの読み方として最もよいものを 1・2・3・4か
ら一つえらびなさい。

1. （　　） 前の角を曲がると、コンビニがあります。
　　　　①か　　　　②ま　　　　③た　　　　④さ

2. （　　） ここから優秀な人材が育っていった。
　　　　①かざ　　　②そだ　　　③はぐ　　　④かば

3. （　　） 夫の部長就任を祝って、乾杯した。
　　　　①いわ　　　②かた　　　③した　　　④すわ

問題 2. ＿＿＿＿ のことばを漢字で書くとき、最もよいものを 1・2・3・4
から一つえらびなさい。

1. （　　） 大雨のせいで、山の岩がおちたそうだ。
　　　　①下　　　　②降　　　　③恐　　　　④落

2. （　　） 彼女はお金を多くかせぐために、夜の仕事をしている。
　　　　①儲　　　　②稼　　　　③貰　　　　④得

3. （　　） インターネットで買った商品がまだとどかない。
　　　　①宅　　　　②送　　　　③届　　　　④来

問題 3. （　　　　） に入れるものに最もよいものを 1・2・3・4から一つ
えらびなさい。

1. すみませんが、席を （　　　　） くれませんか。
　　①はずれて　　　②はずして　　　③とどいて　　　④とどけて

2. リーダーがいなかったせいで、試合に（　　　　）しまった。

　　①もてて　　　　　②まけて　　　　　③あけて　　　　　④うえて

3. 娘はどんどん夫に（　　　　）くるようだ。

　　①きて　　　　　②にて　　　　　③みて　　　　　④して

問題 4. つぎのことばの使い方として最もよいものを一つえらびなさい。

1. ふやす

　　①触るといたいので、どうぞふやさないでください。

　　②もう少し勉強時間をふやす必要がある。

　　③庭にきれいな花がたくさんふやしています。

　　④分からないことがあれば、ふやしてください。

2. しりあっ

　　①雨が降っているので、しりあいましょう。

　　②この時間、電車はかなりしりあっているはずです。

　　③現代人はスマホがないとしりあってしまう。

　　④このサークルで多くの仲間としりあうことができた。

3. あたる

　　①まだ熱いので、あたってから食べます。

　　②佐藤くんの投げたボールが頭にあたった。

　　③祖父はバランスをあたって、転んでしまった。

　　④子供の頃は両親が忙しく、祖母があたってくれた。

動詞

□ 投げる

投、抛、擲、摔

例 ボールを遠くに投げた。
把球投得遠遠的了。

知らない人に石を投げられて、怪我をした。
被不認識的人丟了石頭，受傷了。

□ 迎える

迎接、迎合

例 また新しい年を迎えた。
又迎接新的一年了。

お客さんを迎えるため、部屋をきれいにした。
為了迎接客人，所以把房間打掃乾淨了。

□ 生える

生、長

例 庭に雑草がたくさん生えている。
庭院雜草叢生。

赤ちゃんに歯が生えてきた。
嬰兒長牙齒出來了。

□ 揺れる

搖動、搖擺

例 地震で建物がかなり揺れて、怖かった。
因為地震，建築物搖得相當厲害，很恐怖。

天候が悪かったせいで、飛行機はだいぶ揺れた。
因為天候不好，所以飛機搖得很厲害。

□ 取り出す

拿出、掏出、挑出

例 彼はポケットからタバコを取り出した。
他從口袋裡拿出了香菸。

パソコンの中からデータを取り出す。
從個人電腦裡取出資料。

□ 組み立てる

組裝、組成

例 自分で本棚を組み立てましょう。
自己來組裝書櫃吧！

部品を組み立てて、ロボットを作った。
組裝零件，做機器人了。

□ 落とす

扔下、弄掉、降低、丟失、漏掉、攻陷

例 体のほこりを落としてから、中に入ってください。
請去除身上的灰塵後入內。

電車の中で財布を落としてしまったようだ。
好像在電車裡把錢包弄丟了。

延 落ちる 落、降落、脱落、漏掉、落選、淪落

□ 見直す

重看、重新認識

例 今までのやり方を見直したほうがいいだろう。
重新檢討至今的做法比較好吧！

わたしは部下に計画を見直すよう命じた。
我命令屬下重新檢討計畫了。

動詞

165

□ 受けつける

接受、受理

例 コンクールへの参加を受けつけている。
正受理比賽的報名。

願書は明日から受けつけることになっている。
申請書從明天開始受理。

延 申し込む 申請

□ 救う

救、拯救、挽救

例 あなたの言葉がわたしを救ってくれました。
你的話拯救了我。

先生は川で溺れている子供を救った。
老師拯救了在河川溺水的小孩。

延 助ける 幫助

□ 匂う

發出氣味、有香味

例 体が匂うから、シャワーを浴びたほうがいいよ。
身體有氣味，所以淋浴比較好喔！

彼女が来ると、香水がプンプン匂う。
她一來，就會散發出陣陣香水味。

延 臭い 臭的
悪臭 惡臭

□ 割る

切開、割開、劈開、除、打破、加水稀釋

例 その板を2枚に割ってもらえますか。
可以幫我把那片板子切成2片嗎？

５０割る2はいくつですか。
50除以2是多少呢？

166

□ 片づける

整理、收拾、解決、處理

例 自分の部屋は自分で片づけなさい。
自己的房間自己整理！

用事を片づけたら、そっちに行きます。
解決事情後，就去那裡。

延 整える 整理、整頓、備齊
整理 整理

□ 明ける

天亮、新的一年的開始、期滿、終了

例 もうすぐ夜が明けます。
天就快要亮了。

梅雨が明けると、だんだん暑くなります。
梅雨一過，就會漸漸變熱。

□ 支払う

支付、付款

例 カードで支払うこともできます。
也可以用卡片支付。

今週中に家賃を支払わなければならない。
這個星期之內，非支付房租不可。

延 支払い 付錢、付款、支付

□ 腐る

腐爛、壞

例 冷蔵庫が壊れて、食材が腐ってしまった。
冰箱壞掉，食材都臭掉了。

魚は早めに食べないと、腐りますよ。
魚不早點吃的話，會臭掉喔！

動詞

□ 降りる

（從高處、交通工具）下來、降（霜、露）

例 次の駅で降ります。
在下一站下車。

飛行機から降りるときに、転んでしまった。
從飛機下來的時候，不小心跌到了。

延 下りる 落（幕）、（從體內）排出、發下來、下台、棄權

乗り物 交通工具

□ 降ろす

讓〜下車或船、降下

例 船から乗客を降ろす。
讓乘客下船。

大統領が亡くなり、国旗が降ろされた。
總統去世，國旗被降下了。

延 下ろす 放下、取下、落下

□ 染める

染（色）、著（色）

例 父はもう白髪を染めないことにした。
父親已經決定不染白頭髮了。

壁を白く染めましょう。
把牆壁漆成白色吧！

延 色 顔色

□ 溢れる

溢出、充滿、洋溢

例 彼のことを思うと、涙が溢れてくる。
一想到他的事情，就熱淚盈眶。

水が溢れる前に、蛇口をひねって止めた。
在水溢出之前，轉水龍頭關起來了。

□ 探す

尋找

例 これと同じタイプの財布を探している。
正在找和這個一樣款式的錢包。

似 見つける 找出、發現、
尋找

デザインの仕事を探しています。
正在找設計的工作。

□ 済ませる

弄完、做完

例 仕事を済ませたら、家に帰ります。
做完工作之後，就回家。

延 終える 做完、完畢

家事をすべて済ませてから、買物に出かけた。
做完所有家事後，外出購物了。

□ 立てる

豎立、揚起、推
舉、響起

例 家の前にテントを立てないでください。
請勿在家的前面搭帳棚。

オムライスの上に国旗を立てた。
在蛋包飯的上面插了國旗。

□ 曲げる

彎曲、弄彎、歪曲

例 膝を曲げると痛いです。
一彎膝蓋就痛。

信念を曲げないで、がんばってください。
請勿歪曲信念，好好加油。

動詞

實力測驗！

問題 1. ＿＿＿＿＿＿ のことばの読み方として最もよいものを 1・2・3・4か ら一つえらびなさい。

1. （　　　） 新しい社員を迎えるための準備をした。
　　　　　①むかえる　　　②たたえる　　　③こたえる　　　④まじえる

2. （　　　） 魚が腐った匂いがしませんか。
　　　　　①かなった　　　②こまった　　　③さわった　　　④くさった

3. （　　　） 卵を2個割ってください。
　　　　　①かって　　　　②わって　　　　③きって　　　　④とって

問題 2. ＿＿＿＿＿＿ のことばを漢字で書くとき、最もよいものを 1・2・3・4 から一つえらびなさい。

1. （　　　） かたづけるのを手伝ってもらえますか。
　　　　　①型　　　　　　②形　　　　　　③片　　　　　　④方

2. （　　　） 空き缶をなげて、先生に叱られた。
　　　　　①投　　　　　　②逃　　　　　　③捨　　　　　　④放

3. （　　　） 赤ちゃんに毛がはえてきました。
　　　　　①映　　　　　　②生　　　　　　③栄　　　　　　④出

問題 3. （　　　　　） に入れるものに最もよいものを 1・2・3・4から一つ えらびなさい。

1. 上司から計画を（　　　　　）ようにと厳しく言われた。
　　①みなおす　　　　②とりだす　　　　③みあげる　　　　④しはらう

2. 受験票は明日から（　　　　　）そうだ。

①とりつける　　　②うけつける　　　③あこがれる　　　④でむかえる

3. 気がついたら、もう夜が（　　　　　）いた。

①あいて　　　　　②おいて　　　　　③あけて　　　　　④おけて

問題 4. つぎのことばの使い方として最もよいものを一つえらびなさい。

1. あふれる

①あふれた日には、子供たちを連れて公園を散歩する。

②昨日、電車の中でスマホをあふれた。

③水をとめるのを忘れて、あふれてしまった。

④ドイツはロボットの開発があふれているそうだ。

2. しはらう

①最近、若い人の間でしはらっているものは何ですか。

②毎日たくさんの階段をしはらって、会社へ行きます。

③現金がないので、小切手でしはらった。

④お年寄りが荷物をしはらうのを手伝った。

3. くみたてる

①彼は変なことを言って、クラスメイトにくみたてられた。

②ケーキをみんなでくみたてて食べましょう。

③すみませんが、この資料をくみたててもらえますか。

④部品をくみたてて、簡単なコンピューターを作った。

□ 乾^{かわ}く

乾

例 今日^{きょう}は洗^{せん}たく物^{もの}がよく乾^{かわ}いた。
今天洗的衣服很乾。

反 濡^ぬれる 濕
湿^{しめ}る 潮濕、發潮

インクが乾^{かわ}くまで触^{さわ}らないでください。
在墨水還沒乾之前請勿觸摸。

□ 乾^{かわ}かす

曬乾、烤乾、弄乾

例 新^{あたら}しいドライヤーで髪^{かみ}を乾^{かわ}かした。
用新的吹風機把頭髮吹乾了。

反 濡^ぬらす 弄濕、潤濕、沾濕
湿^{しめ}らせる 弄濕

梅^{うめ}を日光^{にっこう}で乾^{かわ}かして、梅干^{うめぼ}しを作^{つく}ろう。
用日光把梅子曬乾，做梅干吧！

□ 渇^{かわ}く

渇

例 夏^{なつ}は喉^{のど}がよく渇^{かわ}く。
夏天經常口渴。

せんべいを食^たべると、喉^{のど}が渇^{かわ}く。
一吃仙貝（米果），口就會渴。

□ 効^きく

有效、見效、生效

例 この薬^{くすり}はあまり効^きかない。
這個藥不太有效。

クーラーが効^きいていて、気持^{きも}ちがいい。
冷氣見效，很舒服。

□ 注ぐ（そそ）

注入、灌入、倒入、傾注

例 夫（おっと）のグラスにビールを注（そそ）いだ。
把啤酒倒到老公的玻璃杯裡了。

子供（こども）には愛情（あいじょう）をたっぷり注（そそ）いで育（そだ）てたつもりだ。
對小孩，打算傾注滿滿的愛來養育。

延 入（い）れる　放進、裝入、加進

□ 見送る（みおく）

目送、送行、等待下次

例 今回（こんかい）、彼（かれ）の採用（さいよう）は見送（みおく）ることにした。
這次，決定不錄取他了。

今（いま）から空港（くうこう）へ行（い）って、友人（ゆうじん）を見送（みおく）ります。
現在要去機場，為友人送行。

反 迎（むか）える　迎接
延 別（わか）れる　分離

□ 抱く（だ）

抱、懷著

例 他人（たにん）の赤（あか）ちゃんを抱（だ）くのは怖（こわ）いです。
抱別人的嬰兒很恐怖。

泣（な）いている彼女（かのじょ）を優（やさ）しく抱（だ）いた。
溫柔地抱了正在哭泣的女朋友。

□ 汚れる（よご）

弄髒

例 公園（こうえん）のベンチに座（すわ）ったとき、ズボンが汚（よご）れたようだ。
好像坐在公園的長椅上時，褲子弄髒了。

トイレが汚（よご）れているから、掃除（そうじ）しましょう。
廁所很髒，所以來打掃吧！

動詞

173

□ 編む 〔あ〕

編、織

例 この竹のかごは母が編んでくれた。
たけ　　　　　　　はは　あ
那個竹籃，是母親為我編的。

今、彼のセーターを編んでいます。
いま　かれ　　　　　　　あ
現在，正織著男朋友的毛衣。

延 手作り 親手做的
　　てづく
　　マフラー 圍巾
　　手袋 手套
　　てぶくろ

□ 捕まる 〔つか〕

被抓拿、被捕獲

例 犯人はついに捕まったらしい。
はんにん　　　　　つか
犯人好像終於被逮捕了。

弟は信号を無視して、捕まったそうだ。
おとうと　しんごう　むし　　　　つか
據説弟弟無視紅綠燈，被抓了。

反 捕まえる 抓住、逮捕
　　つか
延 泥棒 小偷
　　どろぼう
　　警察 警察
　　けいさつ
　　犯罪 犯罪
　　はんざい

□ 凍る 〔こお〕

結冰、結凍

例 北海道では湖が凍ったそうだ。
ほっかいどう　みずうみ　こお
據説在北海道，湖都結冰了。

寒さで水道管が凍って、水が出ません。
さむ　すいどうかん　こお　　　みず　で
因為寒冷，水管結冰，水出不來。

延 氷 冰
　　こおり

□ 支える 〔ささ〕

支撐、維持

例 両親の応援がわたしを支えている。
りょうしん　おうえん　　　　　ささ
雙親的援助支撐著我。

夫は家計を支えるため、一生懸命働いている。
おっと　かけい　ささ　　　　　いっしょうけんめいはたら
丈夫為了支撐家計，拚命地工作著。

174

□ 抑える <ruby>抑<rt>おさ</rt></ruby>える

按、壓、控制、抑制、壓制

例 <ruby>余<rt>よ</rt></ruby><ruby>計<rt>けい</rt></ruby>な<ruby>出<rt>しゅっ</rt></ruby><ruby>費<rt>ぴ</rt></ruby>は<ruby>抑<rt>おさ</rt></ruby>えなければならない。
多餘的開支非控制不可。

わたしは<ruby>悲<rt>かな</rt></ruby>しみを<ruby>抑<rt>おさ</rt></ruby>えて、<ruby>仕<rt>し</rt></ruby><ruby>事<rt>ごと</rt></ruby>に<ruby>専<rt>せん</rt></ruby><ruby>念<rt>ねん</rt></ruby>した。
我強忍悲傷，專注於工作了。

似 <ruby>抑制<rt>よくせい</rt></ruby> 抑制
延 コントロール 控制

□ 撫でる <ruby>撫<rt>な</rt></ruby>でる

撫摸

例 <ruby>子<rt>こ</rt></ruby><ruby>供<rt>ども</rt></ruby>の<ruby>頃<rt>ころ</rt></ruby>、<ruby>母<rt>はは</rt></ruby>はよく<ruby>頭<rt>あたま</rt></ruby>を<ruby>撫<rt>な</rt></ruby>でてくれた。
孩提時候，母親經常撫摸我的頭。

わたしは<ruby>人<rt>ひと</rt></ruby>に<ruby>髪<rt>かみ</rt></ruby>を<ruby>撫<rt>な</rt></ruby>でられるのが<ruby>苦<rt>にが</rt></ruby><ruby>手<rt>て</rt></ruby>だ。
我很怕被人摸頭髮。

延 <ruby>触<rt>さわ</rt></ruby>る 觸、摸
<ruby>触<rt>ふ</rt></ruby>れる 摸、觸碰

□ 売り切れる <ruby>売<rt>う</rt></ruby>り<ruby>切<rt>き</rt></ruby>れる

賣完、銷售一空

例 <ruby>本<rt>ほん</rt></ruby><ruby>日<rt>じつ</rt></ruby><ruby>発<rt>はっ</rt></ruby><ruby>売<rt>ばい</rt></ruby>のゲームはたった７<ruby>分<rt>ふん</rt></ruby>で<ruby>売<rt>う</rt></ruby>り<ruby>切<rt>き</rt></ruby>れた。
今天發售的遊戲，只用7分鐘就銷售一空了。

このケーキはいつもすぐ<ruby>売<rt>う</rt></ruby>り<ruby>切<rt>き</rt></ruby>れてしまいます。
這個蛋糕總是立刻就賣完。

似 <ruby>完売<rt>かんばい</rt></ruby> 完售

□ 話しかける <ruby>話<rt>はな</rt></ruby>しかける

搭話

例 <ruby>銀<rt>ぎん</rt></ruby><ruby>行<rt>こう</rt></ruby>で<ruby>知<rt>し</rt></ruby>らない<ruby>人<rt>ひと</rt></ruby>に<ruby>話<rt>はな</rt></ruby>しかけられた。
在銀行被不認識的人搭話了。

お<ruby>願<rt>ねが</rt></ruby>いだから、わたしに<ruby>話<rt>はな</rt></ruby>しかけないで。
拜託，請不要和我講話。

動詞

□ ひっくり返す

翻過來、推翻、弄倒

例 玉子焼きをひっくり返してください。
請把玉子燒（日式烘蛋）翻過來。

花瓶をひっくり返してしまった。
不小心把花瓶弄倒了。

似 返す　翻轉

□ 乗り遅れる

沒趕上（車、船）

例 寝坊して、いつものバスに乗り遅れた。
睡過頭，沒趕上平常的巴士。

もう少しで電車に乗り遅れるところだった。
差一點就沒趕上電車。

延 遅刻　遲到

□ 乗り越す

坐過站

例 居眠りして、終点まで乗り越してしまった。
打瞌睡，坐過站到終點了。

乗り越さないように気をつけてね。
小心不要坐過站喔！

似 乗り過ごす　坐過站

□ 横切る

橫越、一閃而過

例 今、誰かが横切った気がする。
現在，感覺有誰一閃而過了。

通りを横切るときは、左右をよく確かめなさい。
橫越馬路時，要好好看清楚左右！

□ 酔う

醉、暈、陶醉

例 夫は深夜、かなり酔って帰宅した。
老公半夜，醉醺醺回家了。

ビール10本ぐらいでは、ぜんぜん酔いません。
啤酒10瓶之類的，完全不會醉。

延 アルコール 酒精、酒類

日本酒 日本酒

ワイン 紅酒

□ 畳む

摺疊、關閉、合上

例 そろそろテントを畳んで、下山しよう。
差不多該把帳篷疊一疊，下山吧！

この椅子は畳むことができるので、便利です。
這張椅子可以摺疊，所以很方便。

□ かわいがる

喜愛、疼愛

例 姑はうちの子をとてもかわいがっている。
婆婆非常疼愛我家的小孩。

延 世話 照顧

かわいがっていた猫が事故で死んでしまった。
疼愛的貓咪因事故死掉了。

□ 続く

繼續、持續、連續、連接

例 このドラマは来週に続く。
這部連續劇下週會繼續。

似 引き続く 連續、繼續

最近はいい天気が続いている。
最近好天氣持續著。

動詞

177

實力測驗！

問題 1. _____ のことばの読み方として最もよいものを 1・2・3・4か
ら一つえらびなさい。

1. (　　　) ペンキはすぐに乾いてしまう。
　　　①もちいて　　　②あらいて　　　③かわいて　　　④たたいて

2. (　　　) 部長のシャツは汗で汚れている。
　　　①すたれて　　　②よごれて　　　③またれて　　　④こすれて

3. (　　　) あまり飲みすぎると、酔って帰れなくなるよ。
　　　①きって　　　②さって　　　③おって　　　④よって

問題 2. _____ のことばを漢字で書くとき、最もよいものを 1・2・3・4
から一つえらびなさい。

1. (　　　) 息子はペットにたくさんの愛情をそそいだ。
　　　①入　　　　　②注　　　　　③加　　　　　④放

2. (　　　) 「お願い。わたしのことをもっと強くだいて」
　　　①愛　　　　　②抱　　　　　③持　　　　　④寝

3. (　　　) タイでは子供の頭をなでてはいけないそうだ。
　　　①撫　　　　　②叩　　　　　③摘　　　　　④触

問題 3. (　　　　　) に入れるものに最もよいものを 1・2・3・4から一つ
えらびなさい。

1. 引っ越しの時、棚を (　　　　　) 返してしまった。
　　①そっくり　　　　②ばったり　　　　③ひっくり　　　　④すっきり

2. 母はわたしのことをずっと（　　　　）くれている。

　　①ささえて　　　　②つかんで　　　　③よごれて　　　　④つづいて

3. 怒りを（　　　　）ことができず、相手を殴ってしまった。

　　①あたえる　　　　②おさえる　　　　③みおくる　　　　④かわかす

問題4. つぎのことばの使い方として最もよいものを一つえらびなさい。

1. きく

　　①もう新しい仕事にききましたか。

　　②さっき薬を飲んだから、もうすぐきいてくるはずだ。

　　③たくさん作りすぎて、おかずがきいてしまった。

　　④お酒をきいたら、運転してはいけません。

2. つづく

　　①息子はメモをつづけて、出て行った。

　　②今度こそ、髪を腰までつづけたい。

　　③久しぶりにハンドルをつづけて、ドライブした。

　　④2人の関係をつづけることは不可能だ。

3. おさえる

　　①あなたへの熱い想いをおさえることはできません。

　　②もう風邪はおさえましたか。

　　③そろそろガソリンがおさえそうだ。

　　④なかなか成績がおさえないので、くやしい。

□ 濡れる
ぬ

濕

例 突然の雨で、服が濡れてしまった。
とつぜん あめ ふく ぬ
因為突然的一場雨，衣服都濕了。

こんな日に出かけたら、濡れて風邪をひくよ。
ひ で ぬ かぜ
這種天氣出門的話，會淋濕感冒喔！

延 水 水
みず
液体 液體
えきたい

□ 受ける
う

接受、受到

例 息子は同級生からいじめを受けているようだ。
むすこ どうきゅうせい う
兒子好像受到同班同學的欺負。

祖父は来月、心臓の手術を受けることになった。
そふ らいげつ しんぞう しゅじゅつ う
祖父決定下個月，接受心臟手術。

□ 崩す
くず

拆掉、打散

例 弟に組み立てたロボットを崩された。
おとうと く た くず
組合好的機器人被弟弟拆毀了。

この地域の山を崩さないでください。
ちいき やま くず
請不要摧毀這個地區的山。

□ 溢す
こぼ

弄翻、溢出、
發牢騷

例 2歳の娘は食べ物を溢すので、掃除がたいへんだ。
にさい むすめ た もの こぼ そうじ
由於2歲的女兒打翻食物，所以打掃很辛苦。

彼女は愚痴を溢してばかりだから、好きではない。
かのじょ ぐち こぼ す
因為她光只會發牢騷，所以不喜歡。

□ 承る ^{うけたまわ}

敬聴（「聞く」的謙讓語）
謹接受（「受ける」的謙讓語）

例 社長から大事な仕事を承った。
謹承接社長交付的重要工作了。

お歳暮のご注文を承りました。
謹接到您歲末賀禮的訂單了。

□ 誘う ^{さそ}

邀約、勸誘

例 彼女は好きな人からデートに誘われたそうだ。
據說她被喜歡的人邀約了。

これ以上わたしを誘わないでください。
請不要再約我了。

□ 絞る ^{しぼ}

擰、搾、擠

例 いろいろな果物を絞って、ジュースを作った。
搾了各式各樣的水果，做成果汁了。

みんなで知恵を絞って、完成させよう。
大家絞盡腦汁，讓它完成吧！

□ 結ぶ ^{むす}

連結、繫、締結

例 彼はネクタイを上手に結ぶことができない。
他無法瀟灑地打領帶。

各国は戦後、平和条約を結んだ。
各國在戰後，締結了和平條約。

延 約束 約定
提携 提攜、合作

181

□ 包む_{つつ}

□ 包む

プレゼント用_{よう}に包_{つつ}んでください。
請包裝成送禮用的。

餃子_{ぎょうざ}の皮_{かわ}で包_{つつ}んで、油_{あぶら}で揚_あげます。
用餃子皮包起來，然後用油炸。

包起來、包圍、
隱藏、籠罩

延 布_{ぬの} 布
紙_{かみ} 紙
贈物_{おくりもの} 贈品、禮物

□ 伸_のばす

子供_{こども}の才能_{さいのう}を伸_のばすため、海外留学_{かいがいりゅうがく}を認_{みと}めた。
為了擴展小孩的才能，同意國外留學了。

危_{あぶ}ないから、爪_{つめ}を伸_のばしてはいけません。
很危險，所以不可以留指甲。

伸展、擴大、稀
釋、展平

延 伸_のびる 長大、增高、
拖長、變稀、
伸長
成長_{せいちょう} 成長

□ 散_ちる

桜_{さくら}の花_{はな}はすぐに散_ちってしまう。
櫻花會立刻凋零。

気_きが散_ちるから、音楽_{おんがく}を止_とめてください。
因為注意力會渙散，所以請關掉音樂。

落、謝、分散、凌
亂、消散

延 落_ちちる 掉落
花_{はな}びら 花瓣

□ 剥_むく

次_{つぎ}にじゃがいもの皮_{かわ}を剥_むいてください。
接著請削馬鈴薯的皮。

ナイフでりんごを剥_むきましょう。
用刀子削蘋果吧！

削、剝

似 剥_むぐ 撕掉、扒、
剝奪、剝下

□ 焼く <ruby>焼<rt>や</rt></ruby>く　　　　　　　　　　　　　　　焼、烤

例 <ruby>母<rt>はは</rt></ruby>がケーキを<ruby>焼<rt>や</rt></ruby>いているようです。
媽媽好像正在烤蛋糕。

もう<ruby>少<rt>すこ</rt></ruby>し<ruby>焼<rt>や</rt></ruby>いてもらえますか。
可以再幫我烤一點嗎？

□ 沸く <ruby>沸<rt>わ</rt></ruby>く　　　　　　　　　　　　　　　沸騰

例 このやかんは<ruby>沸<rt>わ</rt></ruby>くと<ruby>音<rt>おと</rt></ruby>がします。
這個水壺一沸騰就會發出聲音。

<ruby>お湯<rt>ゆ</rt></ruby>を<ruby>沸<rt>わ</rt></ruby>かして、コーヒーを<ruby>入<rt>い</rt></ruby>れましょう。
燒開水泡咖啡吧！

延 <ruby>沸騰<rt>ふっとう</rt></ruby> 沸騰
<ruby>熱湯<rt>ねっとう</rt></ruby> 熱開水
<ruby>風呂<rt>ふろ</rt></ruby> 浴池

□ 煮る <ruby>煮<rt>に</rt></ruby>る　　　　　　　　　　　　　　　燉煮

例 <ruby>母<rt>はは</rt></ruby>は<ruby>魚<rt>さかな</rt></ruby>を<ruby>煮<rt>に</rt></ruby>るのが<ruby>上手<rt>じょうず</rt></ruby>です。
母親燉煮魚很厲害。

<ruby>何時間<rt>なんじかん</rt></ruby>も<ruby>煮<rt>に</rt></ruby>たせいで、<ruby>野菜<rt>やさい</rt></ruby>が<ruby>溶<rt>と</rt></ruby>けてしまった。
都是燉煮了好幾個小時害的，蔬菜都融化了。

延 <ruby>煮物<rt>にもの</rt></ruby> 燉煮的食物

□ 炊く <ruby>炊<rt>た</rt></ruby>く　　　　　　　　　　　　　　　煮

例 チャーハンを<ruby>作<rt>つく</rt></ruby>るため、ご<ruby>飯<rt>はん</rt></ruby>を<ruby>硬<rt>かた</rt></ruby>めに<ruby>炊<rt>た</rt></ruby>いた。
為了要做炒飯，所以飯煮得硬些了。

<ruby>小学生<rt>しょうがくせい</rt></ruby>でもご<ruby>飯<rt>はん</rt></ruby>くらい<ruby>炊<rt>た</rt></ruby>けなければだめだ。
就算是小學生，也不能連飯都不會煮。

延 <ruby>炊飯器<rt>すいはんき</rt></ruby> 電子鍋

動詞

□ 揚げる <small>あ</small>

升起、炸、放（風箏）

例 今から天婦羅を揚げるから、手伝って。
<small>いま</small> <small>てん ぷ ら</small> <small>あ</small> <small>て つだ</small>
現在要炸天婦羅，所以幫一下忙。

延 揚物 油炸的食物
<small>あげもの</small>

昔は記念日になると、国旗を揚げたそうだ。
<small>むかし</small> <small>き ねん び</small> <small>こっ き</small> <small>あ</small>
據説以前每到紀念日，都會升上國旗。

□ 焦げる <small>こ</small>

烤焦、糊

例 火を止めるのを忘れて、鍋が焦げてしまった。
<small>ひ</small> <small>と</small> <small>わす</small> <small>なべ</small> <small>こ</small>
忘記熄火，鍋子烤焦了。

何か焦げる臭いがしませんか。
<small>なに</small> <small>こ</small> <small>にお</small>
有沒有聞到什麼燒焦的臭味呢？

□ 混ぜる <small>ま</small>

摻合、混合、攪拌

例 肉と玉ねぎをよく混ぜたら、塩を入れます。
<small>にく</small> <small>たま</small> <small>ま</small> <small>しお</small> <small>い</small>
把肉和洋蔥充分混合後，加鹽。

醬油とわさびを混ぜないでください。
<small>しょう ゆ</small> <small>ま</small>
請不要把醬油和芥末摻合在一起。

□ 取りかえる <small>と</small>

更換、交換

例 別の商品と取りかえてください。
<small>べつ</small> <small>しょうひん</small> <small>と</small>
請和別的商品交換。

故障していたので、取りかえてもらった。
<small>こ しょう</small> <small>と</small>
由於故障了，所以請人來更換了。

□ 残す _{のこ}

留下、剩下、保留、遺留

例 弁当のおかずを残すと、母に叱られます。
_{べんとう} _{のこ} _{はは} _{しか}

便當的菜一剩下，就會被母親罵。

似 残る 留下、剩下、遺留
_{のこ}

先輩たちは優秀な成績を残して、卒業した。
_{せんぱい} _{ゆうしゅう} _{せいせき} _{のこ} _{そつぎょう}

學長姊們留下優秀的成績，畢業了。

□ 足す _た

加、補

例 4足す3は7です。
_{よん た} _{さん なな}

4加3是7。

反 引く 減、扣除
_ひ

急に客が来たから、おかずを3品足した。
_{きゅう} _{きゃく} _き _{さんぴん だ}

忽然有客人來了，所以補了3道菜。

□ 磨く _{みが}

刷、擦、磨、磨練

例 窓が汚れているから、磨きましょう。
_{まど} _{よご} _{みが}

窗戶很髒，所以擦一擦吧！

たまには車を磨いたほうがいいですよ。
_{くるま} _{みが}

偶爾擦一下車比較好喔！

□ 折れる _お

折、折斷

例 台風で庭の木が折れてしまった。
_{たいふう} _{にわ} _き _お

由於颱風，庭院的樹折斷了。

試合中に足の骨が折れて、病院に運ばれた。
_{し あいちゅう} _{あし} _{ほね} _お _{びょういん} _{はこ}

比賽中腳骨折，被送到醫院了。

動詞

實力測驗！

問題 1. ＿＿＿＿ のことばの読み方として最もよいものを 1・2・3・4 から一つえらびなさい。

1. (　　) 大雨のせいで下着まで濡れてしまった。
　　　①ぬれて　　　②かれて　　　③すれて　　　④あれて

2. (　　) 肉を焼くのは夫の担当です。
　　　①かく　　　②やく　　　③さく　　　④たく

3. (　　) 溢さないで食べなさい。
　　　①あらさないで　　　　　②ほぐさないで
　　　③こぼさないで　　　　　④なくさないで

問題 2. ＿＿＿＿ のことばを漢字で書くとき、最もよいものを 1・2・3・4 から一つえらびなさい。

1. (　　) 彼はすばらしい結果をのこした。
　　　①留　　　②残　　　③記　　　④作

2. (　　) 息子は夫の靴をみがいてあげた。
　　　①磨　　　②掃　　　③除　　　④光

3. (　　) 今夜はラーメンなので、ご飯はたきません。
　　　①炊　　　②煮　　　③沸　　　④焼

**問題3.（　　　）に入れるものに最もよいものを 1・2・3・4 から一つ
えらびなさい。**

1. 赤に青を（　　　　）と、紫色になります。
   ①かける　　　　②まぜる　　　　③かえす　　　　④かわく

2. 山がどんどん（　　　　）、自然が失われていく。
   ①つかまれて　　②かけられて　　③むすばれて　　④くずされて

3. 子供は親の影響を（　　　　）やすいものです。
   ①とけ　　　　　②うけ　　　　　③かけ　　　　　④さけ

問題4. つぎのことばの使い方として最もよいものを一つえらびなさい。

1. つつむ
   ①棚の上の荷物をつつんでいただけますか。
   ②今日から新しい先生がつつむことになりました。
   ③ワインをきれいな布でつつんで、プレゼントした。
   ④ビールはつつんだほうがおいしいです。

2. むく
   ①卵と小麦粉をむいて、ケーキを作った。
   ②色鉛筆をむいて、色をぬりましょう。
   ③栗の皮はなかなかむけません。
   ④船が火事になり、あっという間にむいてしまった。

3. のばす
   ①教師は子供たちの才能をのばすよう、努力するべきだ。
   ②おじいちゃんおばあちゃんにとって、孫ほどのばすものはない。
   ③その商品はたった一時間でのばしてしまった。
   ④約束はかならずのばします。

□ 薄める
<ruby>薄<rt>うす</rt></ruby>める

弄淡、稀釋

例 氷でウイスキーを薄めた。
用冰塊把威士忌稀釋了。

薄めないと、濃すぎて飲めません。
不弄淡點的話，太濃沒辦法喝。

□ 取れる
<ruby>取<rt>と</rt></ruby>れる

能取、能拿、脫落、掉下

例 汗の汚れはなかなか取れない。
汗漬怎麼都去不掉。

阿部さんと連絡が取れる人はいますか。
有可以和阿部先生取得聯繫的人嗎？

延 取る 取、拿

□ 雇う
<ruby>雇<rt>やと</rt></ruby>う

雇用

例 この会社ではたくさんの外国人を雇っている。
這個公司雇用著許多外國人。

来月から家政婦を雇うことになった。
決定從下個月開始聘雇傭人了。

似 雇用 雇用
延 社員 員工

□ 散らかる
<ruby>散<rt>ち</rt></ruby>らかる

凌亂、亂七八糟

例 息子の部屋はいつも散らかっている。
兒子的房間總是亂七八糟。

娘が料理すると、台所が散らかって困る。
女兒一做菜，廚房就很凌亂，傷腦筋。

□ 縛^{しば}る

綑、綁、束縛、限制

例 そこにある荷物^{にもつ}をひもで縛^{しば}ってください。
請把那裡的行李用繩子綑綁起來。

もう少^{すこ}しきつく縛^{しば}ったほうがいいですよ。
再稍微綁緊一點比較好喔！

□ 震^{ふる}える

震動、發抖、顫抖

例 野良犬^{のらいぬ}が寒^{さむ}さで震^{ふる}えている。
野狗因寒冷而顫抖著。

祖父^{そふ}の手^ては最近^{さいきん}少^{すこ}し震^{ふる}えるようだ。
祖父的手最近好像有點顫抖。

延 地震^{じしん} 地震
揺^ゆれる 搖晃

□ 晴^はれる

晴、（疑團）消解、（心情）舒暢

例 久^{ひさ}しぶりに晴^はれたから、洗濯^{せんたく}しよう。
久違的放晴，所以來洗衣服吧！

お酒^{さけ}を飲^のんでも、気分^{きぶん}は晴^はれません。
就算喝酒，心情也不會舒暢。

延 晴天^{せいてん} 晴天

□ 剥^はげる

褪色、脫落

例 年^{とし}のせいで、頭^{あたま}がだいぶ剥^はげてきた。
年紀大了的緣故，頭禿得差不多了。

壁^{かべ}のペンキが剥^はげてきたから、塗^ぬり替^かえよう。
牆壁的油漆脫落了，所以重塗吧！

189

□ 焼ける <ruby>焼<rt>や</rt></ruby>ける

著火、烤熟、曬黑

例 ケーキが<ruby>焼<rt>や</rt></ruby>けたら、いっしょに<ruby>食<rt>た</rt></ruby>べましょう。

蛋糕烤熟了的話，一起吃吧！

わたしはすぐ<ruby>日<rt>ひ</rt></ruby>に<ruby>焼<rt>や</rt></ruby>けてしまう。

我馬上會被太陽曬黑。

延 <ruby>焼<rt>や</rt></ruby>く 燒、烤

□ 下げる <ruby>下<rt>さ</rt></ruby>げる

降低、懸掛、
收下去

例 これ<ruby>以上<rt>いじょう</rt></ruby><ruby>値段<rt>ねだん</rt></ruby>を<ruby>下<rt>さ</rt></ruby>げることはできない。

沒有辦法把價格壓得比這個更低了。

<ruby>空調<rt>くうちょう</rt></ruby>の<ruby>温度<rt>おんど</rt></ruby>を<ruby>下<rt>さ</rt></ruby>げてもらえますか。

可以幫忙把空調的溫度調低嗎？

反 <ruby>上<rt>あ</rt></ruby>げる 增強、提高

□ 拭く <ruby>拭<rt>ふ</rt></ruby>く

擦拭

例 <ruby>窓<rt>まど</rt></ruby>ガラスを<ruby>拭<rt>ふ</rt></ruby>いて、きれいにしましょう。

擦拭玻璃窗，把它變得乾乾淨淨吧！

この<ruby>布<rt>ぬの</rt></ruby>で<ruby>床<rt>ゆか</rt></ruby>を<ruby>拭<rt>ふ</rt></ruby>いてください。

請用這塊布擦拭地板。

□ 敷く <ruby>敷<rt>し</rt></ruby>く

鋪上、鋪設

例 <ruby>畳<rt>たたみ</rt></ruby>の<ruby>上<rt>うえ</rt></ruby>に<ruby>布団<rt>ふとん</rt></ruby>を<ruby>敷<rt>し</rt></ruby>いて<ruby>寝<rt>ね</rt></ruby>る。

在榻榻米上鋪上棉被睡覺。

<ruby>空<rt>あ</rt></ruby>き<ruby>地<rt>ち</rt></ruby>に<ruby>小石<rt>こいし</rt></ruby>を<ruby>敷<rt>し</rt></ruby>いて、<ruby>庭園<rt>ていえん</rt></ruby>を<ruby>造<rt>つく</rt></ruby>った。

在空地上鋪設小石頭，打造了庭園。

□ 連れる

帶領、帶著

例 犬を連れて散歩する。
帶狗散步。

午後、部下を連れて銀行へ行く予定だ。
下午，預定帶屬下去銀行。

□ 追う

追、追求、遵循

例 夢を追うのはすばらしいことだ。
追尋夢想是了不起的事情。

若い頃はいつも流行を追っていた。
年輕的時候總是追逐著流行。

□ 怠ける

怠惰、懶惰

例 あの子は賢いが、仕事をよく怠ける。
那個孩子雖然很聰明，但是工作經常偷懶。

勉強を怠けていたのだから、合格するはずがない。
讀書怠惰，所以不可能考上。

□ 組む

把～交叉、組成

例 わたしとあなたが組めば最強です。
我和你聯手的話，會是最強的。

延 チーム 隊伍、團隊

部長は腕を組んで考えている。
部長抱著手臂思考中。

動詞

191

□ 振る <ruby>振<rt>ふ</rt></ruby>る

揮、搖、指揮、投擲

例 <ruby>手<rt>て</rt></ruby>を<ruby>振<rt>ふ</rt></ruby>って、<ruby>別<rt>わか</rt></ruby>れを<ruby>告<rt>つ</rt></ruby>げた。
揮揮手,道別了。

<ruby>最後<rt>さいご</rt></ruby>に<ruby>塩<rt>しお</rt></ruby>と<ruby>胡椒<rt>こしょう</rt></ruby>を<ruby>振<rt>ふ</rt></ruby>れば、<ruby>完成<rt>かんせい</rt></ruby>です。
最後灑上鹽和胡椒的話,就完成了。

□ 茹でる <ruby>茹<rt>ゆ</rt></ruby>でる

(用開水)煮、燙

例 ダイエット<ruby>中<rt>ちゅう</rt></ruby>は<ruby>野菜<rt>やさい</rt></ruby>を<ruby>茹<rt>ゆ</rt></ruby>でて<ruby>食<rt>た</rt></ruby>べます。
減肥中要燙蔬菜吃。

<ruby>卵<rt>たまご</rt></ruby>は<ruby>何分<rt>なんぷん</rt></ruby>くらい<ruby>茹<rt>ゆ</rt></ruby>でますか。
蛋大約要煮幾分鐘呢?

□ 炒める <ruby>炒<rt>いた</rt></ruby>める

炒

例 <ruby>弟<rt>おとうと</rt></ruby>が<ruby>炒<rt>いた</rt></ruby>めるチャーハンはとてもおいしいです。
弟弟炒的炒飯非常好吃。

<ruby>野菜<rt>やさい</rt></ruby>は<ruby>炒<rt>いた</rt></ruby>めて<ruby>食<rt>た</rt></ruby>べることが<ruby>多<rt>おお</rt></ruby>いです。
蔬菜大多是炒來吃。

□ 暴れる <ruby>暴<rt>あば</rt></ruby>れる

胡鬧、暴衝

例 <ruby>馬<rt>うま</rt></ruby>が<ruby>突然<rt>とつぜん</rt></ruby><ruby>暴<rt>あば</rt></ruby>れて、<ruby>落馬<rt>らくば</rt></ruby>してしまった。
馬突然暴走,墜馬了。

<ruby>部下<rt>ぶか</rt></ruby>が<ruby>酔<rt>よ</rt></ruby>って<ruby>暴<rt>あば</rt></ruby>れて、<ruby>警察<rt>けいさつ</rt></ruby>に<ruby>捕<rt>つか</rt></ruby>まったそうだ。
聽說屬下酒醉胡鬧,被警察逮捕了。

延 <ruby>暴動<rt>ぼうどう</rt></ruby> 暴動
<ruby>暴力<rt>ぼうりょく</rt></ruby> 暴力

□ 枯れる（か）

枯萎、凋謝

例 草木が枯れる季節になった。
到了草木枯萎的季節。

霜が降って、植木が枯れてしまった。
霜降下，栽種的樹木枯萎了。

□ 抜ける（ぬ）

脱落、掉下、漏氣、漏掉、脱離

例 最近、髪の毛がよく抜ける。
最近，頭髮經常掉。

今のチームから抜けることにした。
決定脱離現在的隊伍了。

□ 示す（しめ）

表示、表現、指示、顯示

例 図やグラフで示すと分かりやすいようだ。
一用圖或圖表來表示，好像就容易懂了。

反省しているのなら、態度で示しなさい。
如果有在反省的話，用態度來表示！

□ 揃う（そろ）

齊全、一致

例 ついにメンバー全員が揃った。
成員終於全部到齊了。

部品がまだ揃わないので、作業が始められない。
由於零件還沒到齊，所以作業無法開始。

動詞

實力測驗！

問題 1. _____ のことばの読み方として最もよいものを 1・2・3・4か
ら一つえらびなさい。

1. (　　) 来月からアルバイトを<u>雇う</u>ことにした。
　　　①かまう　　　②やとう　　　③こよう　　　④さらう

2. (　　) 床にビニールを<u>敷いて</u>座りましょう。
　　　①かいて　　　②しいて　　　③ひいて　　　④まいて

3. (　　) 最近はぜんぜん<u>晴れない</u>から、洗たく物がよく乾かない。
　　　①はれない　　②たれない　　③かれない　　④とれない

問題 2. _____ のことばを漢字で書くとき、最もよいものを 1・2・3・4
から一つえらびなさい。

1. (　　) 豚肉の塊を糸で<u>しばって</u>から、醤油と砂糖で煮た。
　　　①締　　　②絞　　　③紐　　　④縛

2. (　　) 猫が鳥を<u>おって</u>います。
　　　①追　　　②捕　　　③取　　　④及

3. (　　) 寒さで手が<u>ふるえて</u>、コップが持てない。
　　　①振　　　②動　　　③震　　　④鼓

問題 3. (　　) に入れるものに最もよいものを 1・2・3・4から一つ
えらびなさい。

1. 選手が (　　　) ので、試合が始められない。
　　①あばれない　　②そろわない　　③かれない　　④いためない

2. 旅行に行って帰ってきたら、家の中が（　　　　　）いた。

①からかって　　　②ちらかって　　　③かわきって　　　④たべきって

3. 壁の色が（　　　　　）いるから、白く塗りましょう。

①かけて　　　　　②ふいて　　　　　③はげて　　　　　④たけて

問題4. つぎのことばの使い方として最もよいものを一つえらびなさい。

1. なまける

①勉強をなまけてばかりいたら、合格しないよ。

②子供は大人の意見をなまけるべきです。

③まだ熱いから、なまけてから食べます。

④スマホがないと、生活になまける。

2. ふく

①テレビがふいているから、見られません。

②濡れている手をハンカチでふきました。

③公園にきれいな花がふいています。

④妹におもちゃをふかれてしまった。

3. しめす

①ついにいいアルバイトをしめした。

②夫は銀行にしめしています。

③若い頃はよく映画館へしめしたものだ。

④このグラフは今月の売り上げをしめしています。

動詞

□ 騒ぐ

吵鬧、喧嚷、騷動、不安寧、轟動一時

例 彼はお酒を飲むと、大声で騒ぐ。
他只要一喝酒，就會大聲喧嚷。

喫茶店の中で騒ぐべきではない。
在咖啡廳裡面不應該喧嚷。

延 騒がしい 吵鬧的、議論紛紛的

□ 移す

移、遷、挪、搬、變動、傳染

例 引っ越してから、まだ住所を移していない。
搬家之後，地址還沒有遷移。

そろそろ実行に移すべきだと思う。
我覺得差不多該付諸實行了。

似 移動 移動、調動
延 動く 動、移動、搖動、打動

動かす 移動、搖動、打動

□ 刻む

切細、切碎、雕刻、銘記、鐘錶計時

例 まず、野菜を細かく刻んでください。
首先，請將蔬菜切碎。

時計はつねに時を刻んでいる。
時鐘總是一分一秒地走著。

延 切る 切
包丁 菜刀
まな板 切菜板

□ 湿る

潮濕、發潮

例 梅雨の時は、家の中が湿っている気がする。
梅雨的時候，覺得家裡濕濕的。

赤ちゃんのパンツが湿っているみたいです。
嬰兒的褲子好像濕了。

延 湿気 濕氣

□ 錆びる さびる

生鏽

例 釘が錆びているから、取り換えよう。
くぎ　　さ　　　　　　　　　と　　か
釘子生鏽了，所以換新的吧！

自転車が錆びて、動きません。
じてんしゃ　さ　　　　うご
腳踏車生鏽了，不能動。

□ 閉じる とじる

關、閉、闔上

例 口を閉じて、勉強しなさい。
くち　と　　　　べんきょう
閉嘴，讀書！

会議中、目を閉じるな。
かいぎちゅう　め　と
會議中，不要閉眼睛！

反 開く 開、打開
ひら
延 閉める 關閉
し

□ 埋める うめる

埋、填補

例 子供たちは宝物を土に埋めた。
こども　　　たからもの　つち　う
孩子們把寶物埋在土裡了。

この空欄にふさわしい単語を埋めてください。
くうらん　　　　　　たんご　う
請在這個空格中，填入適合的單字。

□ 冷める さめる

變冷、（熱情、興趣）減退

例 早く飲まないと、冷めてしまいますよ。
はや　の　　　　　さ
不早點喝的話，會冷掉喔！

愛が冷めると、何も感じなくなる。
あい　さ　　　　なに　かん
愛情一旦冷卻，就會變得什麼都無感。

延 冷える 變冰涼、覺得
ひ　　　涼、變冷淡
冷たい 涼的、冰冷的
つめ

動詞

□ 冷ます

弄冷、弄涼

例 スープが熱いので、吹いて冷ました。
由於湯很燙，吹一吹讓它涼了。

ミルクを冷ましてから、子供に飲ませた。
牛奶涼了以後，讓小孩喝了。

延 冷やす 涼一涼、
冰鎮、冷敷

□ 冷える

變冰涼、覺得涼、
變冷淡

例 うちの冷蔵庫はいつもビールが冷えています。
我們家的冰箱總是有啤酒冰著。

11月に入ったら、急に冷えてきたようだ。
一到11月，好像就會突然涼起來。

延 冷める 變冷、（熱
情、興趣）減
退

□ 冷やす

涼一涼、冰鎮、
冷敷

例 西瓜は冷やしたほうがおいしい。
西瓜冰過的比較好吃。

熱があるので、おでこを氷で冷やしましょう。
由於發燒，所以用冰冰敷額頭吧。

延 冷ます 弄冷、弄涼

□ 流す

使～流走、沖走、
流傳、流出

例 彼女は感動して涙を流した。
她因感動而流下了眼淚。

交通事故で、数人が血を流していた。
因為交通事故，數人流著血。

□ 甘やかす
嬌寵、慣養、姑息、放任

例 子供は甘やかすべきではない。
小孩子不應該嬌生慣養。

彼女は甘やかされて育ったようだ。
她好像是被寵大的。

□ 繋ぐ
拴、繋、結、接上

例 自分の国と世界を繋ぐ仕事がしたいです。
想從事連結自己國家和世界的工作。

小田さんに電話を繋いでもらえますか。
可以幫我把電話接給小田小姐嗎？

□ 浮く
浮、漂、浮現

例 子供でさえ油は水に浮くことを知っている。
就連小孩都知道油會浮於水。

反 沈む 沉入、沒入

池の水にたくさんの葉が浮いている。
池塘的水上漂浮著許多葉子。

□ 落とす
扔下、弄掉、降低、丟失、漏掉

例 どこかで財布を落としたようだ。
錢包好像掉在哪裡了。

延 落ちる 落、掉、遺漏、沒考上、下降

落下 落下

もう少しスピードを落としてください。
請再稍微減速些。

動詞

199

□ 探す

| | 找、尋找 |

例 父は朝からずっと眼鏡を探している。
父親從早上開始就一直找著眼鏡。

そろそろ仕事を探したほうがいいですよ。
差不多該找工作比較好喔！

似 見つける 找出、發現、尋找
延 探検 探險

□ 囲む

囲、包圍

例 庭を塀で囲むことにした。
決定用牆牆圍住庭院了。

テーブルを囲んでゲームをした。
圍著桌子玩遊戲了。

延 周囲 周圍
周り 周圍、周長、附近

□ 積む

堆積起來、累積、裝載

例 トラックに荷物を積む。
在卡車上裝載貨物。

若い頃はいろいろと経験を積んだほうがいい。
年輕的時候，累積各式各樣的經驗比較好。

□ 放す

放開

例 犬を放したら、走ってどこかへ行ってしまった。
把狗一放，不知道跑到哪裡去了。

母親は子供に「手を放しちゃだめよ」と言った。
母親對孩子説「不可以放開手喔」了。

☐ **申す**〔もう〕

説、講、告訴（「言う」的謙讓語）

例 わたしは李と申します。どうぞよろしく。
敝姓李。請多多指教。

わたしは新宿出版の佐藤と申す者です。
我是新宿出版的佐藤。

延 言う 説

☐ **揃える**〔そろ〕

使～一致、使～齊備

例 社長が社員全員の制服を揃えてくれた。
社長讓全體員工的制服一致了。

会議の前にすべての資料を揃えなければならない。
會議之前，非把所有的資料備齊不可。

☐ **ぶつける**

扔、投中、撞到、發洩

例 母は車を電柱にぶつけてしまったそうだ。
聽説媽媽把車子撞到電線杆了。

息子は友達に石をぶつけられて、怪我をした。
兒子被朋友丟石頭，受傷了。

☐ **擦る**〔こす〕

擦、搓、揉

例 車を止める時、壁に擦ってしまった。
停車的時候，擦到牆壁了。

何度も目を擦ったら、赤くなった。
揉了好幾次眼睛，就變紅了。

實力測驗！

問題 1. ＿＿＿＿＿ のことばの読み方として最もよいものを１・２・３・４か ら一つえらびなさい。

1. （　　） ブラシで靴を擦ってください。
　　　①かすって　　②さわって　　③こすって　　④あらって

2. （　　） 二人はこっそりと手を繋いだ。
　　　①しずいだ　　②つないだ　　③すすいだ　　④こわいだ

3. （　　） かごの中の鳥を放した。
　　　①はなした　　②こわした　　③きかした　　④くわした

問題 2. ＿＿＿＿＿ のことばを漢字で書くとき、最もよいものを１・２・３・４ から一つえらびなさい。

1. （　　） 土の中にごみをうめないでください。
　　　①埋　　　②入　　　③加　　　④捨

2. （　　） 長い時間雨にぬれて、さびてしまった。
　　　①壊　　　②崩　　　③腐　　　④錆

3. （　　） もう少し細かくきざんでもらえますか。
　　　①切　　　②理　　　③刻　　　④削

問題 3. （　　　　） に入れるものに最もよいものを１・２・３・４から一つ えらびなさい。

1. となりの住人が（　　　　）いて、うるさくて眠れない。
　①かんがえて　　②かよって　　③さわいで　　④まよって

2. 水をそんなに（　　　　）洗うな。

　　①ながして　　　　②なかして　　　　③もうけて　　　　④もうげて

3. 正しいと思うものを丸で（　　　　）ください。

　　①かぞえて　　　　②おさめて　　　　③かこんで　　　　④おそれて

問題 4. つぎのことばの使い方として最もよいものを一つえらびなさい。

1. うつす

　　①最近はずっと悪い天気がうつしている。

　　②お金がなかなかうつさない。

　　③この荷物を下にうつしていただけますか。

　　④アメリカの友達に手紙をうつした。

2. そろえる

　　①試合をするなら、強い選手をそろえなければならない。

　　②のどがそろえているから、水をたくさんのんだ。

　　③積んでいた荷物がとつぜんそろえた。

　　④このボタンをおすと、電気がそろえます。

3. とじる

　　①北海道では気温が0度をとじたそうです。

　　②テストの時、教科書はとじてください。

　　③くさっているから、とじたほうがいいですよ。

　　④わたしは祖母にとじられて、育ちました。

動詞

□ **沈む**〔しず〕

沉入、沒入、沒落、消沉

例 冬〔ふゆ〕はあっという間〔ま〕に日〔ひ〕が沈〔しず〕む。
冬天太陽一下子就西沉。

彼〔かれ〕の船〔ふね〕は事故〔じこ〕で沈〔しず〕んでしまったそうだ。
聽説他的船因為事故沉沒了。

反 浮〔う〕かぶ 漂、浮、浮現

□ **嫌がる**〔いや〕

嫌、討厭

例 猫〔ねこ〕は水〔みず〕をとても嫌〔いや〕がる。
貓非常討厭水。

娘〔むすめ〕は学校〔がっこう〕に行〔い〕くのを嫌〔いや〕がった。
女兒討厭去學校。

似 嫌〔きら〕う 嫌惡、厭惡
反 好〔この〕む 愛好、喜歡

□ **受かる**〔う〕

考上、考中

例 息子〔むすこ〕は3度目〔さんどめ〕でやっと司法試験〔しほうしけん〕に受〔う〕かった。
兒子第3次終於考上司法考試了。

娘〔むすめ〕が大学〔だいがく〕に受〔う〕かるように祈〔いの〕った。
祈禱女兒可以考上大學了。

延 受験〔じゅけん〕 應考
受〔う〕ける 接受、受到

□ **限る**〔かぎ〕

限定、只限於

例 応募〔おうぼ〕は経験者〔けいけんしゃ〕に限〔かぎ〕る。
招募限有經驗者。

購入〔こうにゅう〕は一人一台〔ひとりいちだい〕に限〔かぎ〕ります。
一人限購一台。

延 限定〔げんてい〕 限定

□ 沸かす

燒開、燒熱、
使～沸騰

例 やかんでお湯を沸かす。
用水壺燒開水。

風呂を沸かして、のんびり浸かりたい。
想燒洗澡水，輕鬆地泡澡。

延 沸騰 沸騰

□ 掘る

挖、掘、鑿

例 畑を掘って、野菜を作りましょう。
耕田種菜吧！

誰かが公園に穴を掘ったようだ。
好像有誰在公園挖了洞。

□ 乗せる

使～乗上、使～裝上

例 夫は子供を肩に乗せた。
老公讓小孩坐在肩膀上。

今からお客さんを船に乗せます。
現在開始，讓乘客上船。

延 搭乗 搭乘
乗り物 交通工具

□ 崩れる

崩潰、倒塌、走樣

例 大雨で近くの山が崩れたそうだ。
據説因為大雨，附近的山坍塌了。

トンネルが崩れて、たくさんの死者が出た。
隧道坍塌，死了很多人。

似 崩壊 崩潰、倒塌

動詞

□ しびれる

麻木、發麻

例 足_{あし}がしびれて、立_たてません。
腳麻掉了，站不起來。

似 麻痺_{まひ} 麻痺、麻木

最近_{さいきん}、手_てがしびれるので、病院_{びょういん}へ行_いった。
最近，由於手發麻，去了醫院。

□ 叩_{たた}く

打、敲、拍

例 うちの子_こは太鼓_{たいこ}を叩_{たた}くのが好_すきだ。
我家的小孩喜歡打鼓。

子供_{こども}が悪_{わる}いことをしたから、尻_{しり}を叩_{たた}いた。
因為小孩做了壞事，所以打了屁股。

□ 蒸_むす

悶熱、蒸

例 餃子_{ぎょうざ}は10分_{じゅっぷん}くらい蒸_むしてください。
餃子請蒸10分鐘左右。

焼_やく前_{まえ}に少_{すこ}し蒸_むすと、おいしいです。
煎之前稍微蒸一下的話，會很好吃。

□ 直_{なお}す

訂正、矯正、修理、變更

例 壊_{こわ}れたパソコンを直_{なお}してもらった。
壞掉的個人電腦請人修理了。

悪_{わる}い癖_{くせ}は直_{なお}すべきだ。
壞習慣應該改掉。

□ 治す <ruby>治<rt>なお</rt></ruby>す

治療

例 どんな<ruby>名医<rt>めい い</rt></ruby>でも<ruby>心<rt>こころ</rt></ruby>の<ruby>傷<rt>きず</rt></ruby>は<ruby>治<rt>なお</rt></ruby>せない。

心裡的傷，怎樣的名醫也無法治療。

<ruby>早<rt>はや</rt></ruby>く<ruby>風邪<rt>か ぜ</rt></ruby>を<ruby>治<rt>なお</rt></ruby>して、<ruby>学校<rt>がっこう</rt></ruby>に<ruby>行<rt>い</rt></ruby>きたい。

想早點治好感冒去學校。

延 <ruby>治療<rt>ちりょう</rt></ruby> 治療
<ruby>医者<rt>い しゃ</rt></ruby> 醫生
<ruby>看護師<rt>かん ご し</rt></ruby> 護理師
<ruby>病院<rt>びょういん</rt></ruby> 醫院

□ 倒す <ruby>倒<rt>たお</rt></ruby>す

打倒、推翻、把～弄倒

例 <ruby>悪<rt>わる</rt></ruby>い<ruby>人<rt>ひと</rt></ruby>を<ruby>倒<rt>たお</rt></ruby>したい。

想打倒壞人。

<ruby>誰<rt>だれ</rt></ruby>かの<ruby>自転車<rt>じ てんしゃ</rt></ruby>を<ruby>倒<rt>たお</rt></ruby>してしまった。

把誰的腳踏車弄倒了。

□ 繋がる <ruby>繋<rt>つな</rt></ruby>がる

連接、排列、牽涉、有關係

例 わたしたちは<ruby>離<rt>はな</rt></ruby>れていても、<ruby>繋<rt>つな</rt></ruby>がっている。

我們就算分離，心也是連著的。

<ruby>毎日<rt>まいにち</rt></ruby>の<ruby>努力<rt>ど りょく</rt></ruby>が<ruby>結果<rt>けっ か</rt></ruby>に<ruby>繋<rt>つな</rt></ruby>がるのだ。

每天的努力關係到結果。

延 <ruby>繋<rt>つな</rt></ruby>ぐ 拴、繋、結、接上

□ 離れる <ruby>離<rt>はな</rt></ruby>れる

離開、分離、相距、脫離

例 <ruby>都会<rt>と かい</rt></ruby>を<ruby>離<rt>はな</rt></ruby>れて、<ruby>田舎<rt>いなか</rt></ruby>で<ruby>静<rt>しず</rt></ruby>かに<ruby>暮<rt>く</rt></ruby>らしたい。

想離開都會，在鄉下安靜地生活。

わたしは<ruby>彼<rt>かれ</rt></ruby>から<ruby>離<rt>はな</rt></ruby>れることができない。

我無法從他那邊離開。

動詞

□ 割れる

碎、壞、分裂、裂開

例 大切なグラスが割れてしまった。
珍愛的玻璃杯碎掉了。

強風で窓ガラスが割れた。
因強風玻璃窗碎了。

延 割る 切開、除、打破

□ 流れる

流、淌、沖走、流逝、傳播

例 汗が流れるまで、走りなさい。
跑到汗流出來為止！

悲しくないのに、涙が流れて止まらない。
明明不難過，卻淚流不止。

□ 巻く

捲起、擰（發條、螺絲）、纏上、包上

例 きれいな布でプレゼントを巻いた。
用漂亮的布包禮物了。

時計のねじを巻いてもらった。
請人幫忙旋轉時鐘的發條了。

□ 退く

躲開、讓開

例 すみません、ちょっと退いてください。
不好意思，請稍微讓開。

見えないから、後ろに退いてほしい。
因為看不到，所以希望（你們）可以退到後面。

□ 退ける（ど）　　　　　　　　　挪開、移開

（例）目の前にある障害物を退けた。
移除了眼前的障礙物。

車を退けてもらえますか。
可以幫忙把車子挪開嗎？

□ 削る（けず）　　　　　　　　　削、刮、刨、刪
　　　　　　　　　　　　　　　　去、削減

（例）今の子は鉛筆を削りますか。
現在的小孩削鉛筆嗎？

歯を削る音が苦手です。
很怕磨牙齒的聲音。

□ 望む（のぞ）　　　　　　　　　希望、盼望、遙
　　　　　　　　　　　　　　　　望、仰望

（例）家族の健康を望む。
期盼家人健康。

あなたの幸せを心の底から望んでいます。
由衷期盼著你的幸福。

（似）願う（ねが）　請求、希望、
　　　　　　　　　祈求

□ 塗る（ぬ）　　　　　　　　　　塗、抹、擦

（例）パンにバターを塗った。
在麵包上抹奶油了。

壁を白く塗りましょう。
把牆壁塗白吧！

209

實力測驗！

問題 1. ＿＿＿＿＿＿ のことばの読み方として最もよいものを１・２・３・４から一つえらびなさい。

1. （　　　）学校の遠足で芋を掘った。
   ①しった　　　②ほった　　　③すった　　　④こった

2. （　　　）娘は病院に行くのを嫌がった。
   ①こわがった　②うれがった　③いやがった　④きらがった

3. （　　　）まず鶏肉を蒸してください。
   ①むして　　　②まして　　　③かして　　　④くして

問題 2. ＿＿＿＿＿＿ のことばを漢字で書くとき、最もよいものを１・２・３・４から一つえらびなさい。

1. （　　　）悪いことをしたから、母に尻をたたかれた。
   ①打　　　　　②退　　　　　③叩　　　　　④引

2. （　　　）ご飯に海苔をまいてください。
   ①巻　　　　　②敷　　　　　③置　　　　　④包

3. （　　　）歯をけずる音が苦手です。
   ①刻　　　　　②削　　　　　③崩　　　　　④切

問題 3. （　　　　　）に入れるものに最もよいものを１・２・３・４から一つえらびなさい。

1. 父は病気がまだ（　　　　　）いないのに、会社へ行きました。
   ①なおって　　　②かよって　　　③さわって　　　④あがって

2. 地震で花瓶が （　　　　　） しまった。

　　①かれて　　　　②すれて　　　　③われて　　　　④さげて

3. お風呂はもう （　　　　　） ありますよ。

　　①しびれて　　　②わかして　　　③かぎって　　　④つないで

問題 4. つぎのことばの使い方として最もよいものを一つえらびなさい。

1. のせる

　　①わたしは妹にジュースをのせられた。

　　②母はわたしを自転車の後ろにのせた。

　　③交通ルールはのせるべきです。

　　④生活のために、のせなければならない。

2. ながれる

　　①今日中にレポートをながれてください。

　　②先週からずっと雨がながれている。

　　③家の前には小さな川がながれています。

　　④シャワーを浴びている最中に、でんわがながれた。

3. かぎる

　　①インターネットのおかげで、生活がかぎりました。

　　②兄はけっこんするために、お金をかぎっている。

　　③雪がふったため、試合はかぎられた。

　　④参加者は女性にかぎる。

211

□ 溜^たまる

積存、積壓

例 受験生^{じゅけんせい}はストレスが溜^たまります。
應考生累積著壓力。

雨^{あめ}が止^やんで、道^{みち}に水^{みず}が溜^たまっている。
雨停了，道路積著水。

□ 備^{そな}える

準備、防備、備
置、預備

例 災害^{さいがい}に備^{そな}えて、缶詰^{かんづめ}をたくさん買^かった。
為災害做準備，買了很多罐頭。

似 準備^{じゅんび} 準備

老後^{ろうご}に備^{そな}えて、できるだけ貯金^{ちょきん}したい。
為晚年做準備，希望盡可能存錢。

□ 用^{もち}いる

用、使用、任用、
採用

例 これは眼鏡^{めがね}の修理^{しゅうり}に用^{もち}います。
這是用來修理眼鏡的。

似 使用^{しよう} 使用
　 道具^{どうぐ} 器具、工具

新^{あたら}しい方法^{ほうほう}を用^{もち}いて、作^{つく}ってみました。
試著採用新的方法做做看了。

□ 片^{かた}づく

收拾整齊、整頓
好、得到解決

例 彼女^{かのじょ}の部屋^{へや}はいつもきれいに片^{かた}づいている。
她的房間總是乾乾淨淨地整理著。

延 片^{かた}づける 整頓、
　　　　　　　 收拾、解決

この仕事^{しごと}が片^{かた}づくまでは、休^{やす}めません。
這個工作直到解決為止，不能休息。

□ 言い直す

再說一次、改口說

例 会議の時、緊張して何度も言い直した。
開會的時候，因為緊張重説了好幾次。

別の言い方で言い直してください。
請用別的説法重説一次。

□ 潰れる

弄壞、壓壞、失掉原
有的功能、倒閉、浪
費掉、壓碎、倒塌

例 買ったばかりの卵が潰れてしまった。
剛買的蛋壓破了。

近所のラーメン屋が潰れたそうだ。
據説附近的拉麵店倒閉了。

延 潰す 壓碎、擠壞

□ 欠く

缺少、欠缺、損壞

例 店は資金を欠いて、困っている。
店裡欠缺資金，傷腦筋。

うちの子はどうも集中力を欠くようだ。
我家的小孩好像很欠缺注意力。

延 欠ける 缺了一塊、
缺少
不足 不足

□ 戻す

返還、使回到原
處、退回、嘔吐、
恢復

例 借りた本は元の場所に戻しなさい。
借來的書要放回原來的地方！

海藻は水で戻してから、煮ます。
海藻用水還原後再熬煮。

延 戻る 返回、恢復、
退回

動詞

213

□ 診る み

診察、看病

例 院長はほとんど毎日、一人で８００人近い患者を診ている。
院長一個人每天幾乎要看診將近800位患者。

診る み
喉が痛いので、医者に診てもらった。
由於喉嚨痛，請醫生看病了。

似 診断 診斷
延 看護師 護理師
　　病院 醫院

□ 控える ひか

等候、隨侍在側、勒住、節制、打消～念頭、迫近、寫下來

例 携帯電話の使用は控えてください。
請節制使用行動電話。
他人を批判するのは控えたほうがいいですよ。
批評別人還是節制一下比較好喔！

□ 凝る こ

凝固、熱衷、精心設計、肌肉僵硬

例 父はよく肩が凝る。
父親經常肩膀僵硬。
弟は最近、ゴルフに凝っているらしい。
弟弟最近，好像迷上高爾夫球。

延 熱中 熱衷、入迷
　　夢中 熱衷於～

□ 下がる さ

下降、垂懸、退出、下班、放學、發下

例 天気予報によると、来週から気温が下がるそうだ。
根據天氣預報，據說下週開始氣溫會下降。
物価が下がってほしいものだ。
希望物價下降。

反 上がる 上、登、升、進來、結束

□ 解<ruby>解<rt>ほど</rt></ruby>く

解開、拆開

例 彼はわたしの<ruby>緊張<rt>きんちょう</rt></ruby>を<ruby>解<rt>ほど</rt></ruby>くのが<ruby>上手<rt>じょうず</rt></ruby>だ。
他很會消解我的緊張。

プレゼントのリボンを<ruby>解<rt>ほど</rt></ruby>いた。
解開禮物的緞帶了。

□ <ruby>潰<rt>つぶ</rt></ruby>す

壓碎、擠壞、敗壞、打發、宰殺

例 ワインはぶどうを<ruby>潰<rt>つぶ</rt></ruby>して<ruby>作<rt>つく</rt></ruby>る。
紅酒是壓榨葡萄後再去製作。

延 <ruby>潰<rt>つぶ</rt></ruby>れる 弄壞、壓壞

<ruby>待<rt>ま</rt></ruby>ち<ruby>時間<rt>じかん</rt></ruby>を<ruby>潰<rt>つぶ</rt></ruby>すために、<ruby>喫茶店<rt>きっさてん</rt></ruby>に<ruby>入<rt>はい</rt></ruby>った。
為了打發等待的時間，進了咖啡廳。

□ <ruby>戻<rt>もど</rt></ruby>る

返回、恢復、退回

例 <ruby>娘<rt>むすめ</rt></ruby>は<ruby>忘<rt>わす</rt></ruby>れ<ruby>物<rt>もの</rt></ruby>に<ruby>気<rt>き</rt></ruby>づいて、<ruby>戻<rt>もど</rt></ruby>ってきた。
女兒發現忘記東西，回來了。

延 <ruby>戻<rt>もど</rt></ruby>す 返還、使回到原處、退回、嘔吐、恢復

2<ruby>人<rt>ふたり</rt></ruby>の<ruby>関係<rt>かんけい</rt></ruby>は<ruby>昔<rt>むかし</rt></ruby>のようには<ruby>戻<rt>もど</rt></ruby>らないだろう。
2人的關係應該無法恢復到以前那樣吧。

□ <ruby>縮<rt>ちぢ</rt></ruby>む

縮、縮小、縮短、起了皺褶、畏縮、縮回

例 <ruby>洗<rt>あら</rt></ruby>ったら、シャツが<ruby>縮<rt>ちぢ</rt></ruby>んでしまった。
襯衫洗了以後，縮水了。

延 <ruby>収縮<rt>しゅうしゅく</rt></ruby> 收縮
<ruby>縮小<rt>しゅくしょう</rt></ruby> 縮小

<ruby>年<rt>とし</rt></ruby>のせいで、<ruby>背<rt>せ</rt></ruby>が<ruby>縮<rt>ちぢ</rt></ruby>んだようだ。
年紀大了的緣故，身高好像縮水了。

□ 詰（つ）まる — 塞滿、堵塞、窘迫、縮短

例 あの人（ひと）といっしょにいると、息（いき）が詰（つ）まる。
一和那個人一起，就會窒息。

魚（さかな）の骨（ほね）が喉（のど）に詰（つ）まって取（と）れない。
魚的骨頭卡在喉嚨，拿不出來。

□ くたびれる — 疲乏、疲勞、累

例 一人（ひとり）でやったから、くたびれた。
因為一個人做，所以累了。
似 疲（つか）れる　累、疲勞

彼（かれ）の不満（ふまん）を聞（き）くのはくたびれる。
聽他的抱怨很疲憊。

□ 追（お）い越（こ）す — 超過、趕過去

例 今度（こんど）のテストで山田（やまだ）さんを追（お）い越（こ）したい。
這次的考試想超越山田同學。

ライバルを追（お）い越（こ）せるようにがんばろう。
為了能超越對手，加油吧！

□ 泊（と）める — 留宿、使入港

例 週末（しゅうまつ）、友人（ゆうじん）を泊（と）めることにした。
週末，決定讓朋友留宿了。
反 泊（と）まる　投宿、停泊
延 宿泊（しゅくはく）　住宿

この旅館（りょかん）は客（きゃく）を1000人（せんにん）も泊（と）めることができる。
這間旅館就算1000人也能留宿。

216

□ 吐<ruby>吐<rt>は</rt></ruby>く

吐、吐出、冒出、噴出

例 <ruby>部<rt>ぶ</rt></ruby><ruby>下<rt>か</rt></ruby>はビールを<ruby>飲<rt>の</rt></ruby>みすぎて<ruby>吐<rt>は</rt></ruby>いた。
屬下喝太多啤酒，吐了。

<ruby>寒<rt>さむ</rt></ruby>い<ruby>日<rt>ひ</rt></ruby>に<ruby>息<rt>いき</rt></ruby>を<ruby>吐<rt>は</rt></ruby>くと、<ruby>白<rt>しろ</rt></ruby>く<ruby>見<rt>み</rt></ruby>える。
天冷的日子只要一吐氣，就會看到白色霧氣。

□ <ruby>唸<rt>うな</rt></ruby>る

呻吟、吼叫、呼嘯、喝采

例 <ruby>犬<rt>いぬ</rt></ruby>が<ruby>唸<rt>うな</rt></ruby>っているから、<ruby>怖<rt>こわ</rt></ruby>くて<ruby>通<rt>とお</rt></ruby>れません。
因為狗在吼叫，所以很害怕無法經過。

その<ruby>絵<rt>え</rt></ruby>を<ruby>見<rt>み</rt></ruby>た<ruby>時<rt>とき</rt></ruby>、<ruby>思<rt>おも</rt></ruby>わず<ruby>唸<rt>うな</rt></ruby>ってしまった。
看了那幅畫時，不由得讚嘆。

延 <ruby>吠<rt>ほ</rt></ruby>える 吠、吼、哭喊

□ <ruby>剃<rt>そ</rt></ruby>る

剃、刮

例 <ruby>今朝<rt>けさ</rt></ruby>、<ruby>髭<rt>ひげ</rt></ruby>を<ruby>剃<rt>そ</rt></ruby>るのを<ruby>忘<rt>わす</rt></ruby>れた。
今天早上，忘記刮鬍子了。

お<ruby>寺<rt>てら</rt></ruby>で<ruby>働<rt>はたら</rt></ruby>くために<ruby>頭<rt>あたま</rt></ruby>の<ruby>毛<rt>け</rt></ruby>を<ruby>剃<rt>そ</rt></ruby>った。
為了在寺廟工作，所以剃了頭髮。

延 かみそり 刮鬍刀

□ <ruby>吠<rt>ほ</rt></ruby>える

吠、吼、哭喊

例 <ruby>犬<rt>いぬ</rt></ruby>が<ruby>大声<rt>おおごえ</rt></ruby>で<ruby>吠<rt>ほ</rt></ruby>えている。
狗大聲地吠著。

うちの<ruby>犬<rt>いぬ</rt></ruby>はほとんど<ruby>吠<rt>ほ</rt></ruby>えない。
我家的狗幾乎不吠。

延 <ruby>唸<rt>うな</rt></ruby>る 呻吟、吼叫

動詞

實力測驗！

問題 1. ＿＿＿＿＿ のことばの読み方として最もよいものを 1・2・3・4か
ら一つえらびなさい。

1. （　　） これは髭を剃るための道具です。
　　　　①する　　　　　②そる　　　　　③かる　　　　　④こる

2. （　　） いそいで食べたから、のどに詰まってしまった。
　　　　①しまって　　②きまって　　③とまって　　④つまって

3. （　　） いちごを潰して、ジャムを作りましょう。
　　　　①かざして　　②つぶして　　③はがして　　④さまして

問題 2. ＿＿＿＿＿ のことばを漢字で書くとき、最もよいものを 1・2・3・4
から一つえらびなさい。

1. （　　） 出張にそなえて、大きめのかばんを買った。
　　　　①備　　　　　②旅　　　　　③持　　　　　④定

2. （　　） 兄は最近、ゴルフにこっている。
　　　　①熱　　　　　②凝　　　　　③埋　　　　　④疑

3. （　　） 塩は日常生活にかくことができない。
　　　　①足　　　　　②欠　　　　　③陥　　　　　④用

問題 3. （　　　　） に入れるものに最もよいものを 1・2・3・4から一つ
えらびなさい。

1. 靴のひもを（　　　　）のを手伝ってもらえますか。
　　　①ちぢむ　　　②ほどく　　　③のせる　　　④もどる

2. 今日はたくさん歩いたから、（　　　　）しまった。

①とりかえて　　　②ぶつかって　　　③ひろまって　　　④くたびれて

3. 仕事が（　　　　）までは、帰れません。

①かたづく　　　　②いためる　　　　③ふるえる　　　　④ぶつかる

問題 4. つぎのことばの使い方として最もよいものを一つえらびなさい。

1. はく

①みんなで写真をはきましょう。

②銀行の前で車をはいてください。

③ある国では道につばをはくと、罰金です。

④きれいな紙でプレゼントをはきます。

2. ひかえる

①携帯電話の使用はひかえてください。

②ペットが死んでしまい、ひかえている。

③借りたお金はひかえるべきです。

④不景気のため、たくさんの会社がひかえた。

3. もちいる

①娘は何か悩みをもちいているようだ。

②そろそろ髪型をもちいようと思っている。

③頭がもちいて、何もたべたくありません。

④これでだめなら、別の方法をもちいてやってみよう。

□ 合_あう

正確、合適、一致、調和、合算

例 この靴_{くつ}はサイズが合_あっていません。
這雙鞋子尺寸不合。

条件_{じょうけん}に合_あった仕事_{しごと}を探_{さが}したい。
想找符合條件的工作。

□ 扱_{あつか}う

使用、處理、對待、照料、調停、經營

例 借_かりたものは大切_{たいせつ}に扱_{あつか}うべきだ。
借來的東西應該珍惜使用。

もう少_{すこ}し気_きをつけて扱_{あつか}ってください。
請再更小心點使用。

似 使_{つか}う 使用
使用_{しよう} 使用

□ 失_{うしな}う

失去、錯過

例 父_{ちち}は不景気_{ふけいき}で仕事_{しごと}を失_{うしな}った。
父親因為不景氣失去了工作。

事故_{じこ}で記憶_{きおく}を失_{うしな}う人_{ひと}もいるそうだ。
據説也有因事故而喪失記憶的人。

似 消_きえる 消失
無_なくす 丟失、喪失、失掉
反 得_える 得到

□ 動_{うご}く

動、移動、搖動、打動、轉動

例 このロボットは音_{おと}に反応_{はんのう}して動_{うご}く。
這個機器人對聲音有反應會動。

危_{あぶ}ないから、そこを動_{うご}くな。
很危險，所以在那邊不要動！

延 動作_{どうさ} 動作
行動_{こうどう} 行動

□ 通^{かよ}う

定期往返、流通

例 娘^{むすめ}は来年^{らいねん}から小学校^{しょうがっこう}へ通^{かよ}う。
女兒從明年開始上小學。

弟^{おとうと}は車^{くるま}で会社^{かいしゃ}へ通^{かよ}っている。
弟弟開車上下班。

延 通学^{つうがく} 通學
通勤^{つうきん} 通勤

□ 狙^{ねら}う

把～弄到手、把～
當成目標、伺機、
瞄準

例 彼^{かれ}は社長^{しゃちょう}の地位^{ちい}を狙^{ねら}っているようだ。
他好像覬覦著社長的位子。

熊^{くま}を狙^{ねら}って撃^うったが、失敗^{しっぱい}した。
瞄準熊射擊，但是失敗了。

延 目標^{もくひょう} 目標

□ 拾^{ひろ}う

拾、撿

例 ごみを拾^{ひろ}って、ごみ箱^{ばこ}に捨^すてた。
撿起垃圾，丟到垃圾桶裡了。

駅前^{えきまえ}で誰^{だれ}かの財布^{さいふ}を拾^{ひろ}いました。
在車站前，撿到了不知道是誰的錢包。

□ 笑^{わら}う

笑、嘲笑

例 無理^{むり}して笑^{わら}うべきではない。
不應該勉強地笑。

彼女^{かのじょ}は病気^{びょうき}になって以来^{いらい}、一度^{いちど}も笑^{わら}っていない。
她自從生病以來，一次都沒有笑過。

延 笑顔^{えがお} 笑容
おもしろい 有趣的

□ 倒れる <small>たお</small>

倒塌、倒台、倒閉、病倒

例 兄は働きすぎて、倒れてしまった。
哥哥工作過度，病倒了。

延 倒す 打倒、推翻、把～弄倒

地震で近くのビルが倒れたそうだ。
據說因為地震，附近的大樓倒塌了。

□ 掻く <small>か</small>

扒、搔、砍、划、攪拌、抓、撓

例 背中がかゆいから、掻いてください。
因為背很癢，請抓一抓。

彼は恥ずかしい時、いつも頭を掻く。
他害羞的時候，總是搔頭。

□ 済ます <small>す</small>

弄完、做完、應付、將就

例 家の用事を済ましてから、出かけます。
做完家裡的事情後要出門。

似 済ませる 弄完、做完、應付、將就

硬い儀式はしないで、簡単に済ます。
不用生硬的儀式，簡單辦完。

□ 散らかす <small>ち</small>

亂扔、弄亂

例 部屋の中を散らかさないで。
不要把房間弄亂。

延 ごみ 垃圾
乱す 打亂、弄亂

誰かが書類を散らかしたようだ。
好像有誰把文件弄亂了。

□ 汚す〔よご〕   弄髒

例 息子は靴を真っ黒に汚して、帰ってきた。
〔むすこ〕〔くつ〕〔ま〔くろ〔よご〕   〔かえ〕
兒子把鞋子弄得黑漆漆地回家了。   延 汚れる〔よご〕 弄髒

家庭の排水が川を汚している。
〔か てい〕〔はいすい〕〔かわ〕〔よご〕
家庭的排水弄髒了河川。

□ 干す〔ほ〕   曬、晾、弄乾

例 洗たくものを干しましょう。
〔せん〕   〔ほ〕
來曬洗好的衣服吧！

たまには布団を干したほうがいいですよ。
      〔ふ とん〕〔ほ〕
偶爾還是曬 下棉被比較好喔！

□ 裏返す〔うら がえ〕   翻過來、反過來

例 このコートは裏返しても着られる。
          〔うらがえ〕 〔き〕
這件外套也可以反過來穿。   延 裏〔うら〕 反面、背面
                                    表〔おもて〕 正面、表面
表紙が汚れたから、裏返した。
〔ひょうし〕〔よご〕   〔うらがえ〕
封面弄髒了，所以翻過來了。

□ 吊るす〔つ〕   吊、掛

例 ランプを天井に吊るした。
        〔てんじょう〕〔つ〕
把燈吊掛在天花板上了。

もっと太いロープで吊るすべきです。
      〔ふと〕   〔つ〕
應該用更粗的繩索來吊。

223

□ 濡らす
ぬ

弄濕、沾濕、濕潤、浸溼、淋濕

例 温泉で足だけ濡らした。
おんせん あし ぬ

用溫泉只把腳沾溼了。

延 濡れる 濕、淋濕
ぬ

妹は皮膚病で手を濡らすことができない。
いもうと ひ ふ びょう て ぬ

妹妹因為皮膚病，手不能弄濕。

□ 被せる
かぶ

蓋上、戴上、澆、沖、推諉、歸罪

例 わたしは彼に汚名を被せられた。
かれ おめい かぶ

我被他污名化了。

延 被る 戴、澆、承擔、蓋
かぶ

娘は人形に帽子を被せて遊んでいる。
むすめ にんぎょう ぼう し かぶ あそ

女兒幫娃娃戴上帽子玩著。

□ 詰める
つ

守候、值勤、填滿、裝入、挨緊、使〜得出結論、縮短、持續做、節儉、深究

例 母は弁当を詰めている。
はは べんとう つ

媽媽正在裝便當。

延 入れる 放進、裝入
い

箱の中に大事な書類を詰めた。
はこ なか だい じ しょるい つ

把重要的文件裝進箱子裡面了。

□ 払い戻す
はら もど

返還、退還

例 手数料は払い戻します。
て すうりょう はら もど

手續費會退還。

延 払う 付錢
はら
戻す 返還
もど

参加費の半分は払い戻されるそうだ。
さん か ひ はんぶん はら もど

據說參加費的一半會被退還。

□ 見つける <small>み</small>

找出、發現、尋找

例 住むところを見つけなければならない。
非找住的地方不可。

兄に合う女性を見つけているが、かなり難しいようだ。
正尋找適合哥哥的女性，但好像相當困難。

似 探す 找、尋找
反 見つかる 被發現、
　　　　　 被看見

□ 習う <small>なら</small>

練習、學習

例 わたしは兄にギターを習っている。
我正跟哥哥學習吉他。

外国語を習うなら、フランス語がいい。
如果要學習外語的話，法文好。

似 学ぶ 學習
延 楽器 樂器

□ 指す <small>さ</small>

指、指示、指向、
指名、指出

例 ほしいものを指で指す。
用手指指想要的東西。

方位磁石の針は北を指している。
指南針的針指著北邊。

□ 差す <small>さ</small>

注入、插、撐

例 毎朝、花瓶に花を差す。
每天早上，會把花插到花瓶裡。

雨が降り出したから、傘を差しましょう。
因為開始下雨了，所以撐傘吧！

動詞

實力測驗！

問題1. ＿＿＿＿＿のことばの読み方として最もよいものを1・2・3・4から一つえらびなさい。

1. （　　　）犬に部屋の中を<u>散</u>らかされた。
　　　①さらかされた　　　　　　　②ちらかされた
　　　③にらかされた　　　　　　　④ひらかされた

2. （　　　）兄は京都の有名な大学に<u>通</u>っています。
　　　①かよって　　　②さわって　　　③とおって　　　④つうって

3. （　　　）その髪型はわたしに<u>合</u>うと思いますか。
　　　①そう　　　　　②かう　　　　　③こう　　　　　④あう

問題2. ＿＿＿＿＿のことばを漢字で書くとき、最もよいものを1・2・3・4から一つえらびなさい。

1. （　　　）彼は地位も名誉も<u>うし</u>なった。
　　　①失　　　　　　②敗　　　　　　③亡　　　　　　④無

2. （　　　）大雪のせいで、車がぜんぜん<u>うご</u>かない。
　　　①働　　　　　　②動　　　　　　③進　　　　　　④移

3. （　　　）台風で大きな木がたくさん<u>た</u>おれました。
　　　①折　　　　　　②飛　　　　　　③到　　　　　　④倒

問題3. (　　　) に入れるものに最もよいものを 1・2・3・4 から一つ えらびなさい。

1. 背中と腰がかゆいから、（　　　）ください。
   ①さいて 　　　②かいて 　　　③ふれて 　　　④おして

2. おもしろくないなら、無理して（　　　）な。
   ①はしる 　　　②かよう 　　　③すます 　　　④わらう

3. 次回は優勝を（　　　）、がんばります。
   ①ならって 　　②さわって 　　③ねらって 　　④こおって

問題4. つぎのことばの使い方として最もよいものを一つえらびなさい。

1. さす
   ①橋を<u>さす</u>と、大きいスーパーがあります。
   ②お湯が<u>さ</u>したら、コーヒーを入れましょう。
   ③人のことを指で<u>さす</u>な。
   ④暑いから、クーラーを<u>さ</u>してもいいですか。

2. ならう
   ①来月から、水泳を<u>ならう</u>ことにしました。
   ②最近は毎日のように雨が<u>ならっ</u>ている。
   ③今日もまた天気予報が<u>ならっ</u>た。
   ④あの人はやっと画家として<u>ならわ</u>れた。

3. ほす
   ①卒業したら、フランスでファッションを<u>ほ</u>したい。
   ②家賃は毎月の5日に<u>ほす</u>ことになっている。
   ③彼女は先生に叱られて、涙を<u>ほ</u>した。
   ④あらった服を<u>ほす</u>から、てつだってください。

□ 飲む

喝、吞、吸、壓倒、吞沒、吃（藥）

例 薬を飲む時間ですよ。
吃藥的時間到了喔！

お酒をたくさん飲んだせいで、頭が痛い。
因為喝很多酒的緣故，頭很痛。

延 **飲み物** 飲料
ジュース 果汁
アルコール 酒類、酒精
ビール 啤酒

□ 住む

居住

例 老後は静かな田舎に住みたいです。
晚年想住在安靜的鄉下。

今、どこに住んでいますか。
現在，住在什麼地方呢？

延 **住居** 住所
住まい 住處
住所 住所、住址

□ 抱く

抱、懷抱

例 部下たちは会社に不満を抱いているらしい。
屬下們好像對公司抱持著不滿。

山田先輩に好意を抱く人はたくさんいるはずだ。
對山田學長懷有好感的人應該很多。

□ 進む

前進、（鐘）快、進展、進步、加重

例 時間はどんどん進んでいく。
時間不斷往前推進。

娘は大学院へ進みたいそうだ。
聽說女兒想進研究所。

延 **前進** 前進

□ 進める
<ruby>進<rt>すす</rt></ruby>める

向前進、進行、提高、加快、提升

例 まだ<ruby>開発<rt>かいはつ</rt></ruby>を<ruby>進<rt>すす</rt></ruby>めている<ruby>段階<rt>だんかい</rt></ruby>です。
還在進行開發的階段。

そのまま<ruby>計画<rt>けいかく</rt></ruby>を<ruby>進<rt>すす</rt></ruby>めることになった。
決定按照原樣進行計畫了。

□ 輝く
<ruby>輝<rt>かがや</rt></ruby>く

放光芒、亮晶晶、燦爛、閃耀

例 <ruby>若者<rt>わかもの</rt></ruby>には<ruby>輝<rt>かがや</rt></ruby>く<ruby>未来<rt>みらい</rt></ruby>がある。
年輕人有燦爛的未來。

<ruby>彼女<rt>かのじょ</rt></ruby>の<ruby>眼<rt>め</rt></ruby>はきらきら<ruby>輝<rt>かがや</rt></ruby>いていた。
她的眼睛閃閃發亮。

似 <ruby>光<rt>ひか</rt></ruby>る 發光、閃耀
延 <ruby>光<rt>ひかり</rt></ruby> 光亮、光澤、光芒、光輝

□ 踏む
<ruby>踏<rt>ふ</rt></ruby>む

踏、踩、踏上、遵循

例 <ruby>芝生<rt>しばふ</rt></ruby>を<ruby>踏<rt>ふ</rt></ruby>むな。
不要踩草坪！

<ruby>危険<rt>きけん</rt></ruby>な<ruby>道<rt>みち</rt></ruby>を<ruby>踏<rt>ふ</rt></ruby>んでしまった。
不小心踏進危險的路了。

□ 頼む
<ruby>頼<rt>たの</rt></ruby>む

託、求、請、靠

例 <ruby>彼<rt>かれ</rt></ruby>は<ruby>頭<rt>あたま</rt></ruby>を<ruby>下<rt>さ</rt></ruby>げて<ruby>頼<rt>たの</rt></ruby>んだ。
他低頭拜託了。

<ruby>頼<rt>たの</rt></ruby>むから<ruby>静<rt>しず</rt></ruby>かにしてほしい。
拜託，給我靜靜。

延 <ruby>お願<rt>ねが</rt></ruby>い 請求
<ruby>依頼<rt>いらい</rt></ruby> 委託、依賴

□ 怒る（おこる）

怒、生氣、責備

例 謝（あやま）るから、もう怒（おこ）らないで。
我道歉，就別再生氣了。

部長（ぶちょう）はすぐ怒（おこ）るから、苦手（にがて）だ。
因為部長會立刻生氣，所以我怕他。

□ 喜ぶ（よろこぶ）

歡喜、高興、欣然
接受

例 母（はは）はわたしの合格（ごうかく）をとても喜（よろこ）んでくれた。
母親為我的合格非常高興。

わたしは彼（かれ）の喜（よろこ）ぶ顔（かお）が見（み）たいです。
我想看他高興的臉。

似 歡喜（かんき）歡喜
反 悲（かな）しむ 感到悲傷

□ 着く（つく）

到達、碰觸、寄
到、送到

例 もうすぐ着（つ）くから、我慢（がまん）して。
就快到了，所以忍耐一下。

わたしの送（おく）った手紙（てがみ）はまだ着（つ）きませんか。
我寄的信還沒有送到嗎？

似 到着（とうちゃく）抵達

□ 飛ぶ（とぶ）

飛、飄落、傳播、
飛揚

例 夕方（ゆうがた）、たくさんの鳥（とり）が飛（と）んでいた。
黃昏時刻，許多鳥飛著。

鶏（にわとり）は飛（と）ぶことができない。
雞不會飛。

延 羽（はね）羽毛
翼（つばさ）翅膀
飛行機（ひこうき）飛機

動詞

□ 解く

解開、拆開、廢除、解除、消除

例 この難しい問題を解くことができますか。
能解開這個困難的問題嗎？

2人の間にある誤解はなかなか解けない。
存在於2人之間的誤解怎麼也難以解開。

□ 泣く

哭泣

例 映画を見ながら泣いてしまった。
一邊看電影一邊哭了。

もう泣かないでください。
請不要再哭了。

延 涙 涙

□ 鳴く

（鳥、獸、蟲）鳴、叫、啼

例 近くで烏が鳴いている。
附近有烏鴉正在叫。

夏になると虫の鳴く声が聴こえます。
每到夏天，就聽得到蟲的鳴叫聲。

□ 話す

說、談、告訴、商量

例 わたしは家族に何でも話す。
我對家人什麼都說。

あなたの悩みを話してください。
請說說你的煩惱。

延 話 話、談話、事理、話題、商議、傳聞、故事
物語 故事

□ 渡す <ruby>渡<rt>わた</rt></ruby>す　　　　　　　　　　渡、架、交、遞

例 <ruby>彼女<rt>かのじょ</rt></ruby>の<ruby>誕生日<rt>たんじょうび</rt></ruby>に<ruby>花束<rt>はなたば</rt></ruby>を<ruby>渡<rt>わた</rt></ruby>すつもりです。
打算在她的生日時遞上花束。
<ruby>横山<rt>よこやま</rt></ruby>さんにこの<ruby>漫画<rt>まんが</rt></ruby>を<ruby>渡<rt>わた</rt></ruby>してもらえますか。
可以幫我把這個漫畫交給橫山同學嗎？

□ 踊る <ruby>踊<rt>おど</rt></ruby>る　　　　　　　　　　跳舞

例 <ruby>息子<rt>むすこ</rt></ruby>は<ruby>踊<rt>おど</rt></ruby>ることが<ruby>好<rt>す</rt></ruby>きらしい。
兒子好像喜歡跳舞。
<ruby>彼女<rt>かのじょ</rt></ruby>は<ruby>音楽<rt>おんがく</rt></ruby>に<ruby>合<rt>あ</rt></ruby>わせて<ruby>踊<rt>おど</rt></ruby>っている。
她正配合著音樂跳舞。

延 ダンス 跳舞、舞蹈
　 リズム 節奏

□ 立つ <ruby>立<rt>た</rt></ruby>つ　　　　　　　　　　站、立、離開、冒
　　　　　　　　　　　　　　　　　出、起、開設、處
　　　　　　　　　　　　　　　　　於、傳出

例 <ruby>今<rt>いま</rt></ruby>すぐ<ruby>席<rt>せき</rt></ruby>を<ruby>立<rt>た</rt></ruby>ちなさい。
現在立刻離席！
<ruby>変<rt>へん</rt></ruby>な<ruby>噂<rt>うわさ</rt></ruby>が<ruby>立<rt>た</rt></ruby>つと<ruby>困<rt>こま</rt></ruby>ります。
如果奇怪的流言傳出就傷腦筋了。

反 <ruby>座<rt>すわ</rt></ruby>る 坐

□ 経つ <ruby>経<rt>た</rt></ruby>つ　　　　　　　　　　經過、消逝、流逝

例 <ruby>時間<rt>じかん</rt></ruby>が<ruby>経<rt>た</rt></ruby>つのは<ruby>早<rt>はや</rt></ruby>いものだ。
時光飛逝。
ここに<ruby>来<rt>き</rt></ruby>てから、もう<ruby>半年<rt>はんとし</rt></ruby>も<ruby>経<rt>た</rt></ruby>った。
自從來到這裡之後，已經過了半年。

□ **持つ**（も）

拿、攜帶、持有、懷有、具有、擔負、負擔

例 荷物を持つのを手伝ってもらえますか。
可以幫忙拿行李嗎？

わたしが責任を持って届けます。
我會負起責任送達。

□ **遊ぶ**（あそ）

玩、遊玩、閒置

例 子供たちは公園で遊んでいる。
孩子們正在公園遊玩。

あの先生は子供と遊ぶのが上手だ。
那位老師很會和小孩玩。

延 おもちゃ 玩具

□ **呼ぶ**（よ）

呼喚、喊叫、邀請、引起、叫做

例 誰かがわたしの名前を呼んだ。
有誰叫了我的名字。

タクシーを呼んでください。
請叫計程車。

□ **痛む**（いた）

疼痛、痛苦、腐爛、破損、損壞

例 悲しいニュースに胸が痛む。
為悲傷的消息心痛。

傷口はまだ痛みますか。
傷口還痛嗎？

動詞

實力測驗！

問題 1. ＿＿＿＿ のことばの読み方として最もよいものを 1・2・3・4 から一つえらびなさい。

1. （　　） プレゼントのリボンを解いた。
   　　　①といた　　　　②すいた　　　　③かいた　　　　④まいた

2. （　　） 息子は夢を抱いてアメリカへ飛んだ。
   　　　①もちいて　　　②かこいて　　　③かわいて　　　④いだいて

3. （　　） となりの人の足を踏んでしまった。
   　　　①かんで　　　　②ふんで　　　　③しんで　　　　④とんで

問題 2. ＿＿＿＿ のことばを漢字で書くとき、最もよいものを 1・2・3・4 から一つえらびなさい。

1. （　　） クラスメイトから突然、手紙をわたされた。
   　　　①送　　　　　②持　　　　　③渡　　　　　④過

2. （　　） パーティーいっしょにおどりませんか。
   　　　①繋　　　　　②踊　　　　　③歌　　　　　④飲

3. （　　） 秘書にスケジュールの管理をたのんだ。
   　　　①依　　　　　②願　　　　　③頼　　　　　④望

問題 3. （　　　　） に入れるものに最もよいものを 1・2・3・4 から一つえらびなさい。

1. 市長は積極的に町の建設を（　　　　）いる。
   　①そなえて　　　　②すすめて　　　　③つるして　　　　④あそんで

2. 今夜、同僚と居酒屋で（　　　　　）ことになった

　①のむ　　　　　　②かう　　　　　　③する　　　　　　④つく

3. 秘書がタクシーを（　　　　　）くれた。

　①うんで　　　　　　②よんで　　　　　　③こんで　　　　　　④かんで

問題 4. つぎのことばの使い方として最もよいものを一つえらびなさい。

1. かがやく

　①この部屋はかがやかなくていいです。

　②そらにたくさんの星がかがやいています。

　③すみません、そのペンをかがやいてくれますか。

　④スープがあついうちに、かがやいてください。

2. おこる

　①今日はたくさん働いたから、とてもおこっている。

　②会社をつくるために、銀行からおかねをおこった。

　③寒いから、クーラーをおこってもいいですか。

　④もうそんなにおこらないで。

3. あそぶ

　①母のしゅみはりょうりをあそぶことです。

　②おかずを作りすぎて、たくさんあそんでしまった。

　③子供たちは家の庭であそんでいます。

　④ご両親によろしくとあそんでください。

□ 知る

知道、察覺、認識

例 わたしには知る権利があります。
我有知道的權利。

あなたの知っていることを教えてください。
請告訴我你知道的事情。

延 知識 知識
情報 情報、消息、資訊

□ 困る

困難、為難、困擾、難受

例 何か困っていることはありませんか。
有沒有什麼困擾的事情呢？

雨のせいで洗濯ものが乾かなくて困る。
因為下雨的緣故，洗的衣服不乾，很困擾。

延 困難 困難

□ 祈る

祈禱、祝福、希望

例 彼の幸せを祈っています。
祝他幸福。

息子の合格を祈ります。
祈禱兒子考上。

延 願う 請求、希望、禱告
宗教 宗教

□ 悩む

（精神的）煩惱、（肉體的）痛苦

例 どっちにするか悩みます。
煩惱不知道要選哪一個。

このことを夫に話すべきか悩んでいる。
煩惱著這件事情是不是應該要跟丈夫說。

延 不安 不安

□ 従<small>したが</small>う

跟隨、沿、遵從、伴隨著

例 上司<small>じょうし</small>の命令<small>めいれい</small>に従<small>したが</small>うべきだ。
應該遵從上司的命令。

会社<small>かいしゃ</small>の規則<small>きそく</small>に従<small>したが</small>いなさい。
要遵從公司的規則！

延 原則<small>げんそく</small> 原則
ルール 規則

□ 飾<small>かざ</small>る

裝飾、修飾

例 パーティーのために部屋<small>へや</small>を飾<small>かざ</small>りましょう。
為了宴會布置房間吧！

壁<small>かべ</small>に娘<small>むすめ</small>が描<small>か</small>いた絵<small>え</small>を飾<small>かざ</small>った。
牆壁上裝飾了女兒畫的畫了。

延 装飾<small>そうしょく</small> 裝飾

□ 消<small>け</small>す

熄滅、關閉、擦掉、消滅、解除

例 ガスの火<small>ひ</small>を消<small>け</small>してください。
請把瓦斯的火關掉。

そろそろテレビを消<small>け</small>して、寝<small>ね</small>ましょう。
差不多該關電視，睡覺吧！

反 つける 點燃、開
延 スイッチ 開關

□ 走<small>はし</small>る

跑、行駛

例 来月<small>らいげつ</small>、マラソンで走<small>はし</small>ることになった。
決定下個月跑馬拉松了。

遅刻<small>ちこく</small>しそうだから、走<small>はし</small>りましょう。
眼看就要遲到了，所以用跑的吧！

延 歩<small>ある</small>く 走
運動<small>うんどう</small> 運動
ジョギング 慢跑

□ 違う
不同、錯誤

例 わたしの意見はまったく違います。
我的意見完全不一樣。
ここでの生活は都会のものと違う。
在這裡的生活和都會的模式不同。

似 異なる 不同
反 同じ 相同

□ いじめる
欺負、虐待

例 動物をいじめるな。
不要欺負動物！
わたしは子供のころいじめられていた。
我在孩提時候被欺負過。

延 いじめ 霸凌
差別 差別待遇、歧視

□ 疑う
懷疑、疑惑

例 いろいろな可能性を疑うべきだ。
應該懷疑各式各樣的可能性。
誰もが、彼が犯人ではないかと疑った。
誰都懷疑了他是不是就是犯人。

□ 働く
工作、勞動、動腦、發生效力

例 夫は銀行で働いている。
老公在銀行工作。
来月からこの病院で働くことになっている。
決定從下個月開始在這家醫院工作了。

延 仕事 工作
アルバイト 打工

□ 開く (ひらく)

開、開放、營業、差距拉大、打開、舉辦

例 駅前でパン屋を開く予定だ。
車站前預計要開麵包店。

彼のために歓迎会を開きましょう。
為了他來開歡迎會吧！

反 閉じる 關

□ 盗む (ぬすむ)

偷竊、欺瞞、利用

例 他人のものを盗むのは犯罪です。
偷別人的東西是犯法。

誰かに自転車を盗まれた。
被誰偷了腳踏車。

延 泥棒 (どろぼう) 小偷
スリ 扒手

□ 止む (やむ)

停止、中止

例 雪が止んだら、出かけよう。
雪停了的話，出門吧！

雨はもうすぐ止むだろう。
雨就快停了吧！

延 止まる (とまる) 停住、停止

□ 撮る (とる)

攝影、照相

例 父の趣味は写真を撮ることです。
父親的興趣是拍照。

写真を撮ろうと思いながら、忘れてしまった。
一邊想著要拍照，一邊就忘了。

延 撮影 (さつえい) 攝影
カメラ 照相機
デジカメ 數位照相機
ビデオ 錄影帶

動詞

□ 慣れる <small>な</small>

習慣、熟悉、適應

例 新しい生活に慣れましたか。 <small>あたら せいかつ な</small>
習慣新的生活了嗎？

彼は仕事に慣れたとたん、休むようになった。 <small>かれ しごと な やす</small>
他才剛適應工作，就變得經常請假。

延 習慣 習慣 <small>しゅうかん</small>

□ 取る <small>と</small>

拿、取、除掉、花掉、請假、攝取、訂購、承擔、娶、採用、抓住、上（年紀）、摘下、取得

例 今度のテストで100点を取りたい。 <small>こん ど ひゃくてん と</small>
這次的考試想拿100分。

しばらく彼と連絡を取っていない。 <small>かれ れんらく と</small>
有一陣子沒有和他取得連絡。

□ 過ごす <small>す</small>

度過、過活

例 彼は週末、田舎の別荘で過ごすそうだ。 <small>かれ しゅうまつ いなか べっそう す</small>
據說他週末要在鄉下的別墅度過。

正月は家でのんびり過ごすつもりだ。 <small>しょうがつ いえ す</small>
新年打算在家悠閒地度過。

似 暮らす 度日、謀生活 <small>く</small>
生活 生活 <small>せいかつ</small>

□ 呆れる <small>あき</small>

吃驚、愣住、目瞪口呆、煩了、夠了

例 彼のマナーの悪さには呆れる。 <small>かれ わる あき</small>
對他的沒禮貌而目瞪口呆。

呆れて何も言えません。 <small>あき なに い</small>
吃驚到說不出話來。

□ 納める _{おさ}

収納、繳納

例 今週中に会費を納めてください。
_{こんしゅうちゅう} _{かい ひ} _{おさ}

請在這個禮拜之內繳交會費。

税金を納めるのは国民の義務です。
_{ぜいきん} _{おさ} _{こくみん} _{ぎ む}

繳納稅金是國民的義務。

延 納税 納税
_{のうぜい}
　 納品 繳納的物品
_{のうひん}

□ 収める _{おさ}

接受、取得、獲得、收藏、收存

例 ある程度の成果を収めた。
_{てい ど} _{せい か} _{おさ}

取得了某種程度的成果。

次の選挙で勝利を収めたい。
_{つぎ} _{せんきょ} _{しょうり} _{おさ}

想在下次的選舉獲得勝利。

□ 考える _{かんが}

想、考慮、有～看法、打算、認為、回顧

例 もっとよく考えてから行動しなさい。
_{かんが} _{こうどう}

要多加思考之後再行動！

考えぬいた決定だから、わたしにやらせてほしい。
_{かんが} _{けってい}

是再三考慮後的決定，所以希望讓我做。

似 思考 思考、考慮
_{しこう}
延 思う 想、以為、覺得
_{おも}

□ 感謝する _{かん しゃ}

感謝

例 みんなの協力に感謝しています。
_{きょうりょく} _{かんしゃ}

感謝大家的協助。

家族にもっと感謝するべきだ。
_{か ぞく} _{かんしゃ}

對家人應該要更感謝。

動詞

241

實力測驗！

問題 1. ＿＿＿＿のことばの読み方として最もよいものを 1・2・3・4か
ら一つえらびなさい。

1.（　　）警察は彼を疑っているようだ。
　　　　①こわがって　②うたがって　③ひろがって　④つながって

2.（　　）急いで注文の商品を納めた。
　　　　①おさめた　②からめた　③そうめた　④いためた

3.（　　）困ったことがあれば、言ってください。
　　　　①かまった　②しまった　③とまって　④こまった

問題 2. ＿＿＿＿のことばを漢字で書くとき、最もよいものを 1・2・3・4
から一つえらびなさい。

1.（　　）上司の指示にしたがえないなら、辞めなさい。
　　　　①従　②順　③随　④聞

2.（　　）どんなにはしっても、間にあわないと思う。
　　　　①歩　②走　③俊　④動

3.（　　）最初の約束とぜんぜんちがう。
　　　　①異　②違　③変　④同

問題 3. （　　　　）に入れるものに最もよいものを 1・2・3・4から一つ
えらびなさい。

1. 雨が（　　　　）ら、自転車でスーパーへ行こう。
　①かんだ　②やんだ　③とんだ　④ひえた

2. 日本のラッシュアワーにはなかなか（　　　　）ない。

　　①とれ　　　　　　②なれ　　　　　　③きえ　　　　　　④すて

3. クリスマスのために、部屋を（　　　　）ましょう。

　　①しぼり　　　　　②こすり　　　　　③まざり　　　　　④かざり

問題 4. つぎのことばの使い方として最もよいものを一つえらびなさい。

1. あきれる

　　①ほんとうにあきれた話だと思いませんか。

　　②最近はしごとが忙しくて、日曜日もあきれる。

　　③なるべく早めにあきれるようにしている。

　　④そんな意見は、あきれがたいです。

2. とる

　　①テストの点がよかったから、母にとられた。

　　②あぶないから、公園の中にとらないでください。

　　③一週間の休みをとりたいんですが。

　　④週末、雪がふったら、試合がとられる予定だ。

3. おさめる

　　①ダイエットはまだおさめるつもりはない。

　　②その道は工事中なので、おさめられませんよ。

　　③彼はよくない商売で大金をおさめたらしい。

　　④今日は一日中雨がおさめなかった。

□ **語る**〔かた〕

說、談

例 父は少年時代の思い出を語った。
〔ちち しょうねん じ だい おも で かた〕
父親説了年少時代的回憶。

詳細については警察で語ります。
〔しょうさい けいさつ かた〕
有關詳情，在警察那裡説。

似 **話す**〔はな〕 説、談、告訴、商量
延 **物語**〔ものがたり〕 故事、傳奇

□ **並ぶ**〔なら〕

排、排列、挨近、比得上、兼備、陳列

例 一列に並んでください。
〔いちれつ なら〕
請排成一列。

ラーメン屋の前に人がたくさん並んでいる。
〔や まえ ひと なら〕
拉麵店前排著很多人。

延 **行列**〔ぎょうれつ〕 行列、排隊
　 ルール 規則

□ **並べる**〔なら〕

排列、羅列、對列、比較

例 テーブルにお皿を並べてください。
〔さら なら〕
請把盤子排在桌上。

椅子と机をきちんと並べなさい。
〔い す つくえ なら〕
確實排好椅子和桌子！

延 **並列**〔へいれつ〕 並列

□ **洗う**〔あら〕

洗

例 自分の食器は自分で洗いなさい。
〔じ ぶん しょっ き じ ぶん あら〕
自己的餐具自己洗！

外出して帰ってきたら、まず手を洗います。
〔がいしゅつ かえ て あら〕
外出回來後，先洗手。

延 **顔**〔かお〕 臉
　 体〔からだ〕 身體
　 石けん〔せっ〕 肥皂

□ 拝む _{おが}

拝、叩拝、懇求、
瞻仰、謁見、見識

例 神様に手を合わせて拝んだ。
雙手合十，參拜神明。

山頂で初日の出を拝む予定だ。
預定在山頂看元旦的日出。

延 神社 神社
お寺 寺廟
宗教 宗教

□ 慌てる _{あわ}

驚慌、急急忙忙

例 突然の大きい地震で慌ててしまった。
因突來的大地震驚慌失措。

予期しなかった事態に慌てた。
對未預期的事態而慌張了。

□ 争う _{あらそ}

爭奪、競爭、爭論

例 今日は優勝を争う大事な試合だ。
今天是爭奪冠軍的重要比賽。

あなたと争うつもりはありません。
沒有和你競爭的打算。

延 闘争 鬥爭
戦う 戰鬥
闘う 搏鬥

□ 生じる _{しょう}

生長、發生、造成

例 どうも誤解が生じたようだ。
總覺得誤會好像造成了。

摩擦が生じても、話し合いで解決すればいい。
就算產生摩擦，用商量來解決就好。

似 起こる 發生、引起
発生 發生

245

□ 貸す
かす

借給、借出、出
租、幫助別人

例 彼にお金を貸すと、あとで後悔するよ。
かれ　　かね　　か　　　　　　　　こうかい
一旦借錢給他，日後會後悔喔！

反 借りる　借入、租、
か　　　　借助

都内のマンションを外国人に貸している。
とない　　　　　　　　がいこくじん　　か
把市內的華廈租給外國人。

□ 借りる
かりる

借入、租、借助

例 この部屋は友達に借りている。
へや　　ともだち　か
這個房間是跟朋友借的。

反 貸す　借給、借出、
か　　　出租

図書館で本を借りる時は、カードが必要です。
としょかん　ほん　か　　とき　　　　　　　　ひつよう
在圖書館借書時，需要卡。

□ 暗記する
あんき

記住、背下來

例 中級の単語はもう全部暗記した。
ちゅうきゅう　たんご　　　　ぜんぶ　あんき
中級的單字已經全部背起來了。

似 覚える　記住
おぼ
反 忘れる　忘記
わす

わたしは暗記するのが苦手だ。
あんき　　　　　にがて
我很不會背東西。

□ 質問する
しつもん

質問、提問、問題

例 不明な点は、授業のあと質問してください。
ふめい　てん　　じゅぎょう　　　しつもん
不清楚的地方，請在下課後提問。

似 問う　問、打聽、質問
と
延 疑問　疑問
ぎもん

質問すれば、理解が深まる。
しつもん　　　　りかい　ふか
提問的話，會加深理解。

□ **勤める** 〔つと〕 擔任、工作、服務

例 姉は病院に勤めているが、医者ではない。
〔あね びょういん つと い しゃ〕
姉姉雖然在醫院工作，但是不是醫生。

大学を卒業したら、商社に勤めたい。
〔だいがく そつぎょう しょうしゃ つと〕
大學畢業後，想在貿易公司工作。

似 **勤務** 〔きん む〕 工作、任職
延 **働く** 〔はたら〕 工作、勞動

□ **努める** 〔つと〕 努力、盡力、效勞

例 妻は毎日、節約に努めている。
〔つま まいにち せつやく つと〕
太太每天，努力節約。

酒とタバコをやめて、健康の維持に努めるべきだ。
〔さけ けんこう いじ つと〕
應該戒掉酒和菸，努力維持健康。

似 **努力** 〔ど りょく〕 努力

動詞

□ **泊まる** 〔と〕 投宿、住下、停泊

例 出張で京都のホテルに泊まった。
〔しゅっちょう きょう と と〕
因出差投宿於京都的飯店了。

今晩は祖母の家に泊まることにした。
〔こんばん そ ぼ いえ と〕
今天晚上決定在祖母家住下了。

似 **宿泊** 〔しゅくはく〕 投宿、住宿
泊める 〔と〕 使留宿、使入港
延 **住む** 〔す〕 住、居住

□ **泊める** 〔と〕 使留宿、使入港

例 週末、外国人を泊めることになった。
〔しゅうまつ がいこくじん と〕
週末，決定留宿外國人了。

来月、父の同僚を家に泊めるそうだ。
〔らいげつ ちち どうりょう うち と〕
據說下個月，會讓父親的同事借宿家裡。

似 **泊まる** 〔と〕 投宿、住下、停泊

□ **止まる**（と）	停住、停止、止住
例 バスは交差点（こうさてん）で止（と）まった。 巴士在十字路口停了。 鼻血（はなぢ）がなかなか止（と）まりません。 鼻血怎麼也不止。	似 止（と）める 停止、停下、遏止、關上、阻止 ストップ 停止

□ **止める**（と）	停止、停下、遏止、關上、阻止
例 検査（けんさ）の時（とき）、息（いき）を止（と）めてください。 檢查的時候，請閉氣。 薬（くすり）で痛（いた）みを止（と）めることができるそうだ。 聽說用藥可以止痛。	似 止（と）まる 停住、停止、止住

□ **眺める**（なが）	凝視、眺望
例 ホテルの窓（まど）から外（そと）を眺（なが）める。 從飯店的窗戶眺望外面。 祖母（そぼ）は遠（とお）くの景色（けしき）を眺（なが）めている。 祖母正眺望遠方的景色。	

□ **無くなる**（な）	丟失、光、盡、消失
例 在庫（ざいこ）が無（な）くなったから、補充（ほじゅう）しよう。 因為庫存光了，所以補充吧！ スーツケースが無（な）くなってしまった。 行李箱丟失了。	延 消（き）える 消失

□ 亡くなる

死、去世

例 高校時代の恩師が亡くなった。
高中時代的恩師去世了。

彼が亡くなる前に会えてよかった。
能在他去世之前見到面，太好了。

似 死ぬ　死
死亡　死亡

□ 残す

留下、剩下、保留、遺留、殘留

例 ご飯を残すな。
飯不要剩下！

山かける前にメモを残した。
出門之前留下便條。

似 残る　留下、遺留、流傳、剩下、殘留

延 余る　剩、餘

□ 残る

留下、遺留、流傳、剩下、殘留

例 伝統的な建物がたくさん残っている。
殘留著許多傳統的建築物。

校長先生の言葉が心に残った。
校長的話存留在心中了。

似 残す　留下、剩下、保留、遺留、殘留

□ 流行る

流行、時髦、興旺

例 今、流行っているものは何ですか。
現在，正在流行的東西是什麼呢？

そろそろ風邪が流行る季節だ。
差不多是感冒流行的季節了。

似 流行　流行
トレンド　趨勢、潮流、流行

實力測驗！

問題 1. ＿＿＿＿のことばの読み方として最もよいものを１・２・３・４か
ら一つえらびなさい。

1. (　　) 自分のことを<u>語る</u>のは初めてのことです。
   ①わらう　　　　②おこる　　　　③かたる　　　　④こする

2. (　　) 下着は自分で<u>洗います</u>。
   ①さらいます　②あらいます　③きらいます　④だまります

3. (　　) もうこれ以上、<u>争わないで</u>ください。
   ①あらそわないで　　　　　②そろわないで

   ③したがわないで　　　　　④からかわないで

問題 2. ＿＿＿＿のことばを漢字で書くとき、最もよいものを１・２・３・４
から一つえらびなさい。

1. (　　) 親の許しを<u>え</u>ないと、外泊できない。
   ①得　　　　　②獲　　　　　③採　　　　　④取

2. (　　) 緊急時こそ、<u>あわてず</u>行動しなさい。
   ①緊　　　　　②張　　　　　③慌　　　　　④驚

3. (　　) 今度の台風で大きな被害が<u>しょうじた</u>。
   ①起　　　　　②発　　　　　③動　　　　　④生

問題 3.（　　　　）に入れるものに最もよいものを 1・2・3・4 から一つえらびなさい。

1. 姉は九州の病院に（　　　　）ことになった。
　①つとめる　　　②あきれる　　　③ながめる　　　④ならべる

2. 祖母は（　　　　）前に、遺書をのこした。
　①あらそう　　　②なくなる　　　③かれる　　　④はれる

3. 台本を全部（　　　　）するのはたいへんだ。
　①せんたく　　　②あんき　　　③りょうり　　　④けっこん

問題 4. つぎのことばの使い方として最もよいものを一つえらびなさい。

1. とめる
　①鳥が頭のトをとめていった。
　②夢が実現するよっ学校でとめています。
　③工場の前に車をとめてください。
　④新しい仕事にはもうとめましたか。

2. ながめる
　①ここからながめる景色は最高です。
　②生徒みんなが合格することをながめている。
　③泥棒にお金と宝石をすべてながめられた。
　④風邪はもうながめましたか。

3. かす
　①英語の授業は2時からかします。
　②彼はわたしが盗んだとかしているようだ。
　③友達にお金をかすべきではない。
　④鈴木さんのたんじょう日をかして、乾杯しよう。

動詞

□ 迷<ruby>まよ</ruby>う

猶豫、迷惑、迷失

例 どれにするか迷<ruby>まよ</ruby>う。
猶豫要選哪一個。

延 迷子<ruby>まいご</ruby> 迷路的孩子

道<ruby>みち</ruby>に迷<ruby>まよ</ruby>ってしまった。
不小心迷路了。

□ 騙<ruby>だま</ruby>す

欺騙、哄

例 彼<ruby>かれ</ruby>は人<ruby>ひと</ruby>を騙<ruby>だま</ruby>すのがうまい。
他很會騙人。

延 詐欺<ruby>さぎ</ruby> 詐騙

祖母<ruby>そぼ</ruby>はよく騙<ruby>だま</ruby>される。
祖母經常被騙。

□ 上<ruby>あ</ruby>がる

上、登、升、進入、舉、上漲、提高

例 物価<ruby>ぶっか</ruby>がまた上<ruby>あ</ruby>がったらしい。
物價好像又上漲了。

反 下<ruby>さ</ruby>がる 下降、降低
延 上下<ruby>じょうげ</ruby> 上下、升降

娘<ruby>むすめ</ruby>の成績<ruby>せいせき</ruby>が上<ruby>あ</ruby>がるように祈<ruby>いの</ruby>った。
祈禱女兒的成績可以提升。

□ あげる

給（人）

例 花<ruby>はな</ruby>に水<ruby>みず</ruby>をあげる。
幫花澆水。

延 くれる 給（我）
　 もらう 領受、獲得、得到

彼女<ruby>かのじょ</ruby>にプレゼントをあげます。
給她禮物。

□ もらう

領受、獲得、得到

例 友達に漫画をもらった。
從朋友那邊拿到了漫畫。

誕生日に姉からワンピースをもらった。
生日的時候從姊姊那邊得到了洋裝。

延 あげる 給（人）
くれる 給（我）

□ 咲く

（花）開

例 桜は3月ごろ咲きます。
櫻花3月左右會開。

この木は一年に何度も花が咲くそうだ。
據說這種樹一年會開好幾次花。

延 花 花
梅 梅花

□ 試す

試、試驗

例 もう一度試してみよう。
再試一次看看吧！

これは日本語の能力を試す試験だ。
這是測試日語能力的考試。

延 試みる 嘗試

□ 運ぶ

運送、搬運、開展、進行

例 社長の荷物を運んでください。
請搬運社長的行李。

仕事が順調に運んだ。
工作順利地進行了。

253

□ 挙げる

揭舉、舉行、舉發、列舉、推舉、舉起、舉例

例 来年、結婚式を挙げることになっている。
決定明年舉行婚禮。

分かった人は手を挙げてください。
知道的人請舉手。

□ 送る

送、寄、傳遞、度日、派遣

例 両親に小包を送ります。
寄送包裹給父母。

アメリカにいる姉にメールを送った。
寄送電子郵件給在美國的姊姊了。

延 送付 送、寄
郵便 郵政、郵件
郵便局 郵局

□ 加える

加、添加、追加、增大、加入、給予、加以、施加

例 生徒の作文に訂正を加える。
幫學生的作文加上訂正。

もう少し塩を加えたほうがいいだろう。
再加一點點鹽比較好吧！

似 増加 增加
反 減らす 減少

□ 抱える

抱、夾、承擔、雇用、背負

例 部長のお子さんは病気を抱えているそうだ。
聽説部長的小孩生著病。

彼はかなりの負債を抱えている。
他背負著不少的負債。

□ 代わる

代替、代理、更換

例 課長に代わって参加する。
代替課長參加。

首相が代わっても、国はよくならない。
就算首相換了，國家也不會變好。

似 代理 代理

□ 記念する

紀念

例 卒業を記念して、木をあげた。
紀念畢業，送了書。

復興を記念して、木を植えましょう。
紀念復興，種樹吧！

□ 避ける

躲避、避開

例 その話題は避けたほうがいい。
那個話題，避開比較好。

彼はわたしを避けているようだ。
他好像在躲避著我。

□ 優れる

傑出、優秀

例 兄はわたしより優れている。
哥哥比我優秀。

彼女の英語はクラスの誰よりも優れている。
她的英語比班上的誰都傑出。

反 劣る 差、劣、不如

255

□ 訪ねる

拝訪、訪問

例 午後、お客さまを訪ねることになっている。
下午，決定拜訪客戶。

正月に親戚を訪ねたが、留守だった。
新年拜訪了親戚，但是不在家。

似 **訪問** 訪問

□ 別れる

分離、分別、
（夫婦）離婚

例 妻と別れることになった。
決定和妻子離婚了。

たとえ別れるとしても、笑って別れたい。
就算要分離，也想笑著分開。

□ 分かれる

分開、劃分、區分

例 意見が２つに分かれた。
意見分成2種。

風呂場は男女に分かれている。
浴池分為男女。

□ 分ける

分、分開、劃分、
分類、分配、區別

例 クラスを６つに分けます。
把班上分成6組。

燃えるごみと燃えないごみに分けて捨てる。
要分類成可燃垃圾和不可燃垃圾丟棄。

□ 建てる ^た

建造、建立

例 田舎に別荘を建てた。
<small>いなか べっそう た</small>
在鄉下蓋了別墅。

郊外に工場を建てることになった。
<small>こうがい こうじょう た</small>
決定在郊外蓋工廠了。

似 建設 建設
<small>けんせつ</small>
建築 建築
<small>けんちく</small>
建物 建築物
<small>たてもの</small>

□ 黙る ^{だま}

不說話、袖手旁觀

例 佐藤さんはずっと黙ったままだ。
<small>さとう だま</small>
佐藤先生一直沉默不語。

弟は叱られて黙っている。
<small>おとうと しか だま</small>
弟弟被罵默不作聲。

□ 始まる ^{はじ}

開始、起因、老毛
病又犯

例 そろそろ授業が始まる。
<small>じゅぎょう はじ</small>
課程差不多要開始了。

コンサートは何時に始まりますか。
<small>なん じ はじ</small>
音樂會幾點開始呢？

似 開始 開始
<small>かいし</small>
反 終わる 完、終了、
<small>お</small> 結束
延 始める 開始、開創、
<small>はじ</small> 創辦

□ 始める ^{はじ}

開始、開創、創辦

例 10分後にテストを始めます。
<small>じゅっぷん ご はじ</small>
10分鐘後開始比賽。

何か新しいことを始めたい。
<small>なに あたら はじ</small>
想開創點什麼新的事情。

似 開始 開始
<small>かいし</small>
反 終える 做完
<small>お</small>
延 始まる 開始、起因、
<small>はじ</small> 老毛病又犯

257

實力測驗！

問題 1. ＿＿＿＿＿ のことばの読み方として最もよいものを１・２・３・４か
ら一つえらびなさい。

1. （　　　） 人を騙すことは悪いことです。
　　　　①ころす　　　　②さらす　　　　③だます　　　　④まわす

2. （　　　） 今年は桜の咲くのが遅かった。
　　　　①かく　　　　②さく　　　　③とく　　　　④まく

3. （　　　） 同僚は家庭の問題を抱えて、困っている。
　　　　①かかえて　　②ささえて　　③たとえて　　④こらえて

問題 2. ＿＿＿＿＿ のことばを漢字で書くとき、最もよいものを１・２・３・４
から一つえらびなさい。

1. （　　　） コンピューターをはこぶのを手伝ってください。
　　　　①運　　　　②移　　　　③動　　　　④換

2. （　　　） あの先生はとてもいい例をあげてくれる。
　　　　①出　　　　②提　　　　③挙　　　　④押

3. （　　　） 結婚したら、大きい家をたてたい。
　　　　①買　　　　②設　　　　③建　　　　④造

問題 3. （　　　　） に入れるものに最もよいものを１・２・３・４から一つ
えらびなさい。

1. 治安の悪い場所を（　　　　）、家に帰る。
　　①くわえて　　　　②なやんで　　　　③かりて　　　　④さけて

2. 自分の力を（　　　　　）ために、試験を受けるつもりだ。

 ①ためす   ②かわる   ③おくる   ④わける

3. このカメラは誕生日に父から（　　　　　）ものだ。

 ①もらった ②かえった ③かたった ④あがった

問題 4. つぎのことばの使い方として最もよいものを一つえらびなさい。

1. だまる

 ①その話題になると、彼はいつもだまっている。

 ②おとといドイツの友人にメールをだました。

 ③お金がなかなかだまらなくて、困っている。

 ④時間がだまれば、わすれるでしょう。

2. まよう

 ①棚の上にあった荷物がまよった。

 ②これは頭痛によくまようくすりです。

 ③悪い習慣はまようべきだ。

 ④知らない土地で道にまよってしまった。

3. くわえる

 ①スープにしょうゆをくわえます。

 ②彼はせっかくのチャンスをくわえてしまった。

 ③妹のしあわせを心からくわえています。

 ④兄は健康のためにタバコをくわえました。

□ 付ける

幫狗取個可愛的名字吧！

例 犬に可愛い名前を付けましょう。
幫狗取個可愛的名字吧！

相手はとても厳しい条件を付けた。
對方附加了非常嚴苛的條件。

附著、安裝、養成、附加、增添

□ 触れる

摸、觸、碰、涉及、觸及

例 展示品に触れてはいけません。
不可以碰展示品。

最近は本に触れる機会が減ったようだ。
最近接觸書的機會好像減少了。

似 **触る** 觸、摸、接觸、參與
接触 接觸

□ 任せる

聽任、任憑、委託、託付

例 すべてあなたに任せます。
全部委託你。

子供たちの判断に任せることにした。
決定聽任孩子們的判斷了。

□ 降る

下、降

例 突然、雨が降ってきました。
突然，下起雨來了。

明日は雪が降りそうだ。
看來明天會下雪。

延 **傘** 傘

□ 曇<ruby>る<rt>くも</rt></ruby>　　　　　　　　　　天陰、模糊、發愁

例 <ruby>午後<rt>ごご</rt></ruby>から<ruby>曇<rt>くも</rt></ruby>るかもしれない。　　延 <ruby>雲<rt>くも</rt></ruby> 雲
　下午開始可能會陰天。　　　　　　　　　　 <ruby>曇<rt>くも</rt></ruby>り 陰天

　だいぶ<ruby>曇<rt>くも</rt></ruby>ってきたから、<ruby>雨<rt>あめ</rt></ruby>が<ruby>降<rt>ふ</rt></ruby>るだろう。
　天變得這麼陰，所以會下雨吧！

□ <ruby>暮<rt>く</rt></ruby>らす　　　　　　　　　　　度日、謀生活

例 <ruby>兄<rt>あに</rt></ruby>は<ruby>家<rt>いえ</rt></ruby>を<ruby>出<rt>で</rt></ruby>て、<ruby>一人<rt>ひとり</rt></ruby>で<ruby>暮<rt>く</rt></ruby>らしている。　延 <ruby>生活<rt>せいかつ</rt></ruby> 生活
　哥哥離開家，一個人生活著。

　<ruby>将来<rt>しょうらい</rt></ruby>は<ruby>海<rt>うみ</rt></ruby>のそばで<ruby>暮<rt>く</rt></ruby>らしたい。
　將來想在海的旁邊生活。

□ <ruby>触<rt>さわ</rt></ruby>る　　　　　　　　　　　觸、摸、接觸、
　　　　　　　　　　　　　　　　　　參與

例 <ruby>機械<rt>きかい</rt></ruby>に<ruby>触<rt>さわ</rt></ruby>らないで。　　　　似 <ruby>触<rt>ふ</rt></ruby>れる 摸、觸、碰、
　別碰機器。　　　　　　　　　　　　　　　　涉及、觸及

　<ruby>電車<rt>でんしゃ</rt></ruby>の<ruby>中<rt>なか</rt></ruby>でお<ruby>尻<rt>しり</rt></ruby>を<ruby>触<rt>さわ</rt></ruby>られた。　 <ruby>接触<rt>せっしょく</rt></ruby> 接觸
　在電車裡被摸了屁股。

□ <ruby>閉<rt>し</rt></ruby>める　　　　　　　　　　　關閉

例 ドアを<ruby>閉<rt>し</rt></ruby>めてください。　　　反 <ruby>開<rt>あ</rt></ruby>ける 打開
　請關門。

　<ruby>虫<rt>むし</rt></ruby>が<ruby>入<rt>はい</rt></ruby>るから、<ruby>窓<rt>まど</rt></ruby>を<ruby>閉<rt>し</rt></ruby>めましょう。
　蟲會跑進來，所以關窗吧！

動詞

□ 占める
しめる

占、占有

例 高齢者の割合は４０パーセントを占めている。
こうれいしゃ わりあい よんじゅう し
高齢者的比率占百分之40。

全体の約３分の2を占める。
ぜんたい やくさんぶん に し
約占全體的3分之2。

延 占領 占領
せんりょう

□ 食事する
しょくじ

吃飯、飲食

例 今晩、いっしょに食事しませんか。
こんばん しょくじ
今天晚上，要不要一起吃飯呢？

今、うちで食事している最中です。
いま しょくじ さいちゅう
現在，正在家裡吃飯中。

延 食べる 吃
た
テーブル 餐桌

□ 頼る
たよ

靠、依靠、借助

例 わたしにもっと頼ってください。
たよ
請再更依賴我。

娘はどんなことでもわたしに頼る。
むすめ たよ
女兒不管什麼事情都依賴我。

□ 疲れる
つか

累、疲勞、用舊

例 今日は本当に疲れた。
きょう ほんとう つか
今天真的累了。

朝から晩まで練習すれば、誰でも疲れる。
あさ ばん れんしゅう だれ つか
如果從早練習到晚，不管是誰都會累。

似 疲労 疲勞
ひろう

□ 作る（つくる）

做、作、製造、培育

例 そろそろ夕飯を作る時間だ。
差不多該做晚飯的時間了。

いちごを潰して、ジャムを作ろう。
把草莓搗碎，做果醬吧！

延 作業（さぎょう） 工作、作業、操作
創作（そうさく） 創作

□ 通る（とおる）

通過、穿過、暢通、通順

例 安全を確認してから通りましょう。
確認安全後再通過吧！

この部屋は風がよく通る。
這個房間很通風。

似 通過（つうか） 通過
過ぎる（すぎる） 過、經過、越過

□ 努力する（どりょく）

努力

例 大学院に入るために努力する。
為了進研究所而努力。

あなたはもっと努力するべきです。
你應該更努力。

似 頑張る（がんば） 堅持、努力、奮戰

□ 治る（なおる）

痊癒、治好

例 風邪はもう治りましたか。
感冒已經好了嗎？

心の病気はなかなか治らないものだ。
心病難醫。

延 治す（なおす） 治療
治療（ちりょう） 治療

□ 乗る _の

乗、坐、騎、傳導、趁勢

例 趣味は馬に乗ることです。
興趣是騎馬。

先に車に乗って、待っていてください。
請先上車等候。

延 乗車 搭車
乗り物 交通工具
交通手段 交通方式

□ 入る _{はい}

進、入、進入、容納

例 中に入ってはいけません。
不可入內。

病院に入るときは、マスクをしなければならない。
進醫院時，非戴口罩不可。

延 入れる 放進、裝入、加進
入口 入口

□ 太る _{ふと}

發胖、肥胖

例 最近、ちょっと太ったようだ。
最近，好像胖了點。

太ったから、運動することにした。
因為胖了，所以決定運動了。

延 ダイエット 減重
体重 體重
増える 增加、增多

□ 忘れる _{わす}

忘記、忘掉

例 外国語は覚えても、すぐ忘れてしまう。
外國話就算記住，也馬上就忘記。

昔の恋人のことは忘れたほうがいい。
以前的男女朋友的事情，忘掉比較好。

反 覚える 記住、記憶
延 記憶 記憶
痴呆 癡呆

□ 相談する
そう だん

商量、磋商

例 将来のことを先生に相談した。
しょうらい　　　　　　　　せんせい　　　そうだん

和老師商量了未來的事情。

息子に相談されて、うれしかった。
むす こ　　　　そう だん

兒子找我商量，很高興。

□ 責める
せ

責備、責難、責
問、折磨、催促

延 責任 責任
せきにん

例 自分を責めるな。
じ ぶん　　　せ

不要責備自己！

友達に責められて、思わず泣いてしまった。
ともだち　　　せ　　　　　　おも　　　な

被朋友責備，不由得哭了出來。

□ 願う
ねが

請求、願望、祈求

延 希望 希望
きぼう

祈る 祈禱
いの

例 娘の幸せを願っている。
むすめ　しあわ　　　ねが

願女兒幸福。

手術が成功するように願う。
しゅじゅつ　せいこう　　　　　　ねが

祈求手術成功。

□ 防ぐ
ふせ

防守、防禦、防止

延 防災 防災
ぼうさい

例 クリームを塗って、乾燥を防ぎます。
ぬ　　　かんそう　ふせ

塗上乳霜，防止乾燥。

災害を防ぐために、みんなで話し合おう。
さいがい　ふせ　　　　　　　　　　はな　あ

為了防止災害，大家一起商量吧！

265

實力測驗！

問題 1. ＿＿＿＿＿のことばの読み方として最もよいものを 1・2・3・4か
ら一つえらびなさい。

1. （　　　）ペンキが乾いてないので、触れないでください。

　　　①ふれないで　　②かれないで　　③とれないで　　④もれないで

2. （　　　）空が急に曇ってきた。

　　　①くもって　　　②しめって　　　③ふとって　　　④ひかって

3. （　　　）雪の影響で、この道は通れないようだ。

　　　①かえれない　　②たよれない　　③ふまれない　　④とおれない

問題 2. ＿＿＿＿＿のことばを漢字で書くとき、最もよいものを 1・2・3・4
から一つえらびなさい。

1. （　　　）卒業したら親にたよらず、生活するつもりだ。

　　　①依　　　　　　②頼　　　　　　③甘　　　　　　④頂

2. （　　　）わたしの部屋はベッドがほとんどをしめている。

　　　①領　　　　　　②占　　　　　　③取　　　　　　④支

3. （　　　）正月は寝てばかりいたから、だいぶふとった。

　　　①大　　　　　　②増　　　　　　③太　　　　　　④肥

問題 3. （　　　　　）に入れるものに最もよいものを 1・2・3・4から一つ
えらびなさい。

1. 祖父はたった一人で（　　　　　）います。

　①とばして　　　　②くらして　　　　③さわって　　　　④つかれて

2. 今回のミスについては、彼一人を（　　　　　）べきではない。

　　①せめる　　　　　②つぶす　　　　　③ほどく　　　　　④かたる

3. 今日は朝からトイレに行くのも（　　　　　）ほど忙しかった。

　　①いやがる　　　　②わすれる　　　　③もちいる　　　　④そろえる

問題 4. つぎのことばの使い方として最もよいものを一つえらびなさい。

1. ふせぐ

　　①寒さをふせぐために、厚いコートを着た。

　　②部屋を出る時、電気をふせいでください。

　　③次の担当は川田さんにふせぎましょう。

　　④治ったばかりだから、まだかなりふせぐ。

2. はいる

　　①まず、鍋に水と野菜をはいってください。

　　②窓から冷たい風がはいって、気持ちがいい。

　　③もうすぐ夕日が海にはいります。

　　④その仕事はわたしにはいってください。

3. しめる

　　①分からないことがあれば、先生にしめたほうがいい。

　　②彼女は理想をしめてアメリカへ渡った。

　　③ガソリンがなくなるようだから、しめよう。

　　④そろそろ店をしめましょう。

□ 逃げる

逃跑、逃走、逃避

例 泥棒は何も取らずに逃げた。
小偷什麼都沒拿，就逃走了。

地震のときは、近所の公園に逃げることになっている。
規定地震的時候，要逃到附近的公園。

延 逃亡 逃亡

□ 恐れる

懼怕、害怕、擔心

例 誰でも死を恐れるものだ。
不管是誰都怕死。

失敗を恐れたら、何もできない。
如果害怕失敗的話，什麼都做不了。

似 怖がる （覺得）害怕

延 恐怖 恐怖、害怕
怖い 可怕的

□ 接する

靠近、接連、接到、接待、相鄰

例 彼女はいつも笑顔で接してくれる。
她總是笑臉相迎。

たまには厳しく接することも必要だ。
偶爾嚴格地對待也是必要的。

延 接待 接待

□ 蓄える

積蓄、儲存、留

例 非常時に備えて食べ物を蓄えておこう。
以備不時之需，事先儲存食物吧！

彼は本をたくさん読んで、知識を蓄えている。
他讀很多書，儲備著知識。

□ 空^すく

餓、空

例 おなかが空^すいています。
肚子餓了。

この時間^{じかん}、電車^{でんしゃ}はかなり空^すいている。
這個時間，電車相當空。

□ 照^てる

照、照耀、晴天

例 今夜^{こんや}はきれいな月^{つき}が照^てっている。
今晚漂亮的月亮照耀著。

強^{つよ}い日^ひが照^てっているから、帽子^{ぼうし}をかぶろう。
因為烈日照耀，所以戴帽子吧！

□ 登^{のぼ}る

登、爬、上

例 老人^{ろうじん}がこの坂^{さか}を登^{のぼ}るのはたいへんだ。
老人爬這個坡很辛苦。

来年^{らいねん}こそ富士山^{ふじさん}に登^{のぼ}りたい。
明年一定要爬富士山。

延 登山^{とざん} 登山

□ 光^{ひか}る

發光、閃光

例 彼女^{かのじょ}の目^めに涙^{なみだ}が光^{ひか}った。
她的眼裡淚光閃閃。

窓^{まど}を磨^{みが}いたから、ぴかぴかに光^{ひか}っている。
因為擦了窗戶，所以閃閃發光。

延 光^{ひかり} 光亮、光線、
光澤、光芒、光明

灯^{あか}り 光、亮、燈

□ 味わう ^{あじ}

嘗、品味、欣賞、玩味、體驗

例 もっと味わって食べてほしい。
希望能更用心品嘗。

妻はカラオケで歌手の気分を味わっているようだ。
妻子好像用唱卡拉OK來品味當歌手的感覺。

延 料理 料理、菜餚
味 味道

□ 除く ^{のぞ}

除去、去掉

例 正月を除いて、毎日営業しています。
除了新年，每天都營業。

皮を除いて、食べやすくしましょう。
去皮，讓它方便吃吧！

延 除外 除外
外す 取下、避開、錯過、離（座）

□ 渡る ^{わた}

渡、過、經過

例 横断歩道を渡りましょう。
過斑馬線吧！

あの橋を渡ると、目的地が見えます。
一過那座橋，就會看到目的地。

□ 面する ^{めん}

面向、面對

例 この地域は太平洋に面しています。
這個地區面對太平洋。

我が家は湖に面している。
我家面向著湖。

270

□ 吹く

吹、颳

例 今日は強風が吹いています。
今天颳著強風。

あなたは口笛が吹けますか。
你會吹口哨嗎？

□ 死ぬ

死、死去

例 飼っていた犬が死んでしまった。
養的狗死了。

おなかが空いて死にそうだ。
肚子餓到快要死了。

似 亡くなる　死去
反 生まれる　生、產生
　　産まれる　出生

□ 悲しむ

感到悲傷

例 飛行機事故のニュースを見て悲しんだ。
看到空難的新聞很悲傷。

それは悲しむほどのことではない。
沒有比那個更悲傷的事情了。

反 喜ぶ　高興
延 悲しい　悲傷的
　　つらい　痛苦的、
　　　　　　難過的

□ 終える

做完、完畢

例 食事を終えたら、出かけます。
吃完飯後要出去。

宿題を終えるまで、寝てはいけない。
做完作業之前，不能睡。

反 始める　開始、開創
延 終わる　完、終了、
　　　　　　結束
　　終了　終了、終止

271

□ 招く

招呼、聘請、招待、宴請、招致

例 今度_{こんど}の日曜日_{にちようび}、友達_{ともだち}を食事_{しょくじ}に招_{まね}く予定_{よてい}だ。
這個星期日，預定宴請朋友吃飯。

そんなことをしたら、批判_{ひはん}を招_{まね}くだろう。
做那種事情的話，會招致批判吧！

延 招待 招待

□ 返_{かえ}す

歸還、回答、報答、放回

例 借_かりたものは返_{かえ}すべきだ。
借來的東西應該要還。

ぜんぶ読_よんだら、図書館_{としょかん}に返_{かえ}します。
全部看完後，要還給圖書館。

似 返却_{へんきゃく} 歸還、退還
戻_{もど}す 歸還、使～回到原處、使～倒退

□ 遅_{おく}れる

遲、誤、耽誤、慢、晚、落伍、沒趕上

例 寝坊_{ねぼう}して、授業_{じゅぎょう}に遅_{おく}れた。
睡過頭，上課遲到了。

完成_{かんせい}が遅_{おく}れている原因_{げんいん}は何_{なん}ですか。
完成延遲的原因是什麼呢？

延 遅刻_{ちこく} 遲到
遅_{おそ}い 慢的、遲的

□ 出_だす

拿出、提出、寄出、發表、產生、出現

例 ごみ収集所_{しゅうしゅうじょ}にごみを出_だしてください。
請把垃圾丟到垃圾集中處。

明日_{あした}までにレポートを出_だすことになっている。
決定明天之前要提出報告。

延 提出_{ていしゅつ} 提出

□ 飽^あきる

飽、夠、厭煩

例 娘^{むすめ}はすぐ飽^あきてしまう。
女兒立刻就膩了。

いつも同^{おな}じ味^{あじ}ばかりで飽^あきた。
一直光是同樣的味道，膩了。

□ 謝^{あやま}る

賠禮、謝罪、道歉

例 悪^{わる}いことをしたら謝^{あやま}るのは常識^{じょうしき}だ。
做了壞事要道歉是常識。

似 謝罪^{しゃざい} 謝罪

彼^{かれ}はいつも謝^{あやま}らない。
他總是不道歉。

□ 壊^{こわ}す

毀壞、弄壞、破壞

例 弟^{おとうと}におもちゃを壊^{こわ}された。
玩具被弟弟弄壞了。

似 破壊^{はかい} 破壞、毀壞
壊^{こわ}れる 壞、碎、倒塌

2人^{ふたり}の関係^{かんけい}を壊^{こわ}さないでほしい。
希望不要破壞2人的關係。

□ 壊^{こわ}れる

壞、碎、倒塌

例 地震^{じしん}で窓^{まど}ガラスが壊^{こわ}れた。
因為地震，窗戶玻璃破掉了。

延 壊^{こわ}す 毀壞、弄壞、破壞

祖父^{そふ}のラジオはついに壊^{こわ}れてしまったようだ。
祖父的收音機好像終於壞掉了。

實力測驗！

問題 1. _____ のことばの読み方として最もよいものを 1・2・3・4か
ら一つえらびなさい。

1. （　　） 弟は毎月少しずつ蓄えて、家を建てた。
　　　①たとえて　　②くわえて　　③つたえて　　④たくわえて

2. （　　） ホテルの部屋は湖に面しています。
　　　①めんして　　②かんして　　③つらして　　④かえして

3. （　　） お客様には礼儀正しく接するべきだ。
　　　①たっする　　②せっする　　③そっする　　④かっする

問題 2. _____ のことばを漢字で書くとき、最もよいものを 1・2・3・4
から一つえらびなさい。

1. （　　） わたしは外国人の友達を家にまねいた。
　　　①招　　　　②参　　　　③迎　　　　④呼

2. （　　） いつも同じだから、あきてしまった。
　　　①開　　　　②嫌　　　　③飽　　　　④逃

3. （　　） その役は彼をのぞいて適当な人はいない。
　　　①排　　　　②引　　　　③外　　　　④除

問題 3. （　　　　） に入れるものに最もよいものを 1・2・3・4から一つ
えらびなさい。

1. 夫は時間をかけて作っても、（　　　　） 食べてくれない。
　①かけあって　　②あずかって　　③あじわって　　④たよって

2. 危ないから、今すぐ（　　　　）。

　①にげろ　　　　②のこれ　　　　③のばせ　　　　④ならべ

3. おなかが（　　　　）から、何か作ってください。

　①あいた　　　　②かれた　　　　③すいた　　　　④おれた

問題 4. つぎのことばの使い方として最もよいものを一つえらびなさい。

1. おそれる

　①うちの子は来月から中学校におそれます。

　②今、電話でおそれているから、もう少し待ってください。

　③しっかり練習したのだから、おてれる必要はない。

　④兄は毎日電車におそれず、歩いて会社へ行く。

2. こわれる

　①むだな時間をこわれないため、パソコンを使おう。

　②公園にごみをこわれないでください。

　③薬をのんだから、もうすぐこわれるはずです。

　④大切なオートバイがこわれてしまった。

3. あやまる

　①悪いと思うなら、きちんとあやまれ。

　②たまには家事をあやまりなさい。

　③今まで努力したから、優勝をあやまったのだ。

　④ご両親によろしくとあやまってください。

□ ずっと

（比）〜得多、遠遠地、（從〜）一直

例 娘は子供の頃からずっと太っています。
女兒從孩提時代開始就一直胖胖的。

日曜日はずっと寝ていました。
星期天一直睡著。

延 昔 從前、往昔
以前 以前

□ やっと

好不容易、勉勉強強

例 宿題がやっと終わった。
功課好不容易做完了。

雨がやっと止みました。
雨好不容易停了。

□ とにかく

無論如何、總之、反正、姑且

例 とにかくやってみよう。
總之做做看吧！

とにかく電話してみましょう。
總之打電話看看吧！

延 ついに 終於

□ まさか

（後接否定或推量詞表示）絶不、萬萬想不到、莫非、難道

例 A「彼のこと好きなの」 B「まさか」
A「（妳）喜歡他？」 B「怎麼可能！」

まさか、嘘でしょう。
不會吧！是騙人的吧！

□ ついに

終於

例 父は弟の留学をついに許した。
父親終於允許弟弟留學了。

明日からついにオリンピックが始まる。
從明天起，奧運終於要開始了。

似 とうとう　終於、到底
　　いよいよ　終於、到底

□ ちゃんと

規規矩矩、整整齊齊、好好地、牢靠地、如期

痩せたみたいだけど、ちゃんと食べてる？
好像變瘦了，有好好吃飯嗎？

部屋をちゃんときれいにしなさい。
房間要確實整理乾淨！

似 きちんと　規規矩矩、整整齊齊、好好地、牢靠地、如期
延 よく　好好地

□ かなり

相當、很

あの人はかなりお金を持っている。
那個人相當有錢。

昨日見た映画はかなり感動した。
昨天看的電影相當感動。

似 非常に　非常
　　とても　非常

□ わざと

故意

彼はわざとミスして、みんなを困らせた。
他故意出錯，讓大家困擾了。

わざとじゃありません。
不是故意的。

似 故意に　故意

副詞

□ やっぱり

例 やっぱりあなたのことが好きです。
我還是喜歡你。

說明を聞いても、やっぱり分からなかった。
就算聽了說明，也還是不懂。

似 やはり　仍然、同樣、
終究還是、
果然

□ さすが

就連～也都、真不
愧是、到底、畢竟

例 さすが英語の先生ですね。
不愧是英語老師啊！

告白したなんて、さすが彼は勇気がある。
居然告白了，不愧是他，真有勇氣。

□ ぴったり

緊緊地、準確無
誤、合適、說中

例 わたしたちの息はぴったり合う。
我們的默契恰恰好。

このスーツは彼にぴったりだと思います。
我覺得這套西裝很適合他。

延 ちょうど　正好、恰好

□ まるで

好像、宛如、完
全、簡直

例 祖父はまるで忘れてしまったようだ。
祖父好像忘記了的樣子。

2人はまるで姉妹みたいです。
2個人簡直就像姉妹一樣。

□ いちおう

大致、大略、姑且、暫且〜一下

例 いちおう本人に確かめてみよう。
姑且和本人確認看看吧！

念のため、いちおう調べましょう。
慎重起見，姑且調查一下吧！

□ たいてい

大抵、大都、大部分、一般、大概

例 わたしはたいてい7時に起きる。
我大都7點起床。

息子はたいてい自転車で通学している。
兒子大都騎腳踏車通學。

似 だいたい 大致、人體上、差不多

ほとんど 大部分、大體上、幾乎、差不多、接近

□ そっと

悄悄地、輕輕地、偷偷地

例 ドアはそっと閉めてください。
請把門輕輕關上。

気づかれないよう、中にそっと入った。
小心不被察覺，偷偷進入裡面了。

□ もうすぐ

就快、快要、馬上

例 祖母はもうすぐ100歳になります。
祖母就快100歲了。

もうすぐ完成するので、待っていてください。
由於就快完成，請稍等。

似 すぐ 立即、馬上

まもなく 不久、不一會、馬上

副詞

□ なんとなく

総覺得、總有些、
不由得、無意中

例 彼はなんとなく気づいていたようだ。
總覺得他好像發現了。

なんとなく恥ずかしいです。
總覺得害羞。

□ きちんと

規規矩矩、整整齊
齊、好好地、牢靠
地、如期

例 畳の部屋ではきちんと正座しなさい。
在榻榻米的房間要規規矩矩跪坐！

娘の彼は服装がきちんとしている。
女兒的男朋友服裝整整齊齊。

似 ちゃんと 規規矩矩、
整整齊齊、
好好地、牢
靠地、如期

よく 好好地

□ どうか

請、務請、總算、設
法、不正常、怎麼
了、是～還是～

例 息子のことをどうかよろしくお願いします。
小犬的事情，請多關照。

どうかしましたか。
怎麼了嗎？

□ 突然

突然、忽然

例 地震のせいで、電車が突然止まった。
因為地震的緣故，電車突然停了。

突然彼が現れたので、みんな驚いた。
由於他突然出現，大家嚇了一跳。

似 急に 突然、忽然

□ ようやく

好不容易、總算、勉強

例 主人は深夜、ようやく帰宅した。
老公半夜，總算回家了。

フランス語がようやく話せるようになってきた。
總算會説法語了。

□ めいめい

各自、各個

例 鳥にはめいめい名前がついている。
鳥各自有自己的名字。

めいめいに3枚ずつ配ります。
各個分別發3張。

似 各自 各自

それぞれ 各自、各個

□ やはり

仍然、同樣、終究還是、果然

例 犯人はやはりあの男だった。
犯人果然是那個男人。

彼の態度は昨日からやはりおかしい。
他的態度從昨天開始還是怪怪的。

似 やっぱり 仍然、同樣、終究還是、果然（「やはり」的音變）

□ ふと

猛然、忽然、偶然

例 ふと彼女を見たら、泣いていた。
不經意一看，她就在哭著。

会議中なのに、ふと笑ってしまった。
明明開會中，卻猛然笑了出來。

似 ふっと 猛然、忽然
延 思わず 不由得、禁不住

副詞

281

實力測驗！

問題 1.（　　　　）に入れるものに最もよいものを 1・2・3・4 から一つえらびなさい。

1. （　　　　）今はゆっくり休みなさい。
   ①まさか　　　　②とにかく　　　　③ずっと　　　　④もうすぐ

2. 朝ごはんは（　　　　）食べたほうがいいですよ。
   ①どうか　　　　②ついに　　　　③ようやく　　　　④きちんと

3. わたしは子供の頃から（　　　　）京都にすんでいます。
   ①ずっと　　　　②ざっと　　　　③あっと　　　　④やっと

4. 彼女は（　　　　）モデルのようにスタイルがいい。
   ①やがて　　　　②まるで　　　　③ついに　　　　④かなり

5. 週末は（　　　　）家にいます。
   ①もっとも　　　　②たいてい　　　　③すっかり　　　　④ようやく

6. 実験は（　　　　）成功しました。
   ①わざと　　　　②ついに　　　　③まるで　　　　④さすが

7. 今日は（　　　　）寒いですね。
   ①わずか　　　　②やがて　　　　③かなり　　　　④どうか

8. 彼は（　　　　）立ち止まった。
   ①めいめい　　　　②たいてい　　　　③ふと　　　　④もうすぐ

問題 2. つぎのことばの使い方として最もよいものを一つえらびなさい。

1. ぴったり

　①宿題はぴったりやりました。

　②一度の失敗でそんなにぴったりしないで。

　③このスーツは体にぴったり合っている。

　④鈴木さんはいつもぴったり遅刻します。

2. なんとなく

　①彼のことがなんとなく気になります。

　②あなたの分もなんとなくありますよ。

　③きのうはなんとなく眠れましたか。

　④この仕事ならなんとなく一時間でできるはずだ。

3. めいめい

　①昨日は疲れていて、めいめい寝てしまった。

　②オリンピックが明日からめいめい始まりますね。

　③お願いですから、めいめい許してください。

　④自分の考えをめいめい発表してください。

□ いつか

曽經、不知何時、不知不覺、無意之中、遲早、改天、不久

例 またいつか会いましょうね。
改天再見面吧！

いつかわたしの家に遊びにきてください。
改天請到我家玩。

□ きっと

一定、必然

例 参加してみれば、きっと楽しいと思います。
我覺得參加看看的話，一定會很有趣。

それはきっとおいしいと思う。
我覺得那個一定很好吃。

似 ぜったい 絕對、一定

□ まず

首先、總之、大致

例 帰ったら、まず手を洗いなさい。
回家後，先洗手！

京都に行ったら、まず金閣寺に行きたい。
如果去京都的話，首先想去金閣寺。

似 はじめに 一開始

□ のんびり

舒適地、悠閒地

例 週末はいつも田舎でのんびり過ごします。
週末總是在鄉下悠閒度過。

連休中は外出しないで、のんびり休むつもりだ。
打算連休當中不出門，悠閒地休息。

延 ゆっくり 慢慢地、舒適

ゆったり 舒適、寬敞、舒暢

もっとも

最

例 彼はクラスでもっとも賢い。
他在班上是最聰明的。

この商品がもっとも売れています。
這項商品賣得最好。

似 一番　最

まったく

完全、全然、實在、簡直

例 まったく問題ありません。
完全沒有問題。

わたしは英語がまったく話せない。
我完全不會講英文。

似 ぜんぜん
全然（不）～、完全（不）～、簡直（不）～（後面接續否定）

もちろん

當然、不用說

例 そのパーティーには彼ももちろん参加します。
那個宴會他當然也會參加。

彼女は独身だから、もちろん子供もいないはずだ。
因為她是單身，所以當然應該也沒有小孩。

似 とうぜん　當然

もしかして

說不定、或許

例 もしかして怒っていますか。
該不會是在生氣吧？

もしかして太郎君はあなたの息子さんですか。
太郎該不會是你的兒子吧？

似 もしや　萬一、如果、或許

□ いったい

一般說來、究竟

例 箱の中にはいったい何が入っているんだろう。
盒子裡面到底放著什麼啊！

外がうるさいけど、いったいどうしたんだ。
外頭很吵，究竟怎麼了？

□ ちっとも

一點也（不）（後面接續否定）

例 ちっとも知りませんでした。
一點也不知道。

夫は家事をちっとも手伝ってくれない。
丈夫一點都不幫忙家事。

似 少しも 一點也（不）（後面接續否定）

延 まったく 完全、全然、實在、簡直
ぜんぜん 全然（不）～、完全（不）～、簡直（不）～（後面接續否定）

□ それほど

那麼、那種程度

例 走るのはそれほど速くない。
跑得沒有那麼地快。

運動はそれほど好きじゃない。
沒有那麼喜歡運動。

延 そんなに 那麼、那樣地

□ よほど

頗、相當、差一點就

例 よほど注意しないと、怪我するよ。
如果不相當注意的話，會受傷喔！

彼女はよほど辛かったようです。
她好像相當辛苦的樣子。

□ ただ

唯、只、僅

例 この辺で残っている家はただこの一軒だけだ。
這附近殘留下來的房子只有這一間。

ただ聞いてみただけです。
只是試著問了而已。

□ たまに

偶然、偶爾

例 彼はたまに残酷なことを言う。
他偶爾會説冷酷的話。

似 ときどき 有時、偶爾

父はたまに料理をする。
父親偶爾會做菜。

□ もし

如果、萬一

例 もし間違っていたら、ごめんなさい。
如果有錯誤的話,不好意思。

試合にもし負けても、後悔はしない。
就算萬一比賽輸了,也不後悔。

□ じっと

目不轉睛地、一動不動地、聚精會神地、一聲不響地

例 知らない人がわたしをじっと見ている。
不認識的人直盯著我看。

そのままじっと動かないでね。
就那樣直直地不要動喔!

□ さっと

（動作）迅速、一下子、（風雨）忽然

例 彼女の顔色がさっと変わった。
她的臉色一下子變了。

車が目の前をさっと通り過ぎた。
車子從眼前一下子跑過了。

□ あらためて

再次、另行、重新

例 後日あらためて連絡します。
改天再行連絡。

会議が終わったら、あらためて相談しよう。
會議結束後，再行商量吧！

□ そっくり

全部、完全、一模一樣

例 娘はわたしにそっくりです。
女兒和我一模一樣。

この絵は実物とそっくりだ。
這幅畫和實物一模一樣。

□ すっかり

完全、全部

例 財産がすっかりなくなった。
財産完全沒了。

手術の後、すっかり元気になった。
手術後，完全康復了。

□ すっきり

舒暢、暢快、通順、乾淨俐落

例 どうも気分がすっきりしない。
怎麼都覺得心情不暢快。

部屋の中がすっきり片づいた。
房間裡整理得乾淨俐落了。

□ ぜひ

務必、一定

例 ぜひ一度、使ってみてください。
請務必用一次看看。

あの新商品はぜひ手に入れたい。
那個新產品一定想到手。

□ ゆっくり

慢慢地

例 もう少しゆっくり話してください。
請再説慢一點。

祖母はとてもゆっくり歩く。
祖母走得非常慢。

□ せめて

至少、起碼

例 せめて高校だけは出てほしい。
起碼希望高中畢業。

せめて掃除だけでもさせてください。
起碼請讓我打掃什麼的。

似 少なくとも 至少、起碼

實力測驗！

問題 1.（　　　　）に入れるものに最もよいものを 1・2・3・4 から一つ えらびなさい。

1. 仕事の内容も大事ですが、お金も（　　　　）大事です。
   ①もうすぐ　　　②もちろん　　　③まったく　　　④のんびり

2. 乾杯の前に、部長から（　　　　）一言あるそうです。
   ①すぐ　　　　②まず　　　　③ぜひ　　　　④ふと

3. 祖父はもう（　　　　）元気になったようだ。
   ①ちっとも　　　②すっかり　　　③ぴったり　　　④くっきり

4. （　　　　）誰かの役に立ちたい。
   ①せめて　　　②ついに　　　③わざと　　　④さすが

5. 老後は海の近くで（　　　　）暮らしたい。
   ①のんびり　　　②めっきり　　　③なかなか　　　④いちおう

6. 彼は（　　　　）どうしたいのか分からない。
   ①がっかり　　　②そっくり　　　③しっかり　　　④いったい

7. あなたに話したら、だいぶ（　　　　）しました。
   ①やっぱり　　　②まったく　　　③すっきり　　　④めっきり

8. この薬は（　　　　）よく効きます。
   ①さっと　　　②きっと　　　③そっと　　　④やっと

問題2. つぎのことばの使い方として最もよいものを一つえらびなさい。

1. さっと
   ①最近はさっと寒くなりましたね。
   ②授業は明日からさっと始まります。
   ③後日またさっとあいさつに伺います。
   ④彼の顔はさっと赤くなった。

2. そっくり
   ①会議中にそっくり眠ってしまった。
   ②息子の性格は夫にそっくりだ。
   ③ひどい風邪がそっくり治った。
   ④2人の関係はそっくりよくなったようだ。

3. まったく
   ①空がまったく暗くなってきました。
   ②酔っていて、まったく転んでしまった。
   ③外がうるさくて、まったく集中できない。
   ④彼は知っているのに、まったく知らない。

□ しっかり

好好地、充分地、緊緊地、牢固地、穩固、穩定

例 しっかり休^{やす}んでくださいね。
請好好休息喔！

子供^{こども}をしっかり教育^{きょういく}します。
好好地教育小孩。

似 よく　好好地

□ はっきり

清楚、清晰、明確

例 黒板^{こくばん}の字^じがはっきり見^みえない。
看不清楚黑板的字。

故障^{こしょう}の原因^{げんいん}ははっきりしている。
故障的原因很明確。

似 くっきり　清楚、分明
反 ぼんやり　模糊、隱約

□ だいぶ

很、甚、極、相當

例 風邪^{かぜ}はだいぶよくなりました。
感冒好得差不多了。

ストレスのせいで、だいぶ太^{ふと}ったようだ。
因為壓力，好像胖了不少。

似 かなり　相當、很
　ずいぶん　相當、很、非常

□ やがて

不久

例 心^{こころ}の傷^{きず}はやがて治^{なお}るでしょう。
心理的傷不久就會治癒吧！

彼^{かれ}はやがてすばらしい選手^{せんしゅ}になるだろう。
他不久就會成為了不起選手吧！

似 いつか　遲早
　いずれ　遲早、不久

□ ざっと

粗略地、大致

例 ざっと目を通しました。
粗略過目了。

新聞をざっと読んで出かけた。
大致看了報紙後出門了。

反 しっかり 好好地、充
分地、緊緊
地、牢固地

□ ふつう

一般、通常、平常

例 ふつうそんなことはしません。
一般不會做那樣的事情。

父はふつう10時には帰宅します。
父親平常10點會回家。

似 一般に 一般説來

□ せっかく

特意、好不容易、
難得

例 せっかく行ったのに、会えなかった。
明明都特別去了，卻沒有見到。

せっかくだから、楽しんできてね。
因為很難得，就開心地來吧！

似 わざわざ 特意、故意

□ いきなり

突然、冷不防、
立刻

例 彼はいきなり怒り出した。
他突然發起了脾氣。

電車がいきなり止まって驚いた。
電車忽然停止，嚇了一跳。

似 急に 突然
突然 突然

副詞

293

□ たとえ

就算、即使、哪怕

例 たとえ台風でも出かけます。
就算颱風也要出去。

たとえ一時間でもいいから会いたい。
哪怕一個小時也沒關係，想見面。

□ たまたま

偶爾、碰巧

例 駅でたまたま先生に会った。
在車站碰巧遇到老師了。

今回はたまたま運が悪かっただけだ。
這次只是剛好運氣不好而已。

似 偶然 偶然、巧合

□ かえって

相反地、反倒、反而

例 欠点があるから、かえって好きだ。
因為有缺點，所以反倒喜歡。

喧嘩を止めて、かえって殴られた。
勸架反倒被打了。

□ おおよそ

大約、大致、差不多

例 おおよそは理解しました。
大致理解了。

イベントの内容はおおよそ決定した。
活動的內容大致決定了。

似 だいたい 大致、大體上

大部分 大部分

□ いつも

經常、總是

例 いつも音楽を聴きながら散歩する。
總是一邊聽音樂一邊散步。

いつもあなたのそばにいるよ。
一直都在你身旁喔！

似 つねに　經常、總是

□ いずれ

遲早、不久

例 あの2人はいずれ離婚するだろう。
那2個人遲早會離婚吧！

景気はいずれ回復するはずだ。
景氣應該不久就會復甦。

似 いつか　遲早
　　やがて　不久

□ 一般に

一般說來

例 一般に日本人は礼儀正しい。
一般說來日本人很有禮貌。

一般に男の子は冒険が好きだ。
一般說來男孩喜歡冒險。

似 ふつう　一般

□ そのうち

不久、過些日子、
改天

例 そのうち会えたらいいですね。
要是過些日子能見面就好了。

彼の機嫌はそのうちよくなるだろう。
他的心情過些日子會變好吧！

副詞

295

□ まさに

真正、的確、即將、應該、恰

例 それはまさに一石二鳥です。
那真是一箭雙鵰。

今はまさに桜の季節だ。
現在正好是櫻花的季節。

延 ちょうど 正好

□ もう

已經、再

例 晩ご飯はもう食べましたか。
晚餐已經吃了嗎？

もう遅いから、帰ります。
已經很晚了，所以要回家了。

似 すでに 已經
反 まだ 尚未

□ もともと

原來、本來

例 味噌はもともと中国から伝わった。
味噌本來是從中國傳過來的。

彼女はもともとそういう人だ。
她本來就是那樣的人。

□ わずか

一點點、稍微、僅

例 電車がわずか遅れているらしい。
電車好像稍有延遲。

わずかの差で負けてしまった。
以些許之差輸了。

似 少し 稍微、一點點
反 だいぶ 很、甚、極、相當

□ ますます

越發、更加

例 景気はますます悪化している。
景氣越發惡化了。

ますます元気になりますように。
希望越來越健康！

延 どんどん 接連不斷、
越發

□ まもなく

不久、不一會

例 祖父はまもなく100才を迎える。
祖父不久就要迎來100歲了。

まもなく閉店します。
不久就要關店了。

似 もうすぐ 就快、快要
すぐに 立即、馬上

□ むしろ

與其〜倒不如、
寧可

例 むしろバイクのほうが速いと思う。
我覺得倒不如摩托車比較快。

彼は学者というよりむしろ作家だ。
説他是學者，倒不如是作家。

□ とうとう

終於、到底

例 15年乗った車はとうとう壊れた。
開了15年的車終於壞了。

息子はとうとう司法試験にパスした。
兒子終於考過司法考試了。

似 ついに 終於、到底
延 やっと 好不容易、
勉勉強強

實力測驗！

**問題 1.（　　　）に入れるものに最もよいものを 1・2・3・4 から一つ
えらびなさい。**

1. 噂というものは（　　　）消えます。
   ①もっとも　　　　②やがて　　　　③まさか　　　　④さすが

2. 仕事は（　　　）忙しくなった。
   ①いったい　　　　②ぴったり　　　　③ちゃんと　　　　④ますます

3. おいしいものは（　　　）冷めてもおいしいです。
   ①たとえ　　　　②どうか　　　　③わざと　　　　④せめて

4. 見るなと言われると、（　　　）見たくなるものだ。
   ①かえって　　　　②ちっとも　　　　③ぜんぜん　　　　④もうすぐ

5. 貯金はもう（　　　）しかない。
   ①せめて　　　　②さすが　　　　③わずか　　　　④むしろ

6. 子供を育てるには（　　　）お金がかかります。
   ①だいぶ　　　　②ついに　　　　③やっと　　　　④ざっと

7. 自分の意見は（　　　）言うべきです。
   ①そっくり　　　　②いったい　　　　③はっきり　　　　④せっかく

8. いつか（　　　）いっしょに飲みましょう。
   ①おおよそ　　　　②そのうち　　　　③ようやく　　　　④とうとう

問題 2. つぎのことばの使い方として最もよいものを一つえらびなさい。

1. まもなく
   ①出かける前に、部屋をまもなく掃除しよう。
   ②荷物はまもなく届くと思います。
   ③父と母は毎晩まもなくビールを飲みます。
   ④彼は知っているのに、まもなく知らないふりをする。

2. しっかり
   ①ほしかったゲームをしっかりもらった。
   ②この時期はしっかり雨が降らない。
   ③彼はこの地域のことはしっかり詳しい。
   ④どんなことでも、基礎はしっかり学ぶべきです。

3. せっかく
   ①とても痛かったが、せっかくがまんした。
   ②娘は毎朝せっかく7時に起きる。
   ③せっかくのチャンスを逃さないでほしい。
   ④わたしのプレゼントを彼女はせっかく喜んだ。

副詞

第 37 天 ♪ 37

□ まあまあ
還算、尚可

例 字はまあまあ上手に書いてあると思う。
我認為字寫得還算可以。

まあまあ上手にできました。
還算做得很好。

延 ほどほど 恰當地

□ なかなか
很、頗、相當、（不）容易～（後面接續否定）、怎麼也（不）～（後面接續否定）

例 風邪がなかなか治らない。
感冒怎麼也治不好。

昨夜はなかなか眠れなかった。
昨晚怎麼也睡不著。

延 ぜんぜん
全然（不）～（後面接續否定）

□ やや
稍稍、稍微

例 それはやや真実に近い。
那個稍微接近事實。

今日は昨日よりやや暖かかった。
今天比昨天稍微暖和。

似 少し 稍微、一點點
わずか 一點點、稍微、僅

□ がっかり
灰心喪氣、失望、氣餒、精疲力盡

例 あまりがっかりしないで。
不要太灰心喪氣。

両親をがっかりさせてしまった。
讓雙親失望了。

300

□ ぐっすり

熟睡

例 今夜はぐっすり眠ってください。
今晩請好好地睡。

お酒を飲むと、ぐっすり寝られます。
一喝酒，就能熟睡。

□ まだまだ

還、仍、尚

例 物価はまだまだ上がるようだ。
物價好像還會上漲。

努力がまだまだ足りません。
努力還不夠。

□ どきどき

（因運動、恐懼、期待）心撲通撲通地跳

例 デートの前はいつもどきどきする。
約會之前心總是撲通撲通地跳。

興奮して胸がどきどきしました。
因興奮心撲通撲通地跳了。

□ どうせ

橫豎、反正

例 生き物はいつかどうせ死ぬのだ。
反正生物總有一天會死。

がんばっても、どうせ合格できない。
反正就算努力，也不會及格。

副詞

□ どんどん

接連不斷、越發

例 体重がどんどん増えるばかりだ。
體重光是不斷增加。

似 ますます 越發、更加

彼女はどんどんきれいになる。
她變得越發美麗。

□ 初めて

最初、初次

例 今回が初めての海外旅行です。
這次是第一次的國外旅行。

初めて納豆を食べました。
第一次吃了納豆。

□ いよいよ

終於、到底

例 コンサートがいよいよ始まります。
演唱會終於要開始了。

似 とうとう 終於、到底
　ついに 終於

いよいよ別れの日が来た。
離別的日子終於到來了。

□ 例えば

例如

例 例えば、りんごやバナナが好きです。
例如,喜歡蘋果或香蕉。

例えば、京都や北海道へ行ってみたい。
例如,想去京都或北海道看看。

□ たぶん

恐怕、大概、多半

例 明日（あした）はたぶん雨（あめ）だろう。
明天恐怕會下雨吧！

それはたぶん事実（じじつ）だと思（おも）います。
我覺得那個大概是事實。

似 おそらく 恐怕、
也許、大概

□ だんだん

漸漸

例 だんだん眠（ねむ）くなってきた。
漸漸變得想睡了。

父（ちち）の髪（かみ）の毛（け）はだんだん薄（うす）くなってきた。
父親的頭髮漸漸變得稀薄了。

□ ついでに

順便

例 コンビニに行（い）くついでに、牛乳（ぎゅうにゅう）を買（か）ってきて。
去便利商店順便買牛奶回來。

ついでにわたしの分（ぶん）もお願（ねが）い。
拜託順便連我的份也一起。

□ 早速（さっそく）

立刻、馬上

例 早速（さっそく）、始（はじ）めましょう。
立刻開始吧！

早速（さっそく）、部長（ぶちょう）に伝（つた）えます。
立刻轉告部長。

副詞

□ いちいち

一一、逐一、
一個個、全都、
一五一十

例 母_{はは}はいちいちうるさくて、いやだ。
媽媽什麼都唸，很煩。

いちいち説明_{せつめい}しなくていいです。
不用一一説明沒有關係。

□ うっかり

不注意、不留神、
無意中

例 秘密_{ひみつ}をうっかり漏_もらしてしまった。
一不小心洩漏了祕密。

すみません、うっかり忘_{わす}れていました。
不好意思，一不小心忘記了。

□ 案外_{あんがい}

沒想到、意外

例 着_きてみたら、案外_{あんがい}似合_{にあ}った。
試穿看看後，沒想到很合適。

彼_{かれ}は記憶力_{きおくりょく}が案外_{あんがい}よかった。
他的記憶力意外地好。

□ せいぜい

盡量、充其量

例 あの少女_{しょうじょ}はせいぜい１３、４才_{じゅうさん よんさい}だろう。
那個少女頂多才13、4歲吧！

その量_{りょう}なら、せいぜい半日_{はんにち}でできます。
如果是那個分量的話，最多不過半天就能完成。

□ そろそろ

徐徐緩緩、漸漸地、差不多～的時候了、慢慢地

例 そろそろ帰りませんか。
差不多要不要回家了呢？

そろそろ夕食の時間だ。
差不多是晚餐的時間了。

□ めっきり

顯著地、明顯地

例 最近はめっきり寒くなった。
最近明顯變冷了。

彼女はここ数年めっきり痩せたようだ。
她這幾年明顯變瘦了的樣子。

延 かなり 相當、很
　　 だいぶ 很、甚、極

□ ほぼ

大體、大略、大致

例 今日の仕事はほぼ終わった。
今天的工作大致結束了。

映画館はほぼ満席だ。
電影院大致坐滿。

似 だいたい 大致、
　　　　　大體上

□ なんとか

無論如何、想方設法、總算、勉強

例 困難をなんとか克服したい。
想設法克服困難。

がんばれば、なんとかなるだろう。
只要努力的話，可勉強應付吧！

實力測驗！

問題 1.（　　　　）に入れるものに最もよいものを 1・2・3・4 から一つ
えらびなさい。

1. わたしは妹より（　　　　）背が高い。
　①やや　　　　　②もし　　　　　③すぐ　　　　　④ほぼ

2. いつものバスが（　　　　）来ない。
　①もちろん　　　②なかなか　　　③いちおう　　　④たいてい

3. （　　　　）掃除もしてくれませんか。
　①おおよそ　　　②たまたま　　　③かえって　　　④ついでに

4. （　　　　）桜の季節ですね。
　①それほど　　　②いよいよ　　　③たいてい　　　④うっかり

5. こんなに疲れても、（　　　　）眠れません。
　①ぐっすり　　　②ぴったり　　　③はっきり　　　④そっくり

6. 彼は（　　　　）上達するはずです。
　①たいてい　　　②まだまだ　　　③とうとう　　　④いよいよ

7. たった一度の失敗で、（　　　　）しないでください。
　①すっきり　　　②がっかり　　　③やっぱり　　　④ぴったり

8. 緊張で心臓が（　　　　）しています。
　①だんだん　　　②どきどき　　　③そろそろ　　　④いちいち

問題 2. つぎのことばの使い方として最もよいものを一つえらびなさい。

1. はじめて
   ①もう<u>はじめて</u>夏ですね。
   ②帰ったら、<u>はじめて</u>手を洗いなさい。
   ③朝ご飯は<u>はじめて</u>食べたほうがいいですよ。
   ④<u>はじめて</u>会うから、少しどきどきしてる。

2. あんがい
   ①彼は<u>あんがい</u>何か国語話せるのですか。
   ②彼の言っていることは<u>あんがい</u>正しい。
   ③寒いから、<u>あんがい</u>窓を閉めてください。
   ④電気が<u>あんがい</u>消えた。

3. ほぼ
   ①わたしと彼女の点数は<u>ほぼ</u>同じだ。
   ②被害は<u>ほぼ</u>大きかったです。
   ③老後は田舎で<u>ほぼ</u>暮らしたいです。
   ④わたしのことを<u>ほぼ</u>待っていたのですか。

☐ レベル

水平、水準

例 わたしの英語は小学生レベルです。
我的英語是小學生水準。

あの国の生活レベルはだいぶ低いようだ。
那個國家的生活水平好像相當低。

似 水準 水準

☐ ランチ

午餐

例 いっしょにランチはいかがですか。
一起午餐如何呢？

週末、姉とランチに行く予定です。
週末，預定和姊姊去午餐。

似 昼食 午餐

延 モーニング 早餐

ディナー 晩餐

☐ アニメ

動畫、卡通

例 このアニメはおすすめです。
這部動畫很推薦。

息子はアニメを見るのが大好きです。
兒子非常喜歡看動畫。

延 漫画 漫畫
映画 電影

ドラマ 連續劇

☐ サイズ

大小、尺寸、尺碼

例 もう少し大きいサイズはありますか。
有再稍微大一點的尺寸嗎？

サイズを測ってもらえますか。
可以幫我量一下尺寸嗎？

延 小さい 小的

フリーサイズ
不分尺寸、通用尺碼

□ ビタミン

維他命、維生素

例 果物にはビタミンがたくさん含まれている。
水果含有許多維生素。

風邪のときはビタミンを吸収したほうがいい。
感冒的時候，攝取維他命比較好。

□ ロッカー

附鑰匙的置物櫃

例 このスポーツジムのロッカーは大きい。
這個運動中心的置物櫃很大。

駅にロッカーはありますか。
車站有置物櫃嗎？

□ メール

郵件、電子郵件

例 メールを送ったので、見てください。
因為寄了電子郵件，請看看。

メールアドレスを教えてもらえますか。
可以告訴我電子郵件地址嗎？

□ センス

感覺、判斷力、嘗
試、品味、美感

例 彼女の服のセンスはすばらしいです。
她對衣服的品味卓越。

センスは環境で育てられると思う。
我認為品味是由環境培養而成。

外來語

□ テーマ

主題、題目、中心思想

例 作文のテーマは「環境問題」です。
作文的題目是「環境問題」。

今日のテーマは何ですか。
今天的主題是什麼呢？

似 主題 主題、中心思想

□ チャンス

機會

例 次のチャンスに期待しています。
期待下一個機會。

せっかくのチャンスを逃すな。
別錯失難得的機會！

似 機会 機會

□ プラン

計畫、方案

例 夏休みのプランを教えて。
告訴我暑假的計畫。

新しいプランを立てましょう。
訂定新的計畫吧！

似 計画 計畫

□ ブログ

部落格

例 娘のブログを読んだが、別人のようだ。
看了女兒的部落格，但好像另外一個人。

ブログに自分の絵を載せている。
在部落格放上自己的畫。

□ レジ

收銀台

例 お会計_{かいけい}はあちらのレジでお願_{ねが}いします。
結帳麻煩到那邊的收銀台。

すみません、レジはどこですか。
不好意思，收銀台在哪裡呢？

□ ロボット

機器人

例 ロボットは便利_{べんり}だと思_{おも}います。
我覺得機器人很方便。

ロボットにもできないことはある。
也有機器人做不到的事情。

□ ユーモア

詼諧、幽默（感）

例 彼_{かれ}は優_{やさ}しくてユーモアがあります。
他既溫柔又有幽默感。

ユーモアのある人_{ひと}が好_すきです。
喜歡有幽默感的人。

似 おもしろい 有趣的
反 つまらない 無趣的

□ ビジネス

事務、工作、商業、買賣

例 来年_{らいねん}からビジネスを拡大_{かくだい}する予定_{よてい}だ。
預定從明年開始擴大事業。

新_{あたら}しいビジネスに挑戦_{ちょうせん}するつもりです。
打算挑戰新的事業。

似 商売_{しょうばい} 買賣、生意、商業

外來語

311

□ アドバイス

忠告、建議

例 何_{なに}かアドバイスをお願_{ねが}いできますか。
可以麻煩您給些什麼建議嗎？

彼_{かれ}のアドバイスはいつも的確_{てきかく}だ。
他的建議總是很恰當。

延 意見_{いけん} 意見

□ ファッション

流行（服飾、髪型）、時尚

例 ファッション雑誌_{ざっし}を読_よんで、おしゃれを学_{まな}ぶ。
看流行雜誌，學習打扮。

彼女_{かのじょ}のファッションはいつもすてきです。
她的打扮總是很漂亮。

延 服装_{ふくそう} 服裝
モデル 模特兒

□ スイッチ

開關、電源

例 このスイッチを押_おすと電気_{でんき}がつく。
一按那個開關，燈就會亮。

スイッチが見_みつかりません。
找不到開關。

□ マンション

華廈

例 彼女_{かのじょ}はあのマンションに住_すんでいる。
她住在那幢華廈。

都会_{とかい}のマンションは高_{たか}くて買_かえません。
都市的華廈很貴，買不起。

延 アパート 公寓

□ ストレス

（自己因某些原因產生的）精神壓力

例 最近、ストレスがだいぶ溜まっている。
最近，累積著相當的壓力。

ストレスを解消するために運動する。
為了消解壓力而運動。

延 プレッシャー
（給別人、或別人給的）精神壓力

□ デザイン

設計

例 デザインはいいが、素材が気に入らない。
設計雖然好，但是不喜歡材質。

娘は宝石のデザインを学んでいます。
女兒正在學習珠寶的設計。

似 設計 設計

□ タオル

毛巾

例 タオルを持ってきてください。
請拿毛巾過來。

このタオルはやわらかくて、肌によさそうだ。
這毛巾很柔軟，看起來對肌膚很好。

延 ハンカチ 手帕
バスタオル 浴巾
雑巾 抹布

□ プロ

專門的、專家、專業的、職業

例 将来はプロ野球選手になりたいです。
將來想當職業棒球選手。

プロの考えを聞いてから、決めたい。
想聽專家的考量後再決定。

似 専門家 專家

外來語

313

實力測驗！

**問題 1.（　　　）に入れるものに最もよいものを 1・2・3・4から一つ
えらびなさい。**

1. 寝る前に（　　　）を切ってください。
　①センス　　　　　②チャンス　　　　③スイッチ　　　　④ロッカー

2. 兄は最近（　　　）で太ったようだ。
　①ストレス　　　　②プラン　　　　　③アドバイス　　　④サイズ

3. インターネットの（　　　）をするつもりだ。
　①ビジネス　　　　②ビタミン　　　　③レベル　　　　　④シンプル

4. 掃除してくれる（　　　）がほしいです。
　①カプセル　　　　②ロボット　　　　③チェンジ　　　　④ブログ

5. わたしには彼の（　　　）が理解できない。
　①ステーキ　　　　②シャッター　　　③クリーム　　　　④ユーモア

6. 表紙の（　　　）が気に入って買いました。
　①オーバー　　　　②ブレーキ　　　　③デザイン　　　　④スマート

7. （　　　）の近くに駅や病院があるので、とても便利です。
　①マンション　　　②ダイエット　　　③ビジネス　　　　④アドバイス

8. どんな（　　　）が好きですか。
　①ブーム　　　　　②アニメ　　　　　③アクセント　　　④キャンプ

問題 2. つぎのことばの使い方として最もよいものを一つえらびなさい。

1. レベル

①林さんはユーモアのレベルがあります。

②彼は世界レベルの水泳選手になるだろう。

③古くなったから、新しいレベルを買おう。

④運転するときはレベルを下げたほうがいい。

2. ロッカー

①彼はファッションのロッカーがとてもいい。

②食後のロッカーにケーキを食べましょう。

③もう少し大きいロッカーじゃないと入らない。

④ロッカーのいい食事が大切です。

3. サイズ

①サイズの出しすぎで、警察に捕まった。

②彼女の指輪のサイズが分かりません。

③小さいサイズのアドバイスをお願いします。

④息子は笑いのサイズがあると思う。

外來語

☐ **エンジン**

引擎

例 車のエンジンをかけます。
發動車子的引擎。

エンジンを作動させてください。
請讓引擎發動。

☐ **リサイクル**

資源回收再利用

例 ペットボトルはリサイクルしましょう。
寶特瓶就資源回收吧！

資源ごみはリサイクルするべきだ。
可資源回收的垃圾就應該回收。

延 環境 環境
エコ 生態學、
環保運動
地球 地球

☐ **エネルギー**

能、能量、能源、
精力

例 エネルギーのむだ使いはやめましょう。
停止浪費能源吧！

石油に代わるエネルギーが必要だ。
取代石油的能源是必要的。

延 太陽 太陽

☐ **クリーニング**

清洗、洗衣服

例 布団をクリーニングに出す。
棉被送洗。

スーツのクリーニングは専門店に依頼する。
西裝的清洗委託專門的店家。

延 ドライクリーニング
乾洗

□ エプロン

圍裙

例 母の日にエプロンを贈った。
母親節贈送了圍裙。

エプロンが油で汚れてしまった。
圍裙被油弄髒了。

延 料理 料理、菜餚
専業主婦 家庭主婦

□ メッセージ

問候、口信、留言、電報

例 何かメッセージはありますか。
有什麼留言嗎?

あたたかいメッセージをありがとう。
謝謝你溫暖的留言。

□ ジーンズ

牛仔褲、牛仔裙

例 太ったせいで、ジーンズが履けません。
因為胖了,所以牛仔褲穿不下。

体にぴったりのジーンズが好きだ。
喜歡很貼身的牛仔褲。

似 ジーパン 牛仔褲

□ スマート

瘦的、苗條的、瀟灑、漂亮、時髦

例 夫は昔、スマートだった。
老公以前很瘦。

モデルみたいなスマートな体形になりたい。
想成為像模特兒般瘦瘦的體型。

似 細い 瘦的

□ バランス

均衡、平衡

例 バランスのいい食事をすべきだ。
應該均衡飲食。

祖母はバランスを失って転んでしまった。
祖母失去平衡跌倒了。

□ デザート

甜點

例 女の子はみんなデザートが好きらしい。
女孩子大家好像都喜歡甜點。

食後のデザートは最高です。
飯後的甜點是最棒的。

似 スイーツ 甜點
延 和菓子 日本傳統的甜點
洋菓子 西式點心

□ キャンセル

解約、取消

例 さっきの注文をキャンセルさせてください。
剛才的訂單請讓我取消。

急用でホテルの予約をキャンセルした。
因為有急事，取消飯店的預約了。

□ マナー

禮貌、禮節

例 マナーは守るべきです。
禮節應該遵守。

日本人はマナーがいいと言われています。
大家都説日本人很有禮貌。

似 礼儀 禮節、禮法、禮貌
作法 禮節、禮法、禮貌
延 ルール 規則、規章

□ サラリーマン

薪水階級的上班族

例 父はふつうのサラリーマンです。
父親是普通的上班族。

不景気でサラリーマンはみんな苦しい。
因為不景氣，上班族大家都很辛苦。

似 会社員 公司的職員
延 給料 薪水

□ インターネット

網際網路

例 インターネットで買物する。
用網路購物。

今の生活にインターネットは欠かせません。
現今的生活網路不可或缺。

延 コンピューター 電腦

□ リラックス

鬆弛、放鬆、輕鬆

例 この店はリラックスできる。
這家店能讓人放鬆。

たまにはリラックスしたい。
偶爾想放鬆。

延 マッサージ 按摩
　　レジャー 休閒、閒暇

外來語

□ ドライヤー

乾燥機、吹風機

例 ドライヤーが壊れてしまった。
吹風機壞了。

ドライヤーで娘の髪を乾かす。
用吹風機吹乾女兒的頭髮。

319

□ コンビニ

便利商店

例 コンビニでアイスを買って帰る。
要在便利商店買冰以後回家。

コンビニは２４時間やっているので便利です。
由於便利商店24小時營業，所以很方便。

似 コンビニエンスストア
便利商店
延 年中無休 全年無休

□ アレルギー

過敏

例 生まれつきアレルギーがある。
天生就有過敏。

何かアレルギーはありますか。
對什麼過敏嗎？

□ ダイエット

減肥

例 兄はダイエットを始めたそうだ。
聽說哥哥開始減肥了。

太りすぎだから、ダイエットしよう。
因為太胖了，所以減肥吧！

延 痩せる 痩
太る 胖
体重 體重

□ スピーチ

談話、演說、致詞

例 校長のスピーチは長すぎる。
校長的致詞太長。

最後にスピーチをお願いします。
最後請為我們說一段話。

延 講演 演講、演說

□ スタイル

文體、樣式、型、風采、姿態、身材

例 彼女(かのじょ)はスタイルがとてもいい。
她的身材非常好。

人(ひと)とは違(ちが)うスタイルが好(す)きだ。
喜歡和別人不一樣的類型。

延 格好(かっこう) 外表、姿態
ヘアスタイル 髪型

□ アイロン

熨斗、燙

例 ネクタイにアイロンをかけた。
燙了領帶。

アイロンをかけるのが苦手(にがて)だ。
不太會燙衣服。

□ バイト

工讀、業餘的工作、打工、副業

例 娘(むすめ)はスーパーでバイトしている。
女兒在超市打工。

もっと楽(らく)なバイトがありませんか。
有更輕鬆的打工嗎？

似 アルバイト
工讀、業餘的工作、打工、副業

□ カタログ

型錄

例 最新(さいしん)のカタログをください。
請給我最新的型錄。

カタログを見(み)て決(き)めるつもりだ。
打算看型錄再決定。

實力測驗！

問題 1.（　　　　）に入れるものに最もよいものを 1・2・3・4から一つ
えらびなさい。

1. シャツに（　　　　）がかかっていません。
   ①エンジン　　　　②アイロン　　　　③スマート　　　　④リサイクル

2. うちの学校は（　　　　）をしてはいけません。
   ①バランス　　　　②コンビニ　　　　③デザート　　　　④バイト

3. わたしは（　　　　）をするのが苦手だ。
   ①カタログ　　　　②スピーチ　　　　③エネルギー　　　　④スタイル

4. （　　　　）のせいで、体がかゆいです。
   ①アレルギー　　　②キャンセル　　　③デザイン　　　　④アイロン

5. 音楽を聴いて、（　　　　）します。
   ①ストレス　　　　②ドライヤー　　　③ロッカー　　　　④リラックス

6. 社会の（　　　　）を守ってください。
   ①スピーチ　　　　②クリーニング　　③ダイエット　　　④マナー

7. 前日はもう（　　　　）できません。
   ①キャンセル　　　②エプロン　　　　③インターネット　④エンジン

8. 会社の面接に（　　　　）で行ってはいけない。
   ①ロボット　　　　②ジーンズ　　　　③サイズ　　　　　④メッセージ

問題 2. つぎのことばの使い方として最もよいものを一つえらびなさい。

1. カタログ

   ①カタログを浴びたら、ご飯を食べよう。

   ②このズボンはカタログが合いません。

   ③カタログを見ながら注文しましょう。

   ④病気をしたから、だいぶカタログしてしまった。

2. リラックス

   ①喫茶店にいるとリラックスできる。

   ②仕事はすべてリラックスで済ませました。

   ③今回の注文はリラックスさせてください。

   ④さっきリラックスを送ったので、見てください。

3. リサイクル

   ①温泉に入るとリサイクルできますね。

   ②リサイクルは地球にいいです。

   ③息子と娘が誕生日にリサイクルしてくれた。

   ④リサイクルが届くのを楽しみにしている。

外來語

□ **バーゲン**　特賣

例 このアクセサリーはバーゲンで買った。
這個飾品是在特賣買的。

バーゲンは明日から始まるそうだ。
據説特賣是從明天開始。

似 セール 特賣
　 特売 特賣
延 安い 便宜的

□ **ニュース**　新聞、消息

例 今朝、ニュースを見るのを忘れた。
今天早上，忘記看新聞了。

ニュースでその事故のことを知った。
從新聞得知那個事故了。

延 テレビ 電視
　 ラジオ 收音機
　 マスコミ 大眾傳播、新聞媒體

□ **サイン**　署名、簽字

例 芸能人にサインをもらった。
得到藝人的簽名了。

この書類にサインしてください。
請在這份文件上簽名。

延 印鑑 印鑑、圖章

□ **キャンプ**　露營、兵營、練習營、難民營

例 夏休みに家族でキャンプに出かけた。
暑假全家人出門露營了。

息子はキャンプが大好きです。
兒子非常喜歡露營。

延 テント 帳篷

□ ボーナス

獎金、紅利

例 今年の冬はボーナスが少ないようだ。
今年的冬天獎金好像很少。

来週、ボーナスが支給されるそうだ。
聽説下個禮拜要發放獎金。

延 社長　社長
社員　員工
雇用　雇用

□ エアコン

空調設備

例 たまにはエアコンを掃除しよう。
偶爾清洗空調吧！

エアコンが壊れたから、買い替えた。
因為空調壞掉了，所以買新的了。

延 クーラー　冷氣機
ヒーター　暖氣機、
電熱器

□ ポスター

海報

例 店に特売セールのポスターを貼った。
商店張貼了特賣的海報。

ここにポスターを貼ってはいけません。
這裡不可以張貼海報。

延 広告　廣告
宣伝　宣傳

□ リモコン

遙控器

例 テレビのリモコンが見つからない。
找不到電視機的遙控器。

リモコンで温度を調節する。
用遙控器調節溫度。

延 チャンネル　頻道

外來語

□ コンセント　　　插座

例 コンセントの形は国によって異なる。
插座的形狀會因國家而有所不同。

そのコンセントを抜いてください。
請拔掉那個插座。

□ トレーニング　　　訓練、鍛錬、練習

例 しっかりトレーニングしなさい。
要確實鍛鍊！

あのコーチのトレーニングは厳しい。
那個教練的訓練很嚴格。

似 訓練 訓練
延 練習 練習

□ ボランティア　　　志工

例 何かボランティアをやっていますか。
有在做什麼志工嗎？

積極的にボランティア活動に参加したい。
想積極地參加志工活動。

延 奉仕 服務
　 手伝い 幫忙

□ スピード　　　速度

例 もう少しスピードを落としてください。
請再稍微減速。

彼は仕事のスピードが遅すぎる。
他工作的速度過慢。

似 速度 速度
延 速い 快的
　 早い 早的
　 遅い 慢的

□ ハンドル

方向盤

例 ハンドルはしっかり握[にぎ]りなさい。
要緊握方向盤！

ハンドルから手[て]を放[はな]すな。
手不要離開方向盤！

延 ブレーキ 煞車
　ガソリン 汽油

□ シートベルト

安全帶

例 シートベルトを着用[ちゃくよう]してください。
請繫上安全帶。

シートベルトを締[し]めていてよかった。
有繫上安全帶真是太好了。

延 安全[あんぜん] 安全
　シルバーシート
　博愛座

□ ブーム

蔚為風潮、流行一時、熱潮

例 今[いま]、栄養[えいよう]ドリンクがブームだそうです。
據説現在，營養補給飲料蔚為風潮。

このアニメが世界中[せかいじゅう]でブームらしい。
這部動畫在世界各地好像蔚為風潮。

延 流行[りゅうこう] 流行
　話題[わだい] 話題
　人気[にんき] 受歡迎

□ パジャマ

睡衣

例 夫[おっと]は寝[ね]る時[とき]、パジャマを着[き]ない。
老公睡覺時，不穿睡衣。

新[あたら]しいパジャマを買[か]ってほしい。
想買新的睡衣。

外來語

□ スケジュール

預定計劃表、
日程、程序表、
時間表

例 工事のスケジュールを確認して。
確認一下工程的日程。

スケジュールの管理は秘書に任せている。
日程的管理都是交由祕書。

延 プラン 計畫
スケジュール帳
日程記事本

□ プリント

印刷品、考卷、
講義

例 今からプリントを配ります。
現在開始發講義。

もらったプリントをなくしてしまった。
拿到的講義不見了。

□ ファイル

檔案、文件夾

例 不要なファイルは削除したほうがいい。
不要的檔案刪除比較好。

資料はすべてこのファイルに入れてある。
資料全部放進這個檔案了。

延 データ 資料、情報

□ オーバー

防寒用的外套、
超過

例 このオーバーのサイズはぴったりだ。
這件外套的尺寸剛剛好。

予定の時間をオーバーしています。
超過預定的時間了。

似 コート 大衣、外套
ジャケット 夾克

□ ハンサム

英俊

例 彼は優しくてハンサムだ。
他又溫柔又英俊。

ハンサムすぎる男性は苦手です。
我對太英俊的男性沒辦法。

似 かっこいい 帥氣的

□ ラッシュアワー

交通擁擠時間

例 ラッシュアワーだから混雑している。
因為是交通擁擠時間，所以很混亂。

ラッシュアワーを避けるため、早く出よう。
為了避開交通擁擠時間，早點出門吧！

□ マイナス

減、減號、負號、
陰極、陰性、損
失、負面

例 会社のイメージがマイナスになった。
公司的形象變成負面了。

マイナスかけるマイナスはプラスだ。
負負得正。

反 プラス 加號、正數、
加、加上、陽
性、陽極、好
處

□ アナウンサー

播報員、司儀

例 将来、アナウンサーになりたい。
將來，想成為播報員。

あの人はアナウンサーじゃありませんか。
那個人不就是播報員嗎？

延 ニュース 新聞
番組 節目

實力測驗！

問題 1.（　　　　）に入れるものに最もよいものを 1・2・3・4 から一つ えらびなさい。

1. 今朝は気温がついに（　　　　）になった。
   ①ポスター　　　②エアコン　　　③マイナス　　　④ストレス

2. たまには（　　　）を整理したほうがいい。
   ①ファイル　　　②ハンサム　　　③バーゲン　　　④スタイル

3. 明日の（　　　　）に変更があるそうです。
   ①パジャマ　　　②ラッシュアワー③アレルギー　　　④スケジュール

4. （　　　　）の電池がなくなったから、買ってきて。
   ①プリント　　　②リモコン　　　③スイッチ　　　④センス

5. 新しい車の（　　　　）は軽くて動かしやすい。
   ①ハンドル　　　②ボーナス　　　③キャンプ　　　④ブーム

6. 昨夜、作った（　　　　）を生徒に配ります。
   ①スピード　　　②プリント　　　③ダイエット　　　④ユーモア

7. 大好きな歌手に（　　　　）をもらう時、どきどきした。
   ①オイル　　　②サイン　　　③ランチ　　　④クラブ

8. この店は（　　　　）がきいているから、涼しくて気持ちがいい。
   ①エアコン　　　②ボーナス　　　③セール　　　④バイト

問題 2. つぎのことばの使い方として最もよいものを一つえらびなさい。

1. ブーム
    ①12時ごろいっしょにブームに行きませんか。
    ②彼女はブームで優しくて、人気があります。
    ③この食品は来年ごろブームになると思います。
    ④彼女のブームは長くてつまらなかった。

2. スピード
    ①兄は車のスピードを上げすぎて、事故にあった。
    ②地球のことを考えて、スピードしましょう。
    ③この服とアクセサリーはスピードで買った。
    ④昨日、注文した商品をスピードさせてください。

3. トレーニング
    ①トレーニングを積んで筋肉をつけたい。
    ②わたしはまだトレーニングを食べていません。
    ③彼女はトレーニングはいいが、頭が悪いと思う。
    ④明日の講演会は予定通りトレーニングします。

外來語

實力測驗解答：

運用本書最後的「實力測驗」解答與中文翻譯，

釐清盲點，一試成功。

問題 1.

1.② 将来、金持ちになりたいです。　將來，想成為有錢人。

2.③ 栄養のあるものを食べなさい。　要吃有營養的東西！

3.③ 消費税の値上げに困っている。　為消費税的調漲而苦惱著。

問題 2.

1.③ 昔はみんな貧しかった。　以前大家都很貧窮。

2.④ 具合が悪いので、帰ります。　由於身體狀況不好，所以要回去。

3.① 娘は最近、ピアノに夢中です。　女兒最近迷上鋼琴。

問題 3.

1.② 息子は学校で動物を世話する（係り）になりました。
兒子在學校擔任照顧動物的工作。

2.① わたしは兄弟がいません。（一人っ子）です。
我沒有兄弟姊妹。是獨生子女。

3.④ 明日の（定休日）は休まず、お店を開けます。
明天的公休日不休息，要開店。

問題 4.

1.④ 人は困ったとき、相談する相手が必要だ。
人在困擾的時候，需要有商量的對象。

2.① 涙を拭いてください。　請把淚擦乾。

3.② 来日の目的は何ですか。　來日本的目的是什麼呢？

問題 1.

1. ③　わたしの腕には火傷の跡があります。　我的手腕有燙傷的痕跡。

2. ①　あなたの荷物はこれだけですか。　你的行李只有這個嗎？

3. ①　従兄弟が来月結婚するそうだ。　聽説堂哥下個月要結婚。

問題 2.

1. ②　引き出しが壊れてしまった。　抽屜壞掉了。

2. ④　中古の家を買うつもりです。　打算買中古屋。

3. ②　実家の両親から小包が届きました。　老家的父母親寄來的包裹送到了。

問題 3.

1. ①　そのゲームはもう（売り切れ）です。　那個遊戲已經賣完了。

2. ③　眠くて（あくび）が何度も出る。　很想睡，打了好幾次哈欠。

3. ②　この駅の（通過）時間を調べましょう。　査詢經過這個車站的時間吧！

問題 4.

1. ①　これから友人の見舞いに行く予定です。　接下來預定要去朋友那裡探病。

2. ③　デートの費用はいつも割り勘だ。　約會的費用一直都是均攤。

3. ④　つまらない授業は時間の無駄遣いだ。　無聊的課程是時間的浪費。

問題 1.

1. ② 政策の変更を進めています。　正在推展政策的變更。

2. ④ 娘に恋人ができました。　女兒交男朋友了。

3. ② その宝石は本物ですか。　那個寶石是真品嗎？

問題 2.

1. ④ 彼女はまだ独身のようです。　她好像還是單身。

2. ② ここに書かれている内容をよく読んでください。
　　請好好閱讀這裡所寫的內容。

3. ① お酒を飲みすぎて、吐き気がする。　酒喝太多，想吐。

問題 3.

1. ② この会場に（知り合い）は一人もいません。
　　這個會場裡一個熟人也沒有。

2. ① 本の（感想）を聞かせてください。　請讓我聽聽書的感想。

3. ② たくさん運動して、（体重）を減らしたいです。
　　想做很多運動，減少體重。

問題 4.

1. ② 料金の不足で買えませんでした。　因為費用不夠，沒有辦法買。

2. ③ 気分が悪いので、帰らせてください。
　　由於身體狀況不好，請讓我回家。

3. ③ わたしと姉はとても仲良しです。　我和姊姊非常要好。

問題 1.

1. ③ 直接話す勇気がありません。　沒有直接說的勇氣。
2. ② 祖父は孫ができて、とても喜んだ。　祖父有了孫子，非常高興。
3. ④ 石油の値段はますます上がっている。　石油的價格越來越上漲。

問題 2.

1. ② 年寄りに席をお譲りください。　請讓位給年長者。
2. ④ 表現の方法は自由です。　表現的方式自由。
3. ① 半額だからたくさん買います。　因為半價，所以買很多。

問題 3.

1. ② 最近、顔に（にきび）がたくさんできて困る。
　 最近，臉上長了很多青春痘很困擾。
2. ③ 自分にもっと（自信）を持ちなさい。　自己要更有自信！
3. ④ （月末）なので、お金がありません。　由於月底，所以沒錢。

問題 4.

1. ② 彼女は美人で性格もいい。　她人美，個性又好。
2. ③ 勇気を持って、挑戦します。　抱持勇氣，加以挑戰。
3. ① 欠点のない人はいません。　沒有無缺點的人。

第 05 天

問題 1.

1. ③ 急に雰囲気が悪くなった。　氣氛忽然變差了。
2. ④ 好みの相手ではないが、がまんしよう。
   雖然不是喜歡的對象，但是忍耐吧！
3. ④ 長時間昼寝をしたせいで、夜、眠れなかった。
   都是午覺睡太久害的，晚上睡不著。

問題 2.

1. ① 万一、不合格でも後悔しません。　萬一，就算不及格也不後悔。
2. ③ 違反を3回したら罰金です。　違規3次的話，就要罰錢。
3. ② 彼に対する不満がどんどん増える。　對他的不滿與日俱增。

問題 3.

1. ① アメリカの大統領（選挙）は来月だ。　美國的總統選舉是下個月。
2. ③ 弟は血が苦手だから、（内科）の医師になった。
   弟弟怕血，所以當了內科醫生。
3. ② 娘の旦那さんは（働き者）で優しいそうだ。
   據說女兒的先生既勤勞又溫柔。

問題 4.

1. ① この年で転職をするのは難しい。　這把年紀換工作很難。
2. ③ 予約の取り消しはどのようにしますか。　要如何取消預約呢？
3. ③ 学生しか割引きのサービスはありません。　只有學生有打折優惠。

問題 1.

1. ④ 祖母の白髪を抜いてあげた。　幫祖母拔白頭髮了。

2. ① 週末は野球の応援に行くつもりだ。　週末打算去幫棒球加油。

3. ③ 風邪のせいで頭痛と吐き気がする。　因為感冒，頭痛和想吐。

問題 2.

1. ① 猫の尻尾を踏んでしまった。　踩到貓的尾巴了。

2. ② 講演の会場は満員だった。　演講的會場高朋滿座。

3. ④ 一月の日程はまだ分かりません。　一月的日程還不知道。

問題 3.

1. ① 父の（おなら）はとても臭い。　父親的屁非常臭。

2. ② 今日も（寝坊）で遅刻してしまった。　今天也因睡過頭遲到了。

3. ① 冬になって、（葉）は全部落ちた。　一到冬天，葉子全掉落了。

問題 4.

1. ④ 連休のせいで、ひどい渋滞だ。　因為連休，所以嚴重塞車。

2. ② 忘れ物を取りに帰ります。　要回家拿忘掉的東西。

3. ④ わたしは太くて濃い眉毛が好きです。　我喜歡又粗又濃的眉毛。

實力測驗解答

問題 1.

1. ② 彼はいつまで経っても成長がない。　他不管經過多久都沒有成長。

2. ④ 日常の運動は自分のためになる。　日常的運動變成是為了自己。

3. ③ スケジュールの調整をしなければならない。　非調整行程不可。

問題 2.

1. ① 今回の出張は日帰りです。　這次的出差是當天往返。

2. ③ 妻は節約がとても上手です。　老婆節約有道。

3. ① 虫歯のせいで頬がはれている。　因為蛀牙，臉頰腫腫的。

問題 3.

1. ① 昨日から肩の（痛み）がひどくて、つらい。

從昨天開始肩膀就劇烈疼痛，很難受。

2. ③ ペットの猫に（餌）をやるのを忘れた。　忘記餵寵物貓飼料了。

3. ② （借金）を返すために、一生懸命働いている。

為了償還債務，拚命工作著。

問題 4.

1. ③ 相手の立場に立って考えなさい。　要站在對方的立場思考！

2. ③ 彼の翻訳は間違いが多くて、とても困る。

他的翻譯錯誤很多，非常困擾。

3. ① 今回の結果は予想とはまったく逆のものだった。

這次的結果和預料完全相反。

問題 1.

1. ③　コンビニは銀行の斜め前にあります。　便利商店在銀行的斜前方。

2. ②　天井に大きな傷がある。　天花板上有很大的裂痕。

3. ④　切符は駅の窓口でも買えます。　車票也可以在車站的櫃臺買。

問題 2.

1. ①　砂糖と氷は入れないでください。　請不要加糖和冰塊。

2. ③　うっかり居眠りしてしまった。　一不留神就打瞌睡了。

3. ②　夫は子育てを手伝ってくれます。　丈夫會幫忙帶小孩。

問題 3.

1. ①　息子は水泳の（選手）に選ばれた。　兒子獲選為游泳選手了。

2. ②　彼とは長い（付き合い）だ。　和他交往很久了。

3. ④　大きな地震のせいで（津波）が発生した。　因為大地震引發了海嘯。

問題 4.

1. ①　お住まいはどちらですか。　貴府在哪裡呢？

2. ④　外国人とメールのやり取りは疲れます。　和外國人用電子郵件往來很累。

3. ④　家賃の支払いは済みましたか。　房租付清了嗎？

問題 1.

1. ② 田中君は遅刻が多くて、先生に叱られました。

田中同學常遲到，被老師罵了。

2. ④ 女性の従業員が足りません。　女性的從業人員不足。

3. ④ 新型だからといって、旧型よりいいとは限らない。

雖説是新型，也未必比舊型好。

問題 2.

1. ② 着物の時、下着はつけません。　穿和服時，不穿內衣褲。

2. ① 花模様のドレスが着たいです。　想穿花朵圖案的禮服。

3. ③ 政府は税金をもっと高くしたい。　政府想要把税金提得更高。

問題 3.

1. ② そのコースは（遠回り）だと思います。　我覺得那條路線是繞遠路。

2. ① わたしは（通勤）に３時間もかかります。　我通勤要花到3小時。

3. ② 娘は学校の（代表）として、コンクールに出席した。

女兒以學校代表之身分，出席了比賽。

問題 4.

1. ③ 方向は一つだけではありません。　方向不只一個。

2. ① 大型の冷蔵庫がほしいです。　想要大型的冰箱。

3. ② 床屋はこの道の突き当たりにあります。　理髮廳在這條道路的盡頭。

問題 1.

1. ① お父さんの背中は温かいです。　父親的背很溫暖。

2. ③ 今度の問題はあまり難しくなかった。　這次的問題不太困難。

3. ② 健康のために、味が濃いものは食べません。

為了健康，不吃味道重的東西。

問題 2.

1. ② 光が眩しくて、目を閉じた。　光線很刺眼，眼睛閉了起來。

2. ② 姉は成績がよくて羨ましいです。　姊姊成績很好，令人羨慕。

3. ③ お風呂の湯が温いので、熱くしてください。

由於浴池的熱水溫溫的，所以請加熱。

問題 3.

1. ③ 恋人の態度が少し（おかしい）と感じた。　感覺到情人的態度有些奇怪。

2. ③ 昨日から（忙し）くて、あまり休んでいない。

從昨天開始就很忙，沒什麼休息。

3. ② わたしと彼は（親しい）関係です。　我和他是親密的關係。

問題 4.

1. ③ 最近、夫の行動が怪しい。　最近，老公的行動很可疑。

2. ③ ロボットは人間より賢いと思います。　我覺得機器人比人類聰明。

3. ① 毎朝、弁当を作るのは面倒くさい。　每天早上，做便當很麻煩。

問題 1.

1. ② 夜は危ないですから、一人で歩かないで。

晚上很危險，所以不要一個人走路。

2. ④ まだ夕方ですが、とても眠いです。　還只是黃昏，但非常想睡。

3. ② 母は最近痩せたから、スカートが緩いそうだ。

聽說媽媽最近因為瘦了，所以裙子很鬆。

問題 2.

1. ③ 父は若いとき、パイロットになりたかったそうだ。

據說父親年輕的時候，想成為飛行員。

2. ② 医者から辛いものを食べるなと言われた。　被醫生說「不要吃辣的東西！」

3. ② この馬は大人しいから、安心してください。

這匹馬很溫馴，所以請放心。

問題 3.

1. ③ 別れた彼氏のことがとても（恋しい）です。　非常懷念分手的男朋友。

2. ② 苦瓜は（苦い）といっても、体にいいです。

苦瓜雖說苦，但是對身體很好。

3. ② 卒業式に（みっともない）服を着てこないで。

畢業典禮時別穿不成體統的衣服來。

問題 4.

1. ② 母は礼儀作法にたいへん喧しい。　母親對禮節規矩非常嚴格。

2. ② 彼女は服装も歩き方もだらしない。　她不管服裝或走路方式都很邋遢。

3. ④ しつこい汚れには、これがよく効きます。

對於頑強的汙垢，這個很有效。

問題 1.

1.② デパートは騒々(そうぞう)しくて、好きではありません。
百貨公司吵吵鬧鬧的，不喜歡。

2.① ここ数日(すうじつ)はかなり蒸(む)し暑(あつ)くなります。　這幾天變得相當悶熱。

3.④ あの新人(しんじん)は仕事(しごと)が速(はや)くていいです。　這個新人工作又快又好。

問題 2.

1.② 息子(むすこ)は足(あし)が鈍(のろ)くて、いじめられた。　兒子跑很慢，所以被欺負了。

2.① 次(つぎ)はもっと険(けわ)しい山(やま)に挑戦(ちょうせん)したい。　下次想挑戰更險峻的山。

3.③ もう少(すこ)し詳(くわ)しく聞(き)かせてください。　請說得再稍微詳細一點給我聽。

問題 3.

1.② そんなに（ずうずうしい）と嫌(きら)われますよ。
那麼地厚臉皮，會被討厭喔！

2.② 上司(じょうし)から（ありがたい）助言(じょげん)をいただきました。
從上司那裡得到了寶貴的建議。

3.② 目(め)が（痒(かゆ)い）から、目薬(めぐすり)を買(か)ってきます。
因為眼睛很癢，所以要去買眼藥水。

問題 4.

1.③ この学校(がっこう)の規則(きそく)はじつにくだらないと思(おも)う。
我覺得這個學校的校規實在很無聊。

2.① 選挙(せんきょ)のとき、この国(くに)はとても騒(さわ)がしくなる。
選舉的時候，這個國家會變得非常吵雜。

3.④ 猫(ねこ)は聴覚(ちょうかく)がとても鋭(すると)いそうです。　據說貓的聽覺非常敏銳。

問題 1.

1. ③　もっと<ruby>謙虚<rt>けんきょ</rt></ruby>になりなさい。　要更謙虚！

2. ③　<ruby>猫<rt>ねこ</rt></ruby>が<ruby>捨<rt>す</rt></ruby>てられていて、<ruby>可哀想<rt>かわいそう</rt></ruby>だった。　貓咪被棄養，很可憐。

3. ①　<ruby>海<rt>うみ</rt></ruby>の<ruby>風<rt>かぜ</rt></ruby>は<ruby>爽<rt>さわ</rt></ruby>やかだった。　海風很舒爽。

問題 2.

1. ②　<ruby>偉大<rt>いだい</rt></ruby>な<ruby>両親<rt>りょうしん</rt></ruby>を<ruby>持<rt>も</rt></ruby>った<ruby>子供<rt>こども</rt></ruby>はたいへんだ。　有偉大雙親的小孩很辛苦。

2. ③　<ruby>無駄<rt>むだ</rt></ruby>な<ruby>抵抗<rt>ていこう</rt></ruby>はやめなさい。　不要做無謂的抵抗！

3. ①　いい<ruby>加減<rt>かげん</rt></ruby>な<ruby>作文<rt>さくぶん</rt></ruby>なら、<ruby>書<rt>か</rt></ruby>かないほうがいい。
　　　如果是隨隨便便的作文，不如不要寫。

問題 3.

1. ②　いつまでも（<ruby>曖昧<rt>あいまい</rt></ruby>）な<ruby>関係<rt>かんけい</rt></ruby>は<ruby>嫌<rt>いや</rt></ruby>です。　討厭沒完沒了的曖昧關係。

2. ②　わたしの<ruby>生活<rt>せいかつ</rt></ruby>は（<ruby>平凡<rt>へいぼん</rt></ruby>）だが、<ruby>安定<rt>あんてい</rt></ruby>していると<ruby>思<rt>おも</rt></ruby>う。
　　　我覺得我的生活雖然平凡，但是很安定。

3. ②　<ruby>新<rt>あたら</rt></ruby>しい<ruby>家<rt>いえ</rt></ruby>は<ruby>静<rt>しず</rt></ruby>かで（<ruby>快適<rt>かいてき</rt></ruby>）です。　新家既安靜又舒適。

問題 4.

1. ③　どこの<ruby>国<rt>くに</rt></ruby>にもいい<ruby>人<rt>ひと</rt></ruby>と<ruby>嫌<rt>いや</rt></ruby>な<ruby>人<rt>ひと</rt></ruby>がいるものだ。
　　　不管哪個國家，都有好的人和討厭的人。

2. ④　やりたい<ruby>仕事<rt>しごと</rt></ruby>が<ruby>見<rt>み</rt></ruby>つかって、ほんとうに<ruby>幸<rt>しあわ</rt></ruby>せだ。
　　　找到想做的工作，真是幸福。

3. ④　うちの<ruby>社長<rt>しゃちょう</rt></ruby>はけちで、<ruby>無駄<rt>むだ</rt></ruby>が<ruby>大嫌<rt>だいきら</rt></ruby>いだ。
　　　我們社長很小氣，最討厭浪費。

問題 1.

1. ④ 将来は立派な大人になってほしい。　希望將來成為有為的大人。

2. ② いつまでも呑気に遊んでいると、合格しませんよ。
   如果老是悠哉地遊玩，會考不上喔！

3. ② 旅行に行くから、冷蔵庫のなかを空っぽにした。
   因為要去旅行，所以把冰箱裡面清空了。

問題 2.

1. ② 勉強は苦手だから、コックになろうと思う。
   因為不擅於讀書，所以我想就當廚師吧！

2. ③ 山田くんは意地悪だから、大嫌いです。
   山田同學心地不好，所以非常討厭他。

3. ③ 暇なとき、お電話ください。　有空的時候，請給我電話。

問題 3.

1. ② 彼とお酒を飲むのは（愉快）で最高だ。　和他喝酒很愉快，太開心了。

2. ④ 残念だが、（満足）な結果は得られなかった。
   很遺憾，無法得到滿意的結果。

3. ③ 今度の引っ越し先は駅から遠くて（不便）だ。
   這次搬家的地點離車站很遠，不方便。

問題 4.

1. ① その理論が妥当かどうか、調べてみましょう。
   查查看那個理論妥不妥當吧！

2. ③ 彼は何でもほしがる欲張りな人間です。　他是什麼都想要的貪心的人。

3. ③ あの政治家の言うことはでたらめばかりだ。
   那位政治家所言全是胡說八道。

實力測驗解答

問題 1.

1. ③ 休みの日は退屈で仕方がない。　放假的日子無聊到不行。

2. ② 誠実な対応に感謝します。　感謝誠懇的對待。

3. ① 娘は器用だから、将来デザイナーになるかもしれない。
女兒的手很靈巧，説不定將來會成為設計師。

問題 2.

1. ① 彼女は最近、朗らかに笑うようになった。　她最近，變得會開朗地笑了。

2. ① どこからか不快な匂いがします。　不知道從哪裡傳來不舒服的味道。

3. ④ 得意なスポーツは何ですか。　擅長的運動是什麼呢？

問題 3.

1. ③ 努力家の彼が成功するのは（当たり前）だ。
實幹家的他會成功是理所當然的。

2. ② 家を買うのだから、（気楽）には決められない。
因為是買房子，所以無法輕鬆決定。

3. ③ 上司のアドバイスはいつも（適切）で信用できる。
主管的建議總是既恰當又可信。

問題 4.

1. ③ あんな生意気な新人には教えたくない。
對那種狂妄的新人，我不想教導。

2. ① それは明らかにわたしのミスです。　那個顯然就是我的疏失。

3. ② 売り場の女性から強引に買わされたそうだ。
據説被賣場的女性強迫買了。

問題 1.

1. ②　わたしのことをもっと信じてください。　請再更信任我。

2. ④　スポーツは筋肉の発達に役立つ。　運動有助於肌肉的發育。

3. ①　現金じゃなく、クレジットカードで払います。
　　不是用現金，是要用信用卡支付。

問題 2.

1. ②　この秘密はかならず守ってくださいね。　請務必保守這個祕密喔！

2. ②　バッグを盗まれないようにしっかり握った。
　　為了不讓包包被偷走，緊緊地握著了。

3. ③　今、行き方を調べている最中です。　現在，正在查詢去的方法中。

問題 3.

1. ①　今から練習したとしても、あの強いチームには（勝てない）だろう。
　　即使現在開始練習了，也贏不了那個強隊吧！

2. ③　小学生の時から（飼って）いた犬が死んでしまった。
　　小學時開始飼養的狗死掉了。

3. ②　スープが冷めてしまったので、（温めて）ください。
　　由於湯冷掉了，所以請加熱。

問題 4.

1. ③　これは小さい子が好む味だと思います。　我覺得這是小朋友喜歡的味道。

2. ③　手伝ってもらって、ほんとうに助かりました。　得到協助，真是得救了。

3. ②　宿題を友達に手伝ってもらいました。　功課請朋友幫忙了。

第 17 天

問題 1.

1. ① 彼は考え方を変えるべきだ。　他應該改變想法。
2. ③ 娘はアメリカ人に英語を教わっている。　女兒正跟美國人學習英語。
3. ② こちらの用事が終わったら、すぐ参ります。

這邊的事情一結束，馬上過去。

問題 2.

1. ③ 上司に初めて奢ってもらった。　第一次讓主管請客了。
2. ② アルバイトで新聞を配っています。　打工配送報紙。
3. ④ その眼鏡、すごく似合っていますよ。　那副眼鏡，非常適合喔！

問題 3.

1. ② 旅館に荷物を（預けて）から、食事に行きましょう。

行李寄放在旅館後，去吃飯吧！

2. ② 優秀な兄と（比べる）のは、やめてほしい。

希望不要和優秀的哥哥比較。

3. ① しょっちゅう授業を（サボる）ので、先生に叱られた。

由於經常翹課，所以被老師罵了。

問題 4.

1. ① 傷口の痛みは感じなくなりましたか。　傷口的疼痛，已經感覺不到了嗎？
2. ③ ビールが足りないから、追加してください。

因為啤酒不夠，所以請追加。

3. ③ 父は厳しいが、いろいろ得ることは多い。

父親雖然嚴格，但是受益良多。

問題 1.

1. ① ここにごみを捨てないでください。　這裡請勿丟棄垃圾。

2. ② 彼は突然、わたしたちの前に現れた。　他突然，出現在我們的前面了。

3. ① 誰かがわたしの自転車を動かしたようだ。　好像有誰移動了我的腳踏車。

問題 2.

1. ④ 若い頃、俳優の仕事に憧れていました。
　　 年輕的時候，嚮往著演員的工作。

2. ① この台詞を繰り返し読んで、覚えなさい。　要反覆讀這台詞，記下來！

3. ③ 高校生が席を譲ってくれました。　高中生讓位給我了。

問題 3.

1. ① 会社を（辞めて）、留学することにしました。
　　 決定辭掉公司的工作，去留學了。

2. ③ どんなことでも、長く（続ける）ことが大事だと思います。
　　 我覺得不管什麼樣的事情，長久持續是重要的。

3. ② 今までのやり方を（改めた）ほうがいいですよ。
　　 改掉至今的做法比較好喔！

實力測驗解答

問題 4.

1. ③ もう一度内容を確かめてから、見せてください。
　　 請再查明一次內容後，讓我看看。

2. ① あの山を越えるのは、簡単なことではないですよ。
　　 要越過那座山，不是簡單的事喔！

3. ② 寝坊して、いつもの電車に間に合わなかった。
　　 睡過頭，錯過了平常的電車了。

問題 1.

1. ② 前の角を曲がると、コンビニがあります。

前面的轉角一轉彎，就有便利商店。

2. ② ここから優秀な人材が育っていった。　從這裡，培養出優秀的人才。

3. ① 夫の部長就任を祝って、乾杯した。　慶祝丈夫就任部長，乾杯了。

問題 2.

1. ④ 大雨のせいで、山の岩が落ちたそうだ。

據説因為大雨，山的岩石掉下來了。

2. ② 彼女はお金を多く稼ぐために、夜の仕事をしている。

她為了多掙錢，也做晚上的工作。

3. ③ インターネットで買った商品がまだ届かない。

在網路上買的商品還沒有送到。

問題 3.

1. ② すみませんが、席を（外して）くれませんか。

不好意思，可以請您離席嗎？

2. ② リーダーがいなかったせいで、試合に（負けて）しまった。

因為領隊不在，所以比賽輸了。

3. ② 娘はどんどん夫に（似て）くるようだ。　女兒好像越來越像老公了。

問題 4.

1. ② もう少し勉強時間を増やす必要がある。

有必要再多增加一點讀書的時間。

2. ④ このサークルで多くの仲間と知り合うことができた。

在這個社團結識了很多夥伴。

3. ② 佐藤くんの投げたボールが頭に当たった。　佐藤同學投的球打到頭了。

問題 1.

1. ① 新しい社員を迎えるための準備をした。
為了迎接新的員工，做了準備了。

2. ④ 魚が腐った匂いがしませんか。　有沒有聞到魚臭掉的味道呢？

3. ② 卵を2個割ってください。　請打2顆蛋。

問題 2.

1. ③ 片づけるのを手伝ってもらえますか。　可以幫忙整理嗎？

2. ① 空き缶を投げて、先生に叱られた。　投擲空罐，被老師罵了。

3. ② 赤ちゃんに毛が生えてきました。　嬰兒頭髮長出來了。

問題 3.

1. ① 上司から計画を（見直す）ようにと厳しく言われた。
被上管嚴厲地說要重新檢討計畫了。

2. ② 受験票は明日から（受け付ける）そうだ。　據說准考證從明天開始受理。

3. ③ 気がついたら、もう夜が（開けて）いた。　猛然發現，天已經亮了。

問題 4.

1. ③ 水を止めるのを忘れて、溢れてしまった。　忘記關水，滿出來了。

2. ③ 現金がないので、小切手で支払った。　由於沒有現金，用支票支付了。

3. ④ 部品を組み立てて、簡単なコンピューターを作った。
組合零件，做了簡單的電腦了。

問題 1.

1. ③　ペンキはすぐに乾いてしまう。　油漆馬上乾掉了。

2. ②　部長のシャツは汗で汚れている。　部長的襯衫因為流汗弄髒了。

3. ④　あまり飲みすぎると、酔って帰れなくなるよ。
　　　如果喝太多的話，就會酒醉回不了家喔！

問題 2.

1. ②　息子はペットにたくさんの愛情を注いだ。　兒子對寵物灌注了許多的愛。

2. ②　「お願い。わたしのことをもっと強く抱いて」
　　　「拜託。更用力抱我。」

3. ①　タイでは子供の頭を撫でてはいけないそうだ。
　　　據説在泰國，不可以摸小孩的頭。

問題 3.

1. ③　引っ越しの時、棚を（ひっくり）返してしまった。
　　　搬家的時候，把櫃子弄倒了。

2. ①　母はわたしのことをずっと（支えて）くれている。
　　　母親一直支撐著我的事情。

3. ②　怒りを（抑える）ことができず、相手を殴ってしまった。
　　　無法抑制住怒氣，揍了對方一頓。

問題 4.

1. ②　さっき薬を飲んだから、もうすぐ効いてくるはずだ。
　　　剛剛吃過藥了，所以應該很快就會奏效。

2. ④　2人の関係を続けることは不可能だ。　要持續2個人的關係是不可能的。

3. ①　あなたへの熱い想いを抑えることはできません。
　　　無法抑制住對你熱切的想念。

問題 1.

1. ① 大雨のせいで下着まで濡れてしまった。
   都是下大雨害的，連內衣褲都濕了。

2. ② 肉を焼くのは夫の担当です。　烤肉是老公負責的工作。

3. ③ 溢さないで食べなさい。　不要吃得到處都是！

問題 2.

1. ② 彼はすばらしい結果を残した。　他留下了了不起的成果。

2. ① 息子は夫の靴を磨いてあげた。　兒子幫忙擦了老公的鞋子。

3. ① 今夜はラーメンなので、ご飯は炊きません。
   由於今晚是拉麵，所以不煮飯。

問題 3.

1. ② 赤に青を（混ぜる）と、紫色になります。
   把藍色摻進紅色，就會變成紫色。

2. ④ 山がどんどん（崩されて）、自然が失われていく。
   山不斷被摧毀，自然漸漸消失。

3. ② 子供は親の影響を（受け）やすいものです。
   小孩當然容易受父母親的影響。

問題 4.

1. ③ ワインをきれいな布で包んで、プレゼントした。
   用漂亮的布把紅酒包起來，送禮了。

2. ③ 栗の皮はなかなか剥けません。　栗子皮很難剝。

3. ① 教師は子供たちの才能を伸ばすよう、努力するべきだ。
   老師應該為擴展孩子們的才能而努力。

問題 1.

1. ② 来月からアルバイトを雇うことにした。　決定從下個月開始雇用工讀生。

2. ② 床にビニールを敷いて座りましょう。
在地板上鋪上塑膠，坐下來吧！

3. ① 最近はぜんぜん晴れないから、洗たく物がよく乾かない。
最近完全沒有放晴，所以洗的衣物沒有很乾。

問題 2.

1. ④ 豚肉の塊を糸で縛ってから、醤油と砂糖で煮た。
用繩子把豬肉塊綁起來後，用醬油和糖熬煮了。

2. ① 猫が鳥を追っています。　貓正追著鳥。

3. ③ 寒さで手が震えて、コップが持てない。　因寒冷手顫抖，無法拿杯子。

問題 3.

1. ② 選手が（揃わない）ので、試合が始められない。
由於選手沒有到齊，所以比賽無法開始。

2. ② 旅行に行って帰ってきたら、家の中が（散らかって）いた。
去旅行一回來，家裡亂成一團。

3. ③ 壁の色が（剥げて）いるから、白く塗りましょう。
牆壁的顏色剝落了，所以把它漆成白色吧！

問題 4.

1. ① 勉強を怠けてばかりいたら、合格しないよ。
讀書光是偷懶的話，會不及格喔！

2. ② 濡れている手をハンカチで拭きました。　用手帕擦拭濕掉的手了。

3. ④ このグラフは今月の売り上げを示しています。
這個圖表顯示著這個月的銷售額。

問題 1.

1. ③　ブラシで靴を擦ってください。　請用刷子擦鞋。

2. ②　二人はこっそりと手を繋いだ。　兩個人偷偷地牽手了。

3. ①　籠の中の鳥を放した。　放了籠中的鳥。

問題 2.

1. ①　土の中にごみを埋めないでください。　請不要把垃圾埋在土裡。

2. ④　長い時間雨にぬれて、錆びてしまった。　長時間被雨淋濕，生鏽了。

3. ③　もう少し細かく刻んでもらえますか。　可以幫我再切碎一點嗎？

問題 3.

1 ③　隣の住人が（騒いで）いて、うるさくて眠れない。
隔壁住戶吵吵鬧鬧，吵得我睡不著。

2. ①　水をそんなに（流して）洗うな。　不要讓水那樣流著洗！

3. ③　正しいと思うものを丸で（囲んで）ください。
請把覺得正確的答案用圓圈圈起來。

問題 4.

1. ③　この荷物を下に移していただけますか。
可以幫我把這件行李移到下面嗎？

2. ①　試合をするなら、強い選手を揃えなければならない。
比賽的話，非備齊強的選手不可。

3. ②　テストの時、教科書は閉じてください。
考試的時候，請把教科書闔起來。

問題 1.

1. ② 学校の遠足で芋を掘った。　在學校遠足時挖了地瓜。

2. ③ 娘は病院に行くのを嫌がった。　女兒討厭去醫院。

3. ① まず鶏肉を蒸してください。　請先蒸雞肉。

問題 2.

1. ③ 悪いことをしたから、母に尻を叩かれた。
因為做了壞事，被媽媽打屁股了。

2. ① ご飯に海苔を巻いてください。　請在飯上包上海苔。

3. ② 歯を削る音が苦手です。　很怕磨牙齒的聲音。

問題 3.

1. ① 父は病気がまだ（治って）いないのに、会社へ行きました。
父親病還沒有痊癒，卻去了公司。

2. ③ 地震で花瓶が（割れて）しまった。　因地震花瓶破了。

3. ② お風呂はもう（沸かして）ありますよ。　洗澡水已經燒好了喔！

問題 4.

1. ② 母はわたしを自転車の後ろに乗せた。
媽媽讓我坐在腳踏車的後座了。

2. ③ 家の前には小さな川が流れています。　家的前面有小的河川流著。

3. ④ 参加者は女性に限る。　參加者限女性。

第 **25** 天

問題 1.

1. ② これは髭を剃るための道具です。　這是剃鬍子的工具。

2. ④ 急いで食べたから、喉に詰まってしまった。
因為急著吃掉，所以卡在喉嚨了。

3. ② いちごを潰して、ジャムを作りましょう。　壓碎草莓，做果醬吧！

問題 2.

1. ① 出張に備えて、大きめの鞄を買った。
為出差做準備，買了比較大的包包。

2. ② 兄は最近、ゴルフに凝っている。　哥哥最近，熱衷於高爾夫球。

3. ② 塩は日常生活に欠くことができない。　鹽是日常生活中不可或缺的東西。

問題 3.

1. ② 靴のひもを（解く）のを手伝ってもらえますか。　可以幫忙解開鞋帶嗎？

2. ④ 今日はたくさん歩いたから、（くたびれて）しまった。
今天走很多路，所以累癱了。

3. ① 仕事が（片づく）までは、帰れません。　工作直到完成為止，不能回家。

問題 4.

1. ③ ある国では道につばを吐くと、罰金です。
在有些國家，在路上吐口水的話會被罰錢。

2. ① 携帯電話の使用は控えてください。　請節制使用行動電話。

3. ④ これで駄目なら、別の方法を用いてやってみよう。
如果這樣不行的話，用別的方法做做看吧！

問題 1.

1. ② 犬に部屋の中を散らかされた。　房間裡面被狗弄得亂七八糟了。

2. ① 兄は京都の有名な大学に通っています。
　　哥哥在京都知名的大學讀書。

3. ④ その髪型はわたしに合うと思いますか。　覺得那個髮型適合我嗎？

問題 2.

1. ① 彼は地位も名誉も失った。　他不管地位或是名譽都失去了。

2. ② 大雪のせいで、車がぜんぜん動かない。
　　因為大雪，車子一動也不動。

3. ④ 台風で大きな木がたくさん倒れました。　因為颱風，許多大樹都倒了。

問題 3.

1. ② 背中と腰がかゆいから、（掻いて）ください。
　　因為背和腰很癢，所以請抓一抓。

2. ④ 面白くないなら、無理して（笑う）な。
　　如果不有趣的話，不要勉強笑！

3. ③ 次回は優勝を（狙って）、がんばります。
　　下次會以冠軍為目標，好好努力。

問題 4.

1. ③ 人のことを指で指すな。　不要用手指指別人！

2. ① 来月から、水泳を習うことにしました。
　　決定從下個月開始學習游泳了。

3. ④ 洗った服を干すから、手伝ってください。
　　因為我要曬洗好的衣服，所以請幫忙。

問題 1.

1. ① プレゼントのリボンを解いた。 解開禮物的緞帶了。

2. ④ 息子は夢を抱いてアメリカへ飛んだ。 兒子懷抱著夢想飛往美國了。

3. ② 隣の人の足を踏んでしまった。 踩到旁邊人的腳了。

問題 2.

1. ③ クラスメイトから突然、手紙を渡された。
從同班同學那裡，突然收到了信。

2. ② パーティーでいっしょに踊りませんか。 要不要在宴會一起跳舞呢？

3. ③ 秘書にスケジュールの管理を頼んだ。 委託祕書管理行程了。

問題 3.

1. ② 市長は積極的に町の建設を（進めて）いる。
市長積極地推展著城鎮的建設。

2. ① 今夜、同僚と居酒屋で（飲む）ことになった。
決定今晚和同事在居酒屋喝了。

3. ② 秘書がタクシーを（呼んで）くれた。 祕書幫我叫計程車了。

問題 4.

1. ② 空にたくさんの星が輝いています。 天空中繁星閃耀。

2. ④ もうそんなに怒らないで。 請不要再那麼生氣了。

3. ③ 子供たちは家の庭で遊んでいます。 孩子們在家裡的庭園遊玩著。

第 29 天

問題 1.

1. ② 警察は彼を<ruby>疑<rt>うたが</rt></ruby>っているようだ。　警察好像懷疑著他。

2. ① <ruby>急<rt>いそ</rt></ruby>いで<ruby>注文<rt>ちゅうもん</rt></ruby>の<ruby>商品<rt>しょうひん</rt></ruby>を<ruby>納<rt>おさ</rt></ruby>めた。　快速地把訂購的商品收起來了。

3. ④ <ruby>困<rt>こま</rt></ruby>ったことがあれば、<ruby>言<rt>い</rt></ruby>ってください。
如果有傷腦筋的事情，請説。

問題 2.

1. ① <ruby>上司<rt>じょうし</rt></ruby>の<ruby>指示<rt>しじ</rt></ruby>に<ruby>従<rt>したが</rt></ruby>えないなら、<ruby>辞<rt>や</rt></ruby>めなさい。
如果不能聽從上司的指示的話，辭職吧！

2. ② どんなに<ruby>走<rt>はし</rt></ruby>っても、<ruby>間<rt>ま</rt></ruby>に<ruby>合<rt>あ</rt></ruby>わないと<ruby>思<rt>おも</rt></ruby>う。
我覺得不管再怎麼跑，都來不及。

3. ② <ruby>最初<rt>さいしょ</rt></ruby>の<ruby>約束<rt>やくそく</rt></ruby>とぜんぜん<ruby>違<rt>ちが</rt></ruby>う。　和一開始的約定完全不同。

問題 3.

1. ② <ruby>雨<rt>あめ</rt></ruby>が（<ruby>止<rt>や</rt></ruby>んだ）ら、<ruby>自転車<rt>じてんしゃ</rt></ruby>でスーパーへ<ruby>行<rt>い</rt></ruby>こう。
雨停了的話，騎腳踏車去超級市場吧！

2. ② <ruby>日本<rt>にほん</rt></ruby>のラッシュアワーにはなかなか（<ruby>慣<rt>な</rt></ruby>れ）ない。
很不習慣日本的交通擁擠時間。

3. ④ クリスマスのために、<ruby>部屋<rt>へや</rt></ruby>を（<ruby>飾<rt>かざ</rt></ruby>り）ましょう。
為了聖誕節，裝飾房間吧！

問題 4.

1. ① ほんとうに<ruby>呆<rt>あき</rt></ruby>れた<ruby>話<rt>はなし</rt></ruby>だと<ruby>思<rt>おも</rt></ruby>いませんか。　不覺得真的很不像話嗎？

2. ③ <ruby>一週間<rt>いっしゅうかん</rt></ruby>の<ruby>休<rt>やす</rt></ruby>みを<ruby>取<rt>と</rt></ruby>りたいんですが。　想請一個星期的休假……。

3. ③ <ruby>彼<rt>かれ</rt></ruby>はよくない<ruby>商売<rt>しょうばい</rt></ruby>で<ruby>大金<rt>たいきん</rt></ruby>を<ruby>収<rt>おさ</rt></ruby>めたらしい。
他好像用不正經的買賣獲得了鉅款。

問題 1.

1. ③ 自分のことを語るのは初めてのことです。
談自己的事情還是第一次。

2. ② 下着は自分で洗います。　內衣褲自己洗。

3. ① もうこれ以上、争わないでください。　請不要再做更多爭論了。

問題 2.

1. ① 親の許しを得ないと、外泊できない。
一旦沒有得到父母親的許可，就不能外宿。

2. ③ 緊急時こそ、慌てず行動しなさい。
緊急的時候，才正是要不慌張地行動！

3. ① 今度の台風で大きな被害が生じた。
因為這次的颱風，產生了巨大的災害。

問題 3.

1. ① 姉は九州の病院に（勤める）ことになった。
姊姊決定在九州的醫院工作了。

2. ② 祖母は（亡くなる）前に、遺書を残した。
祖母在去世之前，留下了遺書。

3. ② 台本を全部（暗記）するのは大変だ。　要把劇本全部背起來很辛苦。

問題 4.

1. ③ 工場の前に車を止めてください。　請把車停在工廠前面。

2. ① ここから眺める景色は最高です。　從這裡眺望景色是最棒的了。

3. ③ 友達にお金を貸すべきではない。　不應該把錢借給朋友。

實力測驗解答

問題 1.

1. ③ 人を騙すことは悪いことです。　欺騙別人是不好的事情。

2. ② 今年は桜の咲くのが遅かった。　今年櫻花開得晚了。

3. ① 同僚は家庭の問題を抱えて、困っている。
   同事有家庭的問題，很困擾。

問題 2.

1. ① コンピューターを運ぶのを手伝ってください。　請幫忙搬電腦。

2. ③ あの先生はとてもいい例を挙げてくれる。
   那位老師為我們舉非常好的例子。

3. ③ 結婚したら、大きい家を建てたい。　結婚以後，想蓋大的房子。

問題 3.

1. ④ 治安の悪い場所を（避けて）、家に帰る。　避開治安不好的場所回家。

2. ① 自分の力を（試す）ために、試験を受けるつもりだ。
   為了測試自己的實力，打算應考。

3. ① このカメラは誕生日に父から（もらった）ものだ。
   這台照相機，是生日時從父親那邊得到的東西。

問題 4.

1. ① その話題になると、彼はいつも黙っている。
   一碰到那個話題，他總是默不作聲。

2. ④ 知らない土地で道に迷ってしまった。　在不知道的地方迷路了。

3. ① スープに醤油を加えます。　把醬油加到湯裡。

問題 1.

1. ① ペンキが乾_{かわ}いてないので、触_ふれないでください。

由於油漆還沒乾，所以請勿觸摸。

2. ① 空_{そら}が急_{きゅう}に曇_{くも}ってきた。　天忽然變陰了。

3. ④ 雪_{ゆき}の影響_{えいきょう}で、この道_{みち}は通_{とお}れないようだ。

受到下雪的影響，這條道路好像不能通行了。

問題 2.

1. ② 卒業_{そつぎょう}したら親_{おや}に頼_{たよ}らず、生活_{せいかつ}するつもりだ。

畢業後，打算不依賴父母生活。

2. ② わたしの部屋_{へや}はベッドがほとんどを占_しめている。

我的房間幾乎被床鋪占據。

3. ③ 正月_{しょうがつ}は寝_ねてばかりいたから、だいぶ太_{ふと}った。

新年光睡覺，所以變得相當胖。

問題 3.

1. ② 祖父_{そふ}はたった一人_{ひとり}で（暮_くらして）います。　祖父只有一個人生活著。

2. ① 今回_{こんかい}のミスについては、彼一人_{かれひとり}を（責_せめる）べきではない。

有關這次的失誤，不應該只責怪他一個人。

3. ② 今日_{きょう}は朝_{あさ}からトイレに行_いくのも（忘_{わす}れる）ほど忙_{いそが}しかった。

今天從早上開始就忙到連上廁所都忘了。

問題 4.

1. ① 寒_{さむ}さを防_{ふせ}ぐために、厚_{あつ}いコートを着_きた。　為了禦寒，穿了厚的外套。

2. ② 窓_{まど}から冷_{つめ}たい風_{かぜ}が入_{はい}って、気持_{きも}ちがいい。　涼風從窗戶進來，很舒服。

3. ④ そろそろ店_{みせ}を閉_しめましょう。　差不多該關店了吧！

問題 1.

1.④　弟は毎月少しずつ蓄えて、家を建てた。
弟弟每個月一點一滴地儲蓄，蓋了房子。

2.①　ホテルの部屋は湖に面しています。　飯店的房間面著湖。

3.②　お客様には礼儀正しく接するべきだ。　對客人應該有禮貌地接待。

問題 2.

1.①　わたしは外国人の友達を家に招いた。
我邀請外國的朋友到我們家了。

2.③　いつも同じだから、飽きてしまった。　老是一樣，所以厭煩了。

3.④　その役は彼を除いて適当な人はいない。
那個工作除了他，沒有合適的人。

問題 3.

1.③　夫は時間をかけて作っても、（味わって）食べてくれない。
就算花時間做，老公也不會用心品嘗。

2.①　危ないから、今すぐ（逃げろ）。　很危險，所以現在立刻逃！

3.③　おなかが（空いた）から、何か作ってください。
因為肚子餓了，所以請做點什麼。

問題 4.

1.③　しっかり練習したのだから、恐れる必要はない。
因為確實地練習了，所以沒有害怕的必要。

2.④　大切なオートバイが壊れてしまった。　重要的摩托車壞掉了。

3.①　悪いと思うなら、きちんと謝れ。　如果覺得不對，好好道歉！

問題 1.

1. ② （とにかく）今はゆっくり休みなさい。　總之現在好好休息！

2. ④ 朝ごはんは（きちんと）食べたほうがいいですよ。
早餐確實吃比較好喔！

3. ① わたしは子供の頃から（ずっと）京都に住んでいます。
我從孩提時候就一直住在京都。

4. ② 彼女は（まるで）モデルのようにスタイルがいい。
她宛如模特兒般身材很好。

5. ② 週末は（たいてい）家にいます。　週末大都在家。

6. ② 実験は（ついに）成功しました。　實驗終於成功了。

7. ③ 今日は（かなり）寒いですね。　今天相當冷呢！

8. ③ 彼は（ふと）立ち止まった。　他突然止步了。

問題 2.

1. ③ このスーツは体にぴったり合っている。　這件套裝完全合身。

2. ① 彼のことがなんとなく気になります。　總覺得就是在意他。

3. ④ 自分の考えをめいめい発表してください。　請各自發表自己的想法。

第 35 天

問題 1.

1. ② 仕事の内容も大事ですが、お金も（もちろん）大事です。
   工作的內容也重要，但是錢當然也重要。

2. ② 乾杯の前に、部長から（まず）一言あるそうです。
   據説在乾杯之前，會由部長先説一些話。

3. ② 祖父はもう（すっかり）元気になったようだ。
   祖父好像已經完全恢復健康了的樣子。

4. ① （せめて）誰かの役に立ちたい。　至少想對誰有所幫助。

5. ① 老後は海の近くで（のんびり）暮らしたい。
   晚年想在海的附近悠閒度日。

6. ④ 彼は（いったい）どうしたいのか分からない。
   不知道他到底想要怎樣。

7. ③ あなたに話したら、だいぶ（すっきり）しました。
   和你説説話之後，暢快多了。

8. ② この薬は（きっと）よく効きます。　這藥一定很有效。

問題 2.

1. ④ 彼の顔はさっと赤くなった。　他的臉一下子就變紅了。

2. ② 息子の性格は夫にそっくりだ。　兒子的個性和丈夫一模一樣。

3. ③ 外がうるさくて、まったく集中できない。
   外面很吵，完全無法集中。

問題 1.

1. ② 噂というものは（やがて）消えます。
   流言蜚語這種東西，不久就會消失。

2. ④ 仕事は（ますます）忙しくなった。　工作變得越發忙碌。

3. ① おいしいものは（たとえ）冷めてもおいしいです。
   好吃的東西就算冷了還是好吃。

4. ① 見るなと言われると、（かえって）見たくなるものだ。
   一旦被説不要看，反而會變得想看。

5. ③ 貯金はもう（わずか）しかない。　存款已經只有一點點。

6. ① 子供を育てるには（だいぶ）お金がかかります。　養育小孩相當花錢。

7. ③ 自分の意見は（はっきり）言うべきです。
   自己的意見應該明確地説。

8. ② いつか（そのうち）いっしょに飲みましょう。
   將來有機會，一起喝一杯吧！

問題 2.

1. ② 荷物はまもなく届くと思います。　我覺得行李不一會就會送到。

2. ④ どんなことでも、基礎はしっかり学ぶべきです。
   不管什麼事情，基礎都應該確實學習。

3. ③ せっかくのチャンスを逃さないでほしい。
   希望不要錯過難得的機會。

問題 1.

1. ① わたしは妹_{いもうと}より（やや）背_せが高_{たか}い。　我比妹妹稍微高。

2. ② いつものバスが（なかなか）来_こない。　平常的巴士怎麼也不來。

3. ④ （ついでに）掃除_{そうじ}もしてくれませんか。　可以順便也幫我打掃嗎？

4. ② （いよいよ）桜_{さくら}の季節_{きせつ}ですね。　終於到櫻花的季節了呢！

5. ① こんなに疲_{つか}れても、（ぐっすり）眠_{ねむ}れません。
就算這麼累，也還是不能熟睡。

6. ② 彼_{かれ}は（まだまだ）上達_{じょうたつ}するはずです。　他應該還會進步。

7. ② たった一度_{いちど}の失敗_{しっぱい}で、（がっかり）しないでください。
只是一次的失敗，請不要喪氣。

8. ② 緊張_{きんちょう}で心臓_{しんぞう}が（どきどき）しています。　因為緊張，心撲通地跳。

問題 2.

1. ④ 初_{はじ}めて会_あうから、少_{すこ}しどきどきしてる。
因為是第一次見面，所以有一點點緊張。

2. ② 彼_{かれ}の言_いっていることは案外_{あんがい}正_{ただ}しい。　他所說的事意外地正確。

3. ① わたしと彼女_{かのじょ}の点数_{てんすう}はほぼ同_{おな}じだ。　我和她的分數大致相同。

問題 1.

1. ③ 寝る前に（スイッチ）を切ってください。　睡前請關電源。

2. ① 兄は最近（ストレス）で太ったようだ。
   哥哥最近好像因為壓力變胖了。

3. ① インターネットの（ビジネス）をするつもりだ。
   打算從事網路的生意。

4. ② 掃除してくれる（ロボット）がほしいです。
   想要有幫忙打掃的機器人。

5. ④ わたしには彼の（ユーモア）が理解できない。　我無法理解他的幽默。

6. ③ 表紙の（デザイン）が気に入って買いました。
   因為喜歡封面的設計就買了。

7. ① （マンション）の近くに駅や病院があるので、とても便利です。
   由於華廈的附近有車站和醫院，所以很方便。

8. ② どんな（アニメ）が好きですか。　喜歡什麼樣的動畫呢？

問題 2.

1. ② 彼は世界レベルの水泳選手になるだろう。
   他會成為世界級的游泳選手吧！

2. ③ もう少し大きいロッカーじゃないと入らない。
   不再稍微大一點的置物櫃的話放不下。

3. ② 彼女の指輪のサイズが分かりません。　不知道她的戒指尺寸。

問題 1.

1. ②　シャツに（アイロン）がかかっていません。　沒有燙襯衫。

2. ④　うちの学校は（バイト）をしてはいけません。
우我們學校不可以打工。

うちの<ruby>学校<rt>がっこう</rt></ruby>は（バイト）をしてはいけません。
我們學校不可以打工。

3. ②　わたしは（スピーチ）をするのが<ruby>苦手<rt>にがて</rt></ruby>だ。　我很怕致詞。

4. ①　（アレルギー）のせいで、<ruby>体<rt>からだ</rt></ruby>がかゆいです。
因為過敏，所以身體很癢。

5. ④　<ruby>音楽<rt>おんがく</rt></ruby>を<ruby>聴<rt>き</rt></ruby>いて、（リラックス）します。　聽音樂放鬆。

6. ④　<ruby>社会<rt>しゃかい</rt></ruby>の（マナー）を<ruby>守<rt>まも</rt></ruby>ってください。　請遵守社會的禮節。

7. ①　<ruby>前日<rt>ぜんじつ</rt></ruby>はもう（キャンセル）できません。　前一天已經不可以取消了。

8. ②　<ruby>会社<rt>かいしゃ</rt></ruby>の<ruby>面接<rt>めんせつ</rt></ruby>に（ジーンズ）で<ruby>行<rt>い</rt></ruby>ってはいけない。
不可以穿牛仔褲參加公司的面試。

問題 2.

1. ③　カタログを<ruby>見<rt>み</rt></ruby>ながら<ruby>注文<rt>ちゅうもん</rt></ruby>しましょう。　一邊看型錄一邊訂購。

2. ①　<ruby>喫茶店<rt>きっさてん</rt></ruby>にいるとリラックスできる。　在咖啡廳就能放鬆。

3. ②　リサイクルは<ruby>地球<rt>ちきゅう</rt></ruby>にいいです。　資源回收對地球有益。

問題 1.

1. ③　今朝は気温がついに（マイナス）になった。
今天早上氣溫終於變成負的了。

2. ①　たまには（ファイル）を整理したほうがいい。
偶爾整理一下檔案比較好。

3. ④　明日の（スケジュール）に変更があるそうです。
據說明天的行程有變更。

4. ②　（リモコン）の電池がなくなったから、買ってきて。
遙控器的電池沒了，所以去買一下。

5. ①　新しい車の（ハンドル）は軽くて動かしやすい。
新車的方向盤很輕很好轉動。

6. ②　昨夜、作った（プリント）を生徒に配ります。
發昨晚做的講義給學生。

7. ②　大好きな歌手に（サイン）をもらっ時、どきどきした。
當非常喜歡的歌手幫我簽名時，心撲通地跳。

8. ①　この店は（エアコン）が効いているから、涼しくて気持ちがいい。
這家店的空調很強，所以很涼很舒服。

問題 2.

1. ③　この食品は来年ごろブームになると思います。
我覺得這種食品明年左右將會蔚為風潮。

2. ①　兄は車のスピードを上げすぎて、事故に遭った。
哥哥車速加太快，出了車禍。

3. ①　トレーニングを積んで筋肉をつけたい。
想日積月累訓練，養成肌肉。

國家圖書館出版品預行編目資料

史上最強！40天搞定新日檢N3單字：
必考單字＋實用例句＋擬真試題 新版 /
こんどうともこ著、王愿琦譯
-- 修訂初版 -- 臺北市：瑞蘭國際, 2024.05
384面；17 x 23公分 --（檢定攻略系列；94）
ISBN：978-626-7473-09-2（平裝）
1. CST：日語 2. CST：詞彙 3. CST：能力測驗

803.189   113005816

檢定攻略系列94

史上最強！40天搞定新日檢N3單字：
必考單字＋實用例句＋擬真試題 新版

作者｜こんどうともこ
譯者｜王愿琦
總策劃｜元氣日語編輯小組
責任編輯｜葉仲芸、王愿琦
校對｜こんどうともこ、葉仲芸、王愿琦

日語錄音｜こんどうともこ
錄音室｜采漾錄音製作有限公司
封面設計｜劉麗雪、陳如琪
版型設計、內文排版｜陳如琪

瑞蘭國際出版

董事長｜張暖彗・社長兼總編輯｜王愿琦
編輯部
副總編輯｜葉仲芸・主編｜潘治婷
設計部主任｜陳如琪
業務部
經理｜楊米琪・主任｜林湲洵・組長｜張毓庭

出版社｜瑞蘭國際有限公司・地址｜台北市大安區安和路一段104號7樓之一
電話｜(02)2700-4625・傳真｜(02)2700-4622・訂購專線｜(02)2700-4625
劃撥帳號｜19914152 瑞蘭國際有限公司
瑞蘭國際網路書城｜www.genki-japan.com.tw

法律顧問｜海灣國際法律事務所　呂錦峯律師

總經銷｜聯合發行股份有限公司・電話｜(02)2917-8022、2917-8042
傳真｜(02)2915-6275、2915-7212・印刷｜科億印刷股份有限公司
出版日期｜2024年05月初版1刷・定價｜450元・ISBN｜978-626-7473-09-2

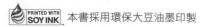

瑞蘭國際

瑞蘭國際

瑞蘭國際